DE BRAVES ET HONNÊTES MEURTRIERS

DU MÊME AUTEUR :

Peter Holtz : autoportrait d'une vie heureuse, Fayard, 2019.
Adam et Evelyne, Fayard, 2011.
Portable : treize histoires à la manière ancienne, Fayard, 2010.
Vies nouvelles : la jeunesse d'Enrico Türmer dans ses lettres et sa prose, Fayard, 2008.
33 moments de bonheur, Fayard, 2001.
Histoires sans gravité : un roman de la province est-allemande, Fayard, 1999.

Ingo SCHULZE

De braves et honnêtes meurtriers

Roman

Traduit de l'allemand par Alain Lance
et Renate Lance-Otterbein

Fayard

Cet ouvrage est la traduction intégrale, publiée pour la première fois en France, du livre de langue allemande : *Die rechtschaffenen Mörder*, édité par S. Fischer, Frankfurt am Main

Conception graphique : Laetitia Stephany
Motif : © 123rf

ISBN : 978-2-21372-071-5
Dépôt légal : août 2023

À ma mère,
Christa Schulze

« Qui donc peut deviner la fin d'un livre
quand il le commence ? »

Vilém Flusser, *L'Histoire du diable*.

Première partie

Chapitre I

À Dresde, dans le quartier de Blasewitz, vivait jadis un libraire de livres anciens et rares qui, en raison de ses ouvrages, de ses connaissances et de son peu d'inclination à se laisser impressionner par les attentes de son époque, jouissait d'une incomparable réputation. Ce n'étaient pas uniquement les gens du coin qui se rendaient chez lui. Non seulement on gardait jalousement son adresse à Leipzig, Berlin ou Iéna, mais des affamés de lecture accouraient même des îles de la mer Baltique, Rügen et Usedom. Ils supportaient plusieurs heures de trajet en train ou en voiture, dormaient chez des amis sur des matelas pneumatiques ou acceptaient un hébergement bon marché rien que pour entamer le lendemain, à dix heures pile, leur voyage de découverte, interrompu par une pause de deux heures à midi, se prolongeant jusqu'à dix-huit heures, et même, parfois, jusque tard dans la nuit. Ils atteignaient sur des échelles les plus hautes étagères, lisaient des chapitres entiers juchés sur les barreaux avant de redescendre pour inspecter, à genoux, comme s'ils auscultaient le linoléum, le dos des livres du rayon le plus bas. C'est précisément dans ces zones extrêmes que les fureteurs flairaient la présence de ces œuvres qui pourraient devenir pour eux le centre du monde.

D'autres librairies semblables disposaient peut-être d'une offre plus large, avec plus de raretés dans des locaux plus spacieux. Mais celui qui venait dans la Brucknerstrasse du quartier de Blasewitz à Dresde, qui poussait la grille en fer du jardin et passait devant des haies et des poubelles pour atteindre la porte de la maison, appuyer sur le bouton branlant situé à côté de la plaque indiquant « Livres anciens et rares », celui qui attendait patiemment que la porte s'ouvre avec un claquement, qui accédait au premier étage par les marches en grès et qui, enfin, actionnait la sonnette d'aluminium au tintement grêle portant l'inscription « Tournez », celui-là aspirait à plus encore : il voulait pénétrer dans le domaine du célèbre libraire de livres anciens et rares Norbert Paulini.

Norbert Paulini ressemblait à un sacristain ou à un gardien de musée lorsque, protégeant de son corps l'entrebâillement de la porte, il examinait le visiteur par-dessus ses lunettes et le déconcertait par son « Vous désirez ? » ou même le rabaissait au rang de personne non autorisée ignorant le mot de passe. Le maître des lieux et de ses livres ne vous reconnaissait-il pas ? Avait-il oublié vos nombreuses conversations ?

Quiconque lui répondait avait le droit d'entrer ! Aussi bien celle qui souhaitait seulement « jeter un coup d'œil » que celui désirant savoir si, cette fois peut-être, était rentrée une traduction de Thucydide.

« Bien le bonjour », répondait alors Norbert Paulini en prononçant le nom de ses hôtes ou bien en avançant au moins sur un ton d'hésitation « Madame… » ou « Monsieur… », sur quoi ses visiteurs lui venaient aussitôt en aide. Acquiesçant d'un mouvement de tête, le libraire répétait le nom, comme un mot qui n'aurait pas dû lui échapper.

Selon le temps qu'il faisait ou la saison, il indiquait les portemanteaux et le porte-parapluie et s'éloignait à grands pas avant de revenir peu après avec quelques livres entourés d'une bande élastique maintenant le papier où figurait le nom de son vis-à-vis.

« Il y a là quelque chose qui pourrait vous intéresser », disait-il, enfilant l'élastique sur son poignet gauche et faisant disparaître le papier dans la poche de sa blouse d'un bleu gris. Et Norbert Paulini de faire aussitôt état des raisons qui l'avaient conduit à ajouter tel ou tel titre à celui recherché. Ses paumes et ses doigts caressaient les livres, se blottissaient contre eux ou effleuraient leurs blessures, déchirures sur la couverture, dos décollé ou angles écrasés. Il déposait les livres l'un après l'autre devant lui en s'affairant, du bout des doigts de sa main droite, à les aligner à la même distance du bord de la table. « Peut-être que l'un d'entre eux suscitera votre intérêt », répétait-il pour conclure avant de se retirer. Il était rare que, resté seul avec les livres, quelqu'un repoussât ses suggestions. Ne pas avoir assez d'argent sur soi n'était pas une raison. Chacun avait le droit d'emporter tout de suite ses livres chez lui après que la manivelle de la caisse enregistreuse avait été actionnée et que le montant restant à régler avait été inscrit sur un morceau de papier. Mais il arrivait fréquemment que Norbert Paulini chiffonne sous l'œil de son hôte la reconnaissance de dette qu'il venait d'établir, avant d'ajouter sans mot dire le livre désiré à ceux qui étaient déjà payés. Il restait sourd aux protestations de ceux qui ne voulaient pas accepter pareille générosité. Norbert Paulini savait ce qui était bon pour chacun et chacune. Qu'importaient quelques marks de plus ou de moins ?

On n'a jamais su si les livres habitaient dans les trois plus belles pièces de Norbert Paulini ou si c'était lui qui s'était installé parmi eux. Les ouvrages et le libraire vivaient ensemble, de jour comme de nuit, et comme il y avait des érables devant les fenêtres donnant sur la rue et que, dans la cour, un grand marronnier offrait de l'ombre à la maison, les jours et les saisons se perdaient dans une pénombre qui justifiait en permanence la lumière d'une liseuse.

Mais Norbert Paulini pouvait également être sévère, voire inflexible lorsque des visiteurs ne replaçaient pas au bon endroit un livre qu'ils avaient feuilleté, ou le reposaient de travers sur les autres. Il tenait à tout prix à ce qu'on respecte son organisation. Seul un classement strict permettait de retrouver les livres et de les préserver de la disparition. Ce même ordre était la condition préalable du sixième sens de Norbert Paulini. Il possédait le don de constater en un clin d'œil les modifications intervenues dans l'ordre des dos des livres. Si le motif formé par leurs dos était dérangé, il trouvait aussitôt l'endroit et aurait pu nommer l'auteur et le titre avant que le livre n'atterrisse devant sa caisse. De même, Norbert Paulini était déjà en mesure de soumettre des recommandations complémentaires. À deux reprises, en fournissant les indications bibliographiques complètes, il avait sommé un voleur de rendre le bouquin. Certains lui attribuaient des pouvoirs surnaturels ou essayaient de repérer de mystérieux miroirs.

On eût facilement pris Norbert Paulini pour un homme d'un certain âge. Mais qui n'était pas troublé par ses lunettes d'un modèle antédiluvien et par l'involontaire tonsure luisant à l'arrière de son crâne, cerné par une sombre chevelure bouclée ; qui n'attribuait pas ses larges épaules et ses bras costauds au tricot qu'il portait sous sa blouse ; qui ne se formalisait pas des plis de son pantalon ni de ses lourdes chaussures du genre orthopédique, avec lesquelles il arpentait quotidiennement les pièces ; qui ne se laissait pas induire en erreur par sa façon de parler comme un livre teintée de dialecte saxon, mais, fixant, comme je le faisais à l'époque, le visage de Norbert Paulini, le visiteur apercevait alors au milieu de cet accoutrement un homme jeune, dont personne ne pouvait s'imaginer qu'il avait été et pouvait devenir autrement.

Chapitre II

Nouveau-né, Norbert Paulini fut déjà couché sur des livres. Sa mère, Dorothea Schuller, originaire de Brasov en Transylvanie, avait fui avec sa famille dans les tourments de la guerre avant de se retrouver seule à Bad Berka près de Weimar où, dans l'espoir d'une renaissance de l'idée du Bauhaus, elle demeura dans une pièce non chauffée, avant de rencontrer en 1949 dans un parc le long de l'Ilm celui qui deviendrait son mari, Klaus Paulini. La détermination avec laquelle il l'aborda, ses bonnes manières, l'agréable fermeté de sa poignée de main ainsi que son nom la décidèrent à déménager à Dresde et à l'épouser. Klaus avait achevé un apprentissage de tourneur et travaillait dans une usine du quartier de Reick à Dresde. Dorothea Paulini reçut en mars 1951 l'autorisation d'ouvrir une librairie avec une section de livres rares et anciens. Son beau-père, mécanicien promu conducteur de locomotive, lui avait proposé une aide financière, mais elle déclina son offre et se le mit à dos. Du reste, le vieux Paulini, homme sujet à des sautes d'humeur, disparut de Dresde sans dire à sa famille où il partait.

La librairie de Dorothea Paulini dans la Hüblerstrasse, à deux pas de la place Schiller et du pont sur l'Elbe baptisé

« Merveille bleue », fut dès le premier jour une affaire florissante. Son mari avait acquis pour elle une remorque pour vélo avec laquelle elle pouvait désormais faire ses achats. Aucun lieu n'était trop éloigné pour Dorothea Paulini lorsqu'on l'appelait pour lui proposer les bons livres. De temps à autre, Klaus Paulini qui, au grand désespoir de sa femme, n'était pas un lecteur, se chargeait des tournées, le soir ou le dimanche, et contribuait avec sa paye quand les liquidités venaient à manquer.

Dorothea et Klaus Paulini avaient confiance. Il n'y aurait pas de nouvelle guerre. Investir dans les livres, c'était leur participation. Chaque pfennig qu'ils pouvaient mettre de côté était réinvesti dans des achats. Et cela ne changea nullement, même lorsque Dorothea fut enceinte.

En juin 1953, Dorothea Paulini mit au monde un garçon – et mourut quelques jours plus tard d'une infection que l'on n'avait pas décelée. Agnes Paulini, née Abel, prit soin de son petit-fils, comme elle l'avait promis à sa belle-fille. Personne ne sait toutefois pourquoi Klaus Paulini ne chercha pas de successeur pour la librairie et, au lieu de cela, se déclara prêt à finir de rembourser le crédit de sa femme et à garder les livres achetés, restés pour la plupart dans des caisses et des cartons.

N'aurait-il pas supporté de voir un étranger derrière la caisse enregistreuse de Dorothea ? Ne pouvait-il renoncer à son rêve de vaquer comme auxiliaire à une tâche tranquille et propre, au lieu de se vouer à une machine bruyante qui pénétrait chaque jour son corps de la plante des pieds jusqu'à la racine des cheveux et lui soufflait au visage l'haleine viciée d'un air saturé d'huile de graissage ? Ou bien voulait-il effectivement, comme certains l'affirmèrent ensuite, garder pour leur enfant les livres de sa femme chérie ? Avec l'aide de collègues, Klaus Paulini transporta les nombreux livres et quelques rayonnages dans la Brucknerstrasse, où Agnes Paulini logeait dans deux pièces au premier étage d'une maison que la propriétaire appelait « villa en ville ». Les livres qui ne trouvèrent place ni à la cave ni dans les pièces furent empilés en blocs carrés dans le vestibule. On avait déjà demandé à un menuisier de confectionner des plateaux en bois pour transformer les piles de livres en tables. Mais ces « autels » durent être aussitôt enlevés en raison des données statiques de la maison et sous les applaudissements de la famille de réfugiés silésiens qui logeaient dans trois chambres de l'étage. Au grand regret de sa mère, Klaus Paulini vendit les bois de lit. Désormais les matelas reposaient sur des livres. Même le couffin du nouveau-né se trouvait sur un soubassement du même matériau. Ce que les rayonnages ne pouvaient contenir s'éleva en piles serrées le long des murs. On aurait cru que les habitants avaient fait des provisions. Mais à la place de conserves, de sacs de sucre ou de farine, c'étaient des livres qu'ils stockaient. La caisse enregistreuse trônait sur la table de la machine à coudre, tel un bonze despotique.

Chapitre III

Klaus Paulini s'était déclaré prêt à travailler en trois-huit, ce qui l'épuisait. Pendant la journée, à la maison, il trouvait à peine le sommeil. Il en rendait responsable son fils qui, selon lui, ne cessait de faire du bruit. Mais Agnes Paulini refusa de mettre son petit-fils à la crèche comme il le lui demandait. Elle entreprenait plutôt de longues sorties avec le landau, et plus tard, quand Norbert put marcher, des promenades à travers Blasewitz et Loschwitz ou le long de l'Elbe. Parfois leurs sorties les menaient jusqu'au centre-ville où des troupeaux de moutons paissaient sur les grands prés entre le Vieux Marché et la Gare centrale. Norbert Paulini ne se lassait jamais de regarder quand sa grand-mère écartait comme des touffes d'herbe le pelage sale et poisseux des bêtes afin qu'il pût voir et sentir comme cela devenait propre, clair et doux en dessous. Elle lui apprit à prier avant de s'endormir et voulait le faire baptiser, mais son père l'interdit. Elle n'eut pas le courage de le faire en cachette.

Lorsqu'un jour, en faisant le lit, Agnes Paulini heurta par mégarde le soubassement du matelas, quelques livres dégringolèrent devant ses pieds. Elle voulut les replacer, mais l'un d'entre eux ne trouva pas de place, à croire que les pièces de l'édifice s'étaient accrues comme par miracle. Plus par embarras que guidée par une intention précise, elle l'ouvrit, jeta un coup d'oeil et commença à lire. Agnes Paulini n'aurait pas été capable de prononcer les noms, elle comprit pourtant bientôt qu'il était question d'un amour entre un ancien précepteur qui devait maintenant devenir prêtre et la mère des enfants qui lui avaient été confiés auparavant, une histoire des temps anciens. Lorsque son fils revint à la maison, il trouva sa mère en train de lire à voix haute. Bien sûr, le gamin ne comprenait rien, répondit-elle à sa question, mais sa voix exerçait une influence apaisante sur le petit Norbert. Lorsque, trois jours plus tard, Agnes Paulini eut achevé la lecture du livre – en sautant parfois quelques pages où l'on n'avançait guère dans l'action –, elle s'aperçut qu'elle avait commencé par le deuxième tome. Elle retira le matelas et déplaça tous les livres jusqu'à mettre la main sur le premier.

À partir de ce moment, elle lut lentement et à voix haute, et bientôt son petit-fils accompagna d'un murmure la mélodie de ses phrases ou se mit à répéter tel ou tel mot, parfois jusqu'à ce qu'Agnes Paulini se taise et que les syllabes du mot ne soient plus que des sons. Pendant les promenades, Norbert Paulini montrait souvent une maison, un panneau de circulation, un buisson en disant : coup de cloche, forêt de pins, fourche à fumier. Agnes Paulini le corrigeait mais devait convenir qu'il était trop tard. Le jour suivant, il désignait à nouveau le panneau de priorité en répétant « forêt de pins ». Il arrivait même qu'Agnes Paulini désignât quelque chose en chuchotant « porte-monnaie », ce qui pour Norbert voulait dire le chapeau que portait Mme Helene Kate, la propriétaire.

Ce terme ne se limitait pas non plus à Mme Kate sans toutefois pouvoir s'appliquer à des chapeaux de dame en général.

Les seules sorties que Klaus Paulini entreprenait seul avec son fils conduisaient à la tombe de sa femme. Père et fils marchaient certes main dans la main mais ils se taisaient. Après avoir arraché les mauvaises herbes, arrosé les fleurs et être resté debout sans bouger, Klaus Paulini commençait un discours. Combien la vie était difficile sans elle, combien lui pesaient les services de nuit, mais qu'ils avaient besoin de cet argent, que Mme Kate, quand elle lui tirait les cartes, croyait voir une femme à son côté, une qu'il connaissait déjà. Mais quoi qu'il dise au sujet de Norbert, le félicitant d'avoir regardé en silence pendant des heures une équipe de peintres rénover l'escalier de la « Villa Kate » ou de n'avoir pas pleuré chez le coiffeur ou bien le blâmant d'être un lève-tôt et de ne pas être capable de parler à voix basse, Norbert Paulini fondait régulièrement en larmes dès que son nom était prononcé. Et les deux Paulini revenaient chaque fois de mauvaise humeur.

Quelques mois avant l'entrée de Norbert à l'école, Agnes Paulini dut être hospitalisée. Abandonné aux soins minimums de Mme Kate et de son père, son petit-fils ne semblait vivre que pour les jours de visite. Lorsque son père refusait de l'emmener à l'hôpital, Norbert se précipitait de tout son élan contre lui, et pris au dépourvu, Klaus Paulini trébuchait et tombait.

Comme Norbert Paulini n'était pas habitué à dormir tout seul, son père, quand il n'était pas de service de nuit, se couchait sur le matelas de la grand-mère. Pendant une de ces nuits-là, Norbert Paulini fut réveillé par un claquement de porte et il crut que sa grand-mère était revenue.

Mais c'était une autre respiration. Ce n'était pas le léger ronflement qui ressemblait à un ronronnement, presque à un bourdonnement et produisant de temps en temps un clappement. L'instant d'après, Norbert Paulini actionna l'interrupteur.

Klaus Paulini sursauta.

« Je ne me suis pas réveillé ? », demanda-t-il en clignant les yeux vers le réveil puis vers son fils.

Sans la grand-mère, même son père avait quelque chose d'étranger pour Norbert Paulini.

Nuit après nuit, il fut désormais tiré du sommeil sans savoir ce qui résonnait entre ses oreilles et les murs et qui s'entrechoquait et bourdonnait dans le vase et les verres de la vitrine. Seuls les livres se taisaient. Il en prit un et l'ouvrit, mais, sans la grand-mère, le livre resta muet. Furieux, il le jeta en l'air. Le livre atterrit sur l'une des piles et y resta, comme s'il avait voulu continuer à dormir exactement dans cette position et à cet endroit précis.

Certaines nuits, Norbert croyait entendre des voix, bien que son père fût d'équipe de nuit et que Mme Kate fût partie depuis longtemps. Il allumait la lumière dans la pièce voisine, c'était comme si les meubles interrompaient leur conversation, demeurant dans la position inclinée où il les avait surpris. Même les rideaux étaient de la partie. S'il attendait assez longtemps, les meubles commenceraient à vaciller et les rideaux s'écarteraient et se refermeraient, se révélant comme des êtres pareils à lui et à tous les autres.

Soudain il entendait chanter le tramway au virage de la place Schiller. Un son réconfortant traversant le ciel nocturne. Sa grand-mère entendrait le même bruit et penserait à lui. Norbert voyait la conductrice du tram, comme toujours bien droite sur son siège et maniant sa manette avec sérieux et concentration. Elle était là toute la nuit, pour tout le monde. Mais c'était seulement à lui qu'elle adressait un signe. Il n'avait qu'à monter, elle l'emmènerait auprès de sa grand-mère.

Chapitre IV

Avec la mort d'Agnes Paulini, Norbert Paulini avait aussi été abandonné par le bon Dieu. Son père ne voulait rien savoir, Mme Kate ne s'estimait pas compétente, et à l'école, ils se moquaient tous de lui quand il posait la question.

Ce que signifiait l'école, Norbert Paulini le comprit lorsque les premières classes allèrent à la nouvelle piscine couverte dans un autobus spécial. Après le cours donné dans le bassin, le petit groupe de nageurs dans lequel il se trouvait fut dirigé vers le « trois mètres », comme disait la femme en short bleu et veste de survêtement blanc, sifflet pendu autour du cou, pour désigner le plongeoir. L'un après l'autre, chacun y montait, courait sur la planche et sautait.

« Je ne veux pas plonger », dit Norbert Paulini, ce qui était vrai.

« Bon, monte d'abord », l'encouragea la prof de natation. Il était prêt à monter sur le plongeoir et à inspecter la piscine de là-haut. Elle le suivit, d'un barreau de l'échelle à l'autre.

« Mais je ne veux pas plonger », dit Norbert Paulini. Il se baissa, comme craignant de heurter le plafond de la piscine avec sa tête. Le plongeoir grattait la plante de ses pieds comme du papier de verre.

« Allez, saute », dit la prof qui l'empêchait de redescendre. Ses longs ongles de pied avancèrent vers lui avec un air menaçant.

« Je n'ai pas envie », répéta Norbert Paulini. « C'est trop haut pour moi. »

Il entendait au loin les voix de ses camarades de classe qui étaient déjà en train de se rhabiller. L'eau, calme et lisse, ne clapotait plus contre le bord du bassin.

« Je ne veux pas ! » s'écria-t-il. Il avait regardé pour la première fois vers le bas. Un abîme de carrelage bleu vert bâillait sous lui.

« Non ! » hurla-t-il. Quelque chose le poussa. Il voulut se blottir contre le papier de verre. L'écho des exhortations de la prof de natation lui revenait de tous les côtés. Une nouvelle fois, il cria en voyant l'abîme, mais ne sachant plus ce qui était en haut et en bas. Tout céda, se renversa, se précipita sur lui, l'entraîna dans la chute, un coup dans le dos, un coup au visage…

Les jambes de la prof de natation étaient égratignées, des éraflures décoraient son cou, l'eau dégoulinait de sa chevelure, de sa veste de survêtement, du short – les sandales manquaient. Norbert était assis, recroquevillé au bord du bassin, avec quelque chose de sauvage dans le regard devant lequel son institutrice reculait, armée d'une serviette et de sparadrap. Ce fut pourtant elle qui finit par ouvrir son poing tremblant pour y trouver le sifflet.

C'est à partir de ce moment-là que presque tous ceux de sa classe eurent à cœur de venger la prof de natation. Les heures de classe ne lui posaient aucun problème. Mais il y avait le chemin de l'école et les récréations. Et surtout, il y avait la garderie. Où il ne voulait pas aller. Mais sans savoir non plus où il voulait être. Il s'était défendu, il était le seul à s'être défendu et à avoir vaincu la prof de natation, et même à lui avoir arraché son sifflet. Mais à qui pourrait-il le dire ?

Pendant d'heureux instants, sur le chemin du retour de l'école, il pouvait oublier la mort de sa grand-mère. Il pensait alors être attendu et trouver, tout préparé, le repas du soir dans la cuisine et le chauffage allumé dans la salle de bains.

Désormais, c'était au rez-de-chaussée chez Mme Kate qu'il devait sonner. Mme Kate était petite, mais cela ne se remarquait presque pas à cause de son imposant chignon et des hauts talons qu'elle portait aussi à la maison. En revanche, tout chez Mme Kate semblait grand aux yeux du garçon : le nez, les yeux, la bouche, la poitrine et le derrière. Si son visage n'avait pas eu en permanence une expression qui faisait penser qu'elle devait à tout instant éternuer ou que son nez venait de repérer une mauvaise odeur, on aurait même pu la trouver belle.

Sa pension « Villa Kate » se composait de trois pièces au rez-de-chaussée et de quatre petites chambres sous le toit. Après le départ des « Silésiens », une des pièces libres revint à la pension, une fut attribuée aux deux Paulini, en compensation du fait qu'ils permettaient aux autres hôtes d'utiliser leur salle de bains et leurs toilettes, et la plus petite pièce servit dorénavant de débarras. On prenait le petit déjeuner et le repas du soir dans sa salle de séjour, et elle insistait toujours sur le « et ». Les jours impairs, elle servait le soir des œufs au plat. Mme Kate, Norbert le savait de son père, était capable de se procurer des choses dont d'autres n'auraient pu que rêver. À Dresde, Mme Kate connaissait tout le monde. Elle avait même pu acheter pour les tombes des bulbes de crocus venant de l'Ouest.

C'est également grâce à son entremise que Norbert fut dispensé d'aller en garderie. Il faisait ses devoirs chez Mme Kate, elle allait avec lui faire les courses et « régler des démarches ». À lui de mettre la table pour le dîner qu'ils partageaient quand son père travaillait tard.

Parfois Mme Kate « l'expédiait » au lit, toujours constitué d'un matelas reposant sur des piles de livres à hauteur du genou. Elle faisait pour lui quelque chose qu'elle lui demandait de ne dire surtout à personne, parce que c'était leur secret. Pour commencer, elle tripotait son chignon, retirait les épingles l'une après l'autre, faisait une brève pause avant de laisser déferler sa chevelure comme une chute d'eau.

Norbert Paulini était autorisé à rassembler les mèches foncées, à les étendre par-dessus son oreiller et à poser ses joues dessus. Alors Mme Kate était prête à lui lire un des contes qu'il aimait. Mais à sa grande déception, il se terminait chaque fois au même endroit.

Chapitre V

Grâce à un certificat médical, Klaus Paulini avait pu obtenir une reconversion comme conducteur de tramway. S'il gagnait moins désormais, son fils était fier de l'uniforme de son père. Mais comme il n'avait pas le droit de s'asseoir avec lui dans la cabine du conducteur, il perdit bientôt l'envie de l'accompagner pendant les vacances scolaires. De plus, Klaus Paulini conduisait sur la ligne 7 ou la 8 et pas, comme Norbert l'eût souhaité, sur la 4 ou au moins sur la 6. Lorsque Norbert échappait à la surveillance de Mme Kate, il rôdait sur les prairies bordant l'Elbe, regardait les vieilles personnes donner à manger aux canards et aux cygnes et se postait sous la « Merveille bleue » qui tremblait au grondement de la ligne 4 reliant Pillnitz à Weinböhla le long de la vallée de l'Elbe et revenait à un moment de ce lointain avant de disparaître dans l'autre lointain. Parfois, il aurait aimé monter dans un des canoës qui s'entraînaient sur l'Elbe. Mais il ne savait pas si les rameurs accostaient, et où.

Mais quoi qu'il entreprît, une vague nostalgie l'attachait à tout, comme si le moindre objet lui rappelait une chose dont il ne savait pas si elle appartenait déjà au passé dans lequel il avait déjà été adulte ou si cela ne l'attendait que dans le futur. La mort de sa mère et celle de sa grand-mère n'étaient que des parties d'une catastrophe générale. Son père et Mme Kate avaient encore connu la vraie Dresde, sans les grandes prairies, sans les ruines. Cela avait été magnifique autrefois et cela redeviendrait magnifique un jour, plus beau qu'auparavant, lui avait dit son institutrice. Pour cela, il aurait tout donné, pour grandir plus vite, être un adulte, parce que eux pouvaient faire ce qu'ils voulaient. En attendant, il lui fallait suivre son père, qui certes ne le menaçait pas, comme les autres pères, de lui « flanquer une dérouillée » ou une paire de claques, mais qui pensait que la grand-mère avait trop dorloté son petit Norbert, élevé dans du coton. Chaque matin, il devait faire des pompes et des flexions de genoux avant de se laver à l'eau froide au-dessus de la baignoire.

Mais son père, souvent fatigué et taciturne, était comme métamorphosé quand, lors de ses dimanches libres, ils se rendaient en train dans les montagnes de la Suisse saxonne, traversaient le fleuve avec le bac à Bad Schandau et partaient avec leurs sacs au dos en randonnée. Pendant l'excursion, ils étaient des camarades égaux, car chacun devait alors répondre de l'autre si l'un se tordait le pied, se cassait une jambe ou était frappé par une branche ou la chute d'un arbre. L'hiver, ils allaient en bus à Altenberg. Ils faisaient du ski de fond jusqu'à Zinnwald ou Oberbärenburg. Celui qui remontait la pente devait aussitôt s'écarter pour le suivant, même si ce dernier ne criait pas : « La voie est libre ! » De retour à la maison, la même gêne s'installait à nouveau entre le père et le fils.

Pour la cérémonie de la *Jugendweihe*[1], Norbert Paulini ne reçut pas comme les autres un vélo pliable ou un vélomoteur, son père et Mme Kate lui offrirent des vacances de randonnée dans les monts des Géants en Pologne. Norbert Paulini avait imaginé que le chalet de David ressemblerait à l'auberge de jeunesse de Zinnwald. Mais là, il y avait une chambre avec lavabo pour son père et lui. Les lits se trouvaient côte à côte, pas superposés. Pour les repas du matin, du midi et du soir, on s'asseyait à une table mise et on était servi.

« Il faut bien que tu t'y mettes un jour », déclara Klaus Paulini en tirant trois livres de sa valise. Il ne dit pas que Mme Kate avait conseillé Jack London plutôt que Joseph Conrad, un livre de jeunesse sur le Hollandais volant plutôt que *Crime et Châtiment*, *Le Livre de la jungle* plutôt que *Le Rouge et le Noir*. Mais dans ces exemplaires, on trouvait, à l'encre verte et d'une écriture encore presque enfantine, le nom « Dorothea Schuller ».

« C'est ce que ta mère lisait quand elle était jeune », dit-il.

Norbert Paulini ouvrit le livre du dessus de la pile et se plongea dans la lecture. De temps à autre, il lorgnait vers son père couché sur le dos à côté dans le lit double, comme pour une pause, les bras croisés derrière la tête, les yeux ouverts. Norbert Paulini remarqua étonné comme il était agréable de s'immerger ligne après ligne dans un livre, comme s'il se frayait lui-même un chemin dans un monde inconnu, même s'il restait allongé.

1. Célébration civile solennelle en RDA remplaçant la confirmation et marquant l'entrée des adolescents dans la société socialiste. (Toutes les notes sont des traducteurs.)

Après le repas du soir avec les adultes, des retraités pour la plupart, qui appelaient son père « le veuf » et l'observaient à la dérobée, il eut le droit de se lever et de monter tout seul. Il perdit presque patience, n'en finissant pas de rincer ses mains savonneuses avec l'eau de la montagne. Puis il poursuivit sa lecture et lorsque son père rentra, tard, il sursauta comme à la maison quand il entendait la clé dans la porte d'entrée, mais là, c'était surtout parce qu'il se trouvait déjà si loin sur la mer, hors de portée de quiconque. Ce n'est que lorsque son père éteignit sa lampe de chevet en disant qu'il était temps maintenant que Norbert Paulini cessa de lire et éteignit à son tour. Dans l'obscurité, il entendait le bruissement du feuillage. Ou était-ce le ruisseau ? Imperceptiblement, il se balançait dans son hamac. Au-dessus de lui, les voiles battaient dans les sautes du vent, autour de lui grinçaient les planches du navire. Norbert Paulini était embarqué sur le *Narcisse*. Et lorsqu'au matin, il ouvrit les yeux, il ne savait pas où il était, sur quel rivage il avait abordé jusqu'à ce qu'il entende son père se rincer la bouche et le voie brandir sa brosse à dents pour saluer le fils de retour d'outre-mer. L'un après l'autre et en silence, les Paulini se livrèrent à leur sport matinal dans l'étroit couloir entre le lit et le mur. Puis allèrent prendre leur petit déjeuner.

Mais à l'air libre ils redevenaient des camarades, scrutant la carte ensemble à la croisée des chemins. Il fallait prendre garde aux douaniers polonais, car eux, comme le disait le serveur tchèque du café, arrêtaient de préférence les randonneurs allemands et on ne savait jamais combien de temps ils vous retenaient sans vous donner à manger et combien cela vous coûterait. Les monts des Géants étaient un vrai massif montagneux, et les chemins de crête étaient dénudés et entourés de prairies. Quand ils rencontraient d'autres randonneurs, ceux-ci les saluaient d'un « ohé » comme pour dire : nous savons où toi, Norbert Paulini, tu étais cette nuit, et où tu vas. Comment pouvait-il interpréter autrement ce salut de marin dans la montagne ? Norbert Paulini faisait bien attention au chemin et à ne pas suivre de trop près son père qui n'aimait pas le sentir flemmarder et marcher sur ses talons. Est-ce que tout était différent cette fois parce qu'ils randonnaient à l'étranger ? Norbert fixait les mollets de son père dont les muscles saillaient et tremblaient sous la peau blanche à chaque enjambée. Il ne savait pas s'il aimait son père mais il aurait bien aimé toucher une fois ses mollets.

Lorsque au début de l'après-midi, ils apercevaient à nouveau le chalet de David, Norbert Paulini avait l'impression de regagner le port d'attache. Celui qui était assis au soleil devant le chalet leur adressait un signe et voulait savoir où, bon sang, ils avaient été tout ce temps-là.

« Ohé ! », lançait Norbert Paulini. Il lisait sur le lit, il lisait dehors dans la chaise longue ou sur un banc. Les pages du livre ondulaient toujours plus chaque nuit. Elles avaient l'odeur du chalet de David, des aiguilles de sapin et de l'air enfumé, le vent grondait dans les cimes, et du ruisseau montait un bruissement qui enflait, annonçant la bourrasque. Mais s'il levait la tête au milieu de la tempête, le cap de Bonne-Espérance surgissait sous la lumière du soleil et le saluait de loin avec les lumineux alpages verts de ses pentes qui s'étiraient jusqu'aux chemins de crête.

« Il lit les livres de sa mère », expliqua l'une des dames âgées à son mari. Chaque postface renforçait Norbert Paulini dans sa conviction que les adultes, c'est-à-dire ceux du repas du soir, connaissaient tous les livres qu'il commençait seulement à lire. Leur admiration pour son programme de lecture lui déliait la langue, même en présence de son père. Il n'avait aucun mal à retenir les dates et les circonstances dans lesquelles les écrivains avaient créé leurs œuvres et les avaient offertes à l'humanité. Les mots qui sortaient de sa bouche semblaient avoir été découverts par lui, comme s'ils étaient effectivement ses propres mots, et comme s'il avait lui-même rédigé les postfaces.

Par contre, Norbert Paulini m'a raconté qu'il n'avait en fait lu que *Moby Dick* pendant cette période dans les monts des Géants. Mais pour la peine par deux fois. N'ayant rien pour écrire, il avait appris par cœur d'innombrables maximes. Un après-midi, son père l'avait cherché en vain parce que son fils Norbert Paulini, entouré de dames et de messieurs âgés, avait longuement discouru dans une pièce séparée sur la terrifiante couleur blanche des baleines, requins et autres monstres.

Son père l'incita à envoyer un message à Mme Kate. Mais il n'y avait que des cartes postales du chalet de David en hiver. Il fit une croix sur deux fenêtres du premier étage. L'auvent était recouvert d'une épaisse couche de neige, des stalactites de glace pendaient. Comme il n'y avait plus de timbres à la réception, ils rapportèrent la carte postale et la remirent à Mme Kate qui leur prépara des crêpes en disant que les deux randonneurs étaient sans doute partis une année entière, puisqu'ils avaient même passé l'hiver dans la montagne. Mme Kate n'avait-elle pas raison ? N'étaient-ils pas en effet partis depuis longtemps dans les monts des Géants ? Et n'était-ce pas pour cela qu'il reconnaissait seulement maintenant ce paysage de livres comme sa terre natale ?

Chapitre VI

Norbert Paulini n'avait qu'à se retourner ou soulever son matelas pour comprendre quels trésors sa mère lui avait laissés, quelle prévoyance elle et son père avaient manifestée à son égard. Et même si sa mère ne pouvait plus lui donner de directives, lui mettre une boussole en main, il restait quand même les postfaces qui composaient pour lui un atlas où chaque page renvoyait à l'autre et où le chemin une fois emprunté se poursuivait lorsqu'il tournait la page.

De livre en livre grandit en Norbert Paulini la conviction que les écrivains se réjouissaient d'avoir enfin trouvé en lui leur lecteur. Ils formaient ensemble une famille, c'est pourquoi il se sentait supérieur à tous les autres lecteurs.

Il négligeait l'école. Avec chaque livre, il élargissait le fossé entre lui et ses camarades de classe. Leur façon de glander lui semblait bizarre. Il lisait même pendant les récréations. Seules quelques filles, la prof de musique et la prof d'allemand lui parlaient de ses lectures et l'admirèrent quand il leur dit : *Les Buddenbrook* de Thomas Mann, ou Gottfried Keller, *Henri le Vert*, première version. Sur quoi Norbert Paulini précisait que Thomas Mann n'était tombé que tardivement et par hasard sur *Henri le Vert*, pendant un séjour à l'hôpital à Chicago. De retour chez lui, Thomas Mann avait poursuivi sa lecture, mais cette fois plus dans l'exemplaire de la bibliothèque de l'hôpital, et il n'avait pu s'y retrouver, tant c'était différent. C'est parce qu'il avait commencé par lire la seconde version du livre, puis la première. Lui-même était en train d'établir une liste des différences entre les deux versions pour y voir clair une bonne fois pour toutes. Par ailleurs, Norbert Paulini présumait que c'était chez son frère Heinrich qu'il fallait chercher la raison de cette si tardive découverte du livre. Thomas ne supportait tout simplement pas que le héros d'un roman portât le prénom de Heinrich. Mais c'était, bien sûr, pure spéculation.

La prof principale ne se montra nullement impressionnée et le mit en garde : si ses résultats ne s'amélioraient pas, son avenir serait compromis.

Norbert Paulini voulait devenir lecteur. Mais il n'y avait, semble-t-il, aucun métier dans lequel il n'aurait pas été obligé de se consacrer huit heures trois quarts, cinq jours par semaine à une autre activité. C'est pourquoi peu lui importait au fond de savoir comment il gagnerait sa vie plus tard.

« Libraire, comme ta mère », proposa Klaus Paulini.

« Comptable, comme Don Pedro », objectait Mme Kate, « ou bien tente quelque chose avec le bac, formation professionnelle avec le bac, ensuite tu pourras étudier ! »

Son père hochait la tête.

« De nos jours, ça ne mène à rien. Tu es obligé de te plier encore plus que tous les autres. »

Mme Kate interrogeait les cartes. Mais la maison qui s'imposait chaque fois, la grande maison pour laquelle il était fait, ce ne pouvait être, selon elle, que l'université, mais ça pouvait tout signifier, la Stasi ou même la prison de Bautzen qu'on appelait « la Misère jaune ».

Ce fut finalement la prof principale qui accorda à Norbert Paulini, en tant que fils d'ouvrier et orphelin de mère, le droit de commencer une formation de technicien en TMCR avec le bac.

« Technique de mesure, conduite et réglage », lui expliqua-t-elle. « Cela t'ouvrira toutes les portes. »

Norbert Paulini se soumit à cette décision comme à une condamnation.

Même s'il comprenait assez bien la matière enseignée et s'y retrouvait dans la pratique, il était accablé par l'idée de gâcher son existence entre les appareils d'une usine. Au bout d'un an et demi, il jeta l'éponge et plus rien ni personne ne put le faire changer d'avis. Norbert Paulini fut définitivement convaincu d'avoir assez longtemps tenu bon et enduré. Il ne voulait pas consacrer encore une année, un mois, et même une semaine de plus de sa vie, à des activités qui lui étaient indifférentes et auxquelles n'importe qui pourrait pareillement se livrer. S'il y avait une justification à son existence, annonça-t-il à son père et à Mme Kate, alors c'était celle avec des pages reliées et imprimées avec des lettres qui attendaient d'être saisies, ouvertes et lues, donc prendre vie par lui. C'était à ça, et à rien d'autre qu'il était destiné. Son père et Mme Kate se renvoyèrent la responsabilité jusqu'à ce que Mme Kate allât avec lui dans la librairie d'État de la Hüblerstrasse, le présentât à la responsable comme le fils de Dorothea Paulini qui avait naguère fondé ici une librairie. Elle n'avait jamais entendu parler de Paulini et n'avait encore jamais vu ce jeune homme dans sa boutique, ce qu'il confirma aussitôt.

« La plupart des lecteurs confondent dans un délire enfantin les livres et les œufs et croient qu'il faut toujours les consommer quand ils sont frais », déclama, sans qu'on lui demande, Norbert Paulini en balayant les rayonnages du regard. Et il poursuivit : « Ils devraient plutôt s'en tenir aux réalisations des rares élus et appelés de tous les temps et de tous les peuples. C'est à peu près ce que l'on peut lire chez Schopenhauer, dans *Le Monde comme volonté et comme représentation*, vers la fin du quinzième chapitre, dans mon édition Halbfranz de ses œuvres complètes en huit volumes, publiée chez Philipp Reclam à Leipzig, la date ne me revient pas pour l'instant. »

Si ce jeune homme exigeant était prêt à déballer les colis de livres et à les ranger, à faire les courses, à balayer et à nettoyer le magasin le soir et s'il donnait satisfaction, on pourrait songer à le proposer comme auxiliaire à la librairie d'État jusqu'au début de l'année d'apprentissage, dit la responsable avant d'ajouter qu'elle ne pouvait rien promettre.

Norbert Paulini faisait aussi la vaisselle des femmes après le petit déjeuner et le café de l'après-midi, il défroissait et enroulait le papier d'emballage pour le recyclage, déballait et remballait les livres dans des cartons et se planquait dans un coin, quand c'était possible, avec un livre. Il n'empêche que la pendule, certains jours, semblait marcher à l'envers.

Personne ne s'attendait à ce qu'il fût appelé au service militaire. Que cela vînt si tôt était considéré comme une chance. Pour beaucoup, cela arrivait lorsqu'ils étaient déjà mariés et pères de famille. Norbert Paulini y vit un autre avantage. Tous ceux qui avaient été « sous les drapeaux » se plaignaient d'avoir perdu leur temps, d'être restés à rien faire. Il disposerait donc de nombreuses journées et nuits pour la lecture.

Pour les six semaines de formation de base, il se munit d'une bible éditée en RDA. Il ne possédait pas de plus gros volume. Il laissa à la maison des piles de livres soigneusement préparées qui devraient lui être acheminées chaque semaine, dès qu'il le demanderait. Norbert Paulini atterrit dans un régiment de tirailleurs motorisés au nord de Berlin.

Comme il avait tous les jours la Bible en main, on crut que Norbert Paulini était croyant. Sommé de s'expliquer, il déclara que la foi est une affaire privée, c'est d'ailleurs ce qui figure dans la Constitution. Il supportait, impassible, les fréquents contrôles de son armoire, et qu'on l'appelât « Jésus » lui plaisait même. Après tout, une couronne d'épines était aussi une couronne.

Au bout de trois mois, l'officier responsable politique le plaça à la bibliothèque du régiment. Le caporal qui devait lui apprendre ce qu'il fallait faire l'accueillit froidement mais n'avait rien à redire lorsqu'il arrivait avec un livre, ne demandant rien d'autre qu'une chaise et une lampe.

Au début du deuxième semestre de son service militaire, sa tranquillité de bibliothécaire était presque totale. Même s'il devait se forcer à prendre dans sa main un livre de la bibliothèque. C'était comme s'il se couchait dans un lit étranger.

La responsable de la librairie du régiment le convoqua. Elle ouvrait à treize heures pour les officiers, à quatorze heures pour les autres. Norbert Paulini devait y être à midi. Mme Vorpahl n'était pas une beauté. Cependant de nombreux soldats venaient là seulement pour voir une femme de près et entendre une voix féminine. Mme Vorpahl lui intima quasiment l'ordre de prendre place à son bureau à elle et lui tendit un classeur. Sur chaque page étaient disposés plusieurs carrés prêts à être découpés. Et chacun d'eux contenait le nom de l'auteur et le titre du livre ainsi qu'une brève description du contenu. Il connaissait ce genre de pages de la Hüblerstrasse. Mais que devait-il en faire ?

« Eh bien, les réserver », dit-elle. « Pour la bibliothèque – et pour toi. »

Désormais Norbert Paulini regardait tous les quinze jours les annonces des livres à paraître et en commandait quelques-uns pour la bibliothèque.

« Tu peux avoir tous ceux que tu veux », dit Mme Vorpahl, « même au prix d'achat, si tu la fermes. »

« J'ai assez de livres », répondit-il.

« On n'a jamais assez de livres », lui répliqua-t-elle. « Tu peux les avoir pour rien. Je les inscrirai comme livres volés. »

Soudain le capitaine Vorpahl apparut.

« Ce n'était pas fermé à clé ? » s'étonna Mme Vorpahl, sans plus prêter attention à son mari. Norbert Paulini ne savait pas comment saluer. Comme toujours, il s'était débarrassé de son ceinturon, et du képi de toute façon. Il rougit. Le capitaine Vorpahl lui lança : « Au rapport ! » puis « Rompez ! »

Le vendredi, Mme Vorpahl arriva peu avant six heures du soir dans la bibliothèque avec une pile de livres.

« La commande », dit-elle en déposant les livres et sa veste puis elle ferma la porte à clé, comme si cela faisait partie de ses obligations. Elle s'arrêta tout près de lui.

« Il serait temps maintenant que tu t'actives un peu », dit-elle en se rapprochant encore. « Je t'ai tiré du pétrin et je ne dispose que d'une demi-heure. » Elle passa ses mains dans sa mise en plis, tourna la tête dans tous les sens comme si elle pouvait se mirer dans le visage du jeune homme. Et comme il ne bougeait pas, elle saisit ses mains et l'embrassa sur la bouche.

« Incroyable », murmura-t-elle. « Une vierge. »

Lorsque Norbert Paulini fut couché, la plupart des autres dormaient déjà, il ne put s'empêcher de rire. Il avait lui aussi tiré les rideaux. Et lorsque dehors, on entendit le pas cadencé des compagnies se dirigeant vers la cantine, il aurait aimé crier : En avant ! On continue la marche ! On continue la route ! Il eut un rire discret. Mais celui qui était dans le lit du dessus se pencha pour lui demander ce qu'il y avait. Au lieu de répondre, Norbert Paulini continua de rire. Celui d'au-dessus lui braqua sa lampe de poche dans les yeux.

Norbert Paulini se tourna vers le mur et, au grand étonnement de l'autre, sombra peu après dans un profond sommeil.

Chapitre VII

Par une journée ensoleillée de début décembre, alors que Norbert Paulini avait été nommé caporal et qu'il en était depuis un mois déjà à son troisième semestre de service, un soldat entra dans la bibliothèque, le salua et sourit lorsque Norbert Paulini n'en fit pas de même.

« Puis-je jeter un coup d'œil ? »

Norbert Paulini fit signe que oui, bien que les premières compagnies allassent déjà prendre le déjeuner. Son visiteur, dont les épaulettes étaient encore lisses, avait dû quitter en douce son unité. Il n'y avait que les officiers et sous-officiers pour venir à cette heure-là.

« C'est pas possible ! » entendit-il s'écrier le soldat. Suivi peu après d'un « Non ! » aussi insistant qu'étonné.

Norbert Paulini poursuivit sa lecture.

« Comment se retrouvent-ils ici ? » demanda le soldat en déposant deux livres devant lui. Le premier, d'un auteur polonais nommé Gombrowicz, avait un titre imprononçable et n'avait jamais été emprunté, l'autre, intitulé simplement *Le Château / Le Procès,* dont l'auteur était Kafka, portait deux tampons d'emprunt.

Tandis que le soldat remplissait rapidement la carte de lecteur en grandes capitales, sa chevelure prit à la lumière de midi un reflet roux que Norbert Paulini n'avait tout d'abord pas remarqué.

« C'est quand même étonnant », dit Ilia Gräbendorf en voyant le livre posé sur la table de Norbert Paulini. *Illusions perdues*. Son rire fit apparaître de petites dents blanches.

« Lire Balzac quand on pourrait lire Kafka, c'est quand même un peu décadent », dit-il en lui tendant la main par-dessus la table.

Deux semaines plus tard, Ilia Gräbendorf revint, le livre du Polonais en main. Il portait des lunettes.

« C'est quand même renversant, non ? », s'écria-t-il. Gräbendorf voulut parler avec lui de *Ferdydurke*, il évoquait avec enthousiasme la « cuculisation du monde », attendant apparemment l'approbation de Norbert Paulini.

« Ce qu'il décrit n'a jamais existé auparavant, ce n'était même pas un espace blanc sur la carte », s'écria le soldat Gräbendorf. « Comparés à lui, nous sommes des aveugles, de vrais aveugles ! » Il était tellement excité qu'il n'avait pas enlevé son képi. « Ce n'est pas fantastique, pas grotesque, pas sarcastique, pas bizarre, pas satirique, voire ironique », et montrant les cinq doigts de sa main droite et le pouce de la main gauche : « C'est tout cela mais bien plus encore ! C'est à la fois tourmenté et jubilatoire », en recommençant à compter sur sa main droite, « analytique et synthétique, et le contraire est déjà là aussi ! Il n'y a rien d'authentique, pas de pensée propre, il sait que tout est artificiel, le sujet à la fin. »

Norbert Paulini dit qu'il lisait cet hiver toute *La Comédie humaine* et se consacrerait à Stendhal, fin février peut-être à Flaubert, dont il avait d'ailleurs déjà lu certains livres. Il ne connaissait pas encore la littérature polonaise. Son plan était, outre Zola et Maupassant, d'approcher peu à peu la triade Baudelaire, Verlaine et Rimbaud, mais cela serait peut-être pour après la fin du service. Pour lui, le xxe siècle était encore loin et de toute façon pas à l'ordre du jour.

« Tout Balzac ?! » s'exclama le soldat Gräbendorf. « Mais pourquoi au fait ? Est-ce que cela ne suffit pas de lire une ou deux choses pour comprendre comment c'est fabriqué ? »

« Comment ça, fabriqué ? »

« Balzac et les autres. Flaubert, d'accord, là on peut apprendre comment c'est construit, mais tous les romans de Balzac ? »

« Parce que cela fait un tout, parce que cela constitue un univers. On ne comprend seulement un seul que lorsqu'on connaît l'ensemble – et réciproquement. Je voudrais saisir ce qui les relie en un tout cohérent ! C'est de cela qu'il s'agit ! Pourquoi lis-tu ? »

« Pour savoir ce qu'il y a, ce qui a été atteint jusqu'à présent, où va la littérature. »

« Où ça va ? »

« Il faut savoir sur quoi on peut construire. »

Durant les derniers mois du service militaire de Norbert Paulini, Ilia Gräbendorf passa presque chaque jour. Pour y lire, inspecter chaque fois les stocks, examiner les nouvelles acquisitions et toujours parler. D'Ernst Jünger, par exemple. Que Norbert Paulini ne connaissait que de nom. Y avait-il quelque chose qui dépassât Stendhal, notamment le début de *La Chartreuse de Parme,* quand le jeune et beau Fabrice ne sait pas si l'on peut parler de véritable bataille pour le tohu-bohu dans lequel il se trouve. Alors qu'il est en plein dans l'événement mondial de Waterloo et trop ivre pour apercevoir l'empereur au moins une fois. Au fond, ce n'est que par ces écrivains que l'on peut entrevoir l'importance de l'Histoire.

Le soldat Gräbendorf demanda s'il pourrait lui apporter de la lecture, quelque chose qu'il avait écrit lui-même, quelques réflexions. Comme Norbert Paulini hésitait à répondre, le soldat Gräbendorf proposa en contrepartie d'examiner ses travaux à lui.

« Écris-tu plutôt de la poésie ou de la prose ? Ou du théâtre ? », demanda le soldat Gräbendorf.

« Je me suis résolu à devenir lecteur », déclara Norbert Paulini. « Celui qui lui-même écrit n'est plus en mesure de vraiment lire. Seul, le lecteur désintéressé, qui est capable de s'ouvrir totalement et sans réserve à un livre, peut le saisir dans toutes ses nuances et sa complexité. En revanche, celui qui lit avec une intention élague le livre à la mesure de ses besoins et le soumet à ses propres envies créatrices. »

À partir de ce jour-là, Norbert Paulini eut l'impression qu'Ilia Gräbendorf fut plus calme et plus poli et aussi moins excité. Certes, ce dernier n'arrêta pas de lui donner à lire chaque semaine ses propres textes, mais ils reçurent un accueil plus favorable qu'il ne l'aurait pensé.

Quelques jours avant la fin du service, Norbert Paulini apprit qu'il pourrait commencer en septembre sa formation de libraire dans la filiale de la Hüblerstrasse. Il dicta au soldat Gräbendorf l'adresse de la Brucknerstrasse et lui offrit un exemplaire ancien des *Promenades à travers la marche de Brandebourg* de Fontane, qui évoque la région de la Havel, où le site de leur régiment avait également été décrit. « Nous aimons cette pièce, mais nous la connaissons, et tandis que le soleil disparaît derrière le château et le parc, nous préférons, bercés par des images et des rêves, regarder le château d'Oranienburg, un de ces véritables théâtres où les personnages de cette pièce étaient chez eux, avec leur haine et leur amour. »

Il dut en revanche se séparer de Marion Vorpahl sans prendre congé. Pendant les deux semaines précédant sa libération, la librairie resta fermée pour cause de maladie.

Chapitre VIII

À la maison, Norbert Paulini appréciait d'avoir une liseuse à côté du lit et des toilettes pour lui. La question de son père quant à ses projets de travail provoquait régulièrement une dispute entre eux, qui se concluait toujours sur cette phrase : « On ne paie personne rien que pour lire ! »

Norbert Paulini sentait que son père le pressait sans raison de sacrifier les quatre mois libres jusqu'au début de l'apprentissage. Il n'aurait pratiquement aucun recours au salaire paternel, car il lui restait de l'argent de sa solde. Mme Kate s'en prenait presque encore plus vivement à lui. Elle semblait craindre que la validité de sa prédiction en prenne un coup.

Quand la formation de libraire commença en septembre, il ne fallut que quelques semaines pour qu'une certaine aura l'entoure, aussi bien à la librairie qu'à l'école des libraires de Leipzig. Même au cours des deux semaines pendant lesquelles on l'envoya récolter des pommes dans la région de la Havel, il prit à peine l'occasion de bavarder avec les autres apprentis. Et pourtant, Norbert Paulini faisait preuve de politesse et d'attention, aidait les jeunes filles à enfiler leur anorak et les laissait passer devant lui en sortant, comme son père le lui avait appris. Mais toute conversation s'arrêtait en sa présence. S'il était question de livres, ce qui arrivait rarement, le silence de Paulini était interprété comme un jugement méprisant. Si c'était le bavardage habituel, on redoutait de paraître puéril à côté de lui.

Lorsqu'on faisait appel à lui dans la librairie afin de noter les souhaits d'un client, il ne pouvait s'empêcher de soupirer à la vue des commandes inscrites sur les pages. En l'entendant, la collègue était persuadée qu'il souffrait de devoir commander de la mauvaise littérature. Sa sensibilité coïncidait trop bien avec l'image qu'on avait déjà de lui.

Une semaine plus tard, la responsable présenta à Norbert Paulini une dame qui dirigeait la librairie de livres rares et anciens dans la Bautznerstrasse, dont le mari était mort, et dont le commis qui y travaillait depuis plusieurs années était parti à Leipzig pour y prendre la direction d'une librairie de livres rares et anciens.

Hildegard Kossakovski tint à une période d'essai. Les originaux, elle connaissait bien. Au fond, chaque client de son magasin méritait ce qualificatif. Mais même quelques semaines après que Norbert Paulini eut commencé à travailler chez elle, elle ne savait pas encore à quoi s'en tenir. Il se comportait d'une façon beaucoup moins étrange qu'elle ne s'y était attendue, ce qui lui inspira de la méfiance. Norbert Paulini avait accepté sans hésiter d'enfiler la blouse bleu gris qu'elle réservait à ses apprentis, même si elle était un peu juste aux épaules, et il la portait du matin au soir. Il était un modèle de ponctualité, ne rechignait devant aucune tâche, prenait même sans qu'on le lui demande le balai ou la pelle pour dégager la neige, était avide d'apprendre et n'hésitait pas à poser des questions. Les livres qu'elle lui conseillait, il les rapportait, sinon le lendemain, au plus tard le lundi suivant, après les avoir lus, sans faire mystère de son jugement. Tout en pouvant faire des comparaisons, surtout avec les littératures française et russe, qui ne manquaient pas de l'étonner. Elle était d'autant plus stupéfaite de constater sa totale méconnaissance en matière d'arts plastiques et de musique. Elle lui enjoignit d'aller visiter le cabinet des gravures, l'emmena à des vernissages à la galerie Kühl et au Musée Leonardi. Les dimanches après-midi, ils se retrouvaient chez les maîtres anciens. Comme elle avait droit chaque fois à deux entrées aussi bien pour les concerts de la Staatskapelle que de la Philharmonie, elle l'invita à se consacrer en sa compagnie à ces « délicieux moments », comme elle disait.

Qu'il apporte au travail son costume et des chaussures de sortie, et de là, en une demi-heure, on pourrait tranquillement « musarder » jusqu'au Palais de la culture, un verbe qu'elle était la seule à utiliser. Norbert Paulini avoua ne disposer ni d'un costume ni de chaussures particulières. Sur quoi Hildegard lui passa un mètre autour du cou, lui demanda sa pointure et l'examina attentivement des pieds à la tête. Puis elle quitta le magasin pour s'adresser à ses amies. Elle eut recours à l'expression « Pas besoin de quelque chose de particulier », comme si elle pouvait cacher l'excitation qui rafraîchissait ses joues.

Norbert Paulini fit en ces heures une expérience toute nouvelle : comme c'était agréable, et même exaltant, de recevoir tout seul chaque client et avec un « Vous désirez ? » faire « une petite ouverture », selon l'expression de Hildegard Kossakovski. Et Norbert Paulini accueillait chacun le plus aimablement possible, bien qu'il eût toujours le sentiment d'être en duel avec l'autre.

Il ne put en revanche prendre plaisir à la soirée de concert avec Hildegard Kossakovski. Pendant les quelques pas qu'ils firent durant l'entracte, il fut mécontent et agité car il n'arrivait pas à faire le lien entre ce qu'il avait entendu et ce qu'on lisait dans le programme. Il s'en voulait. Il était en outre contrarié qu'ils aient manqué l'introduction du concert.

C'est pour lui que Hildegard Kossakovski installa un tourne-disque stéréo dans le magasin et qu'elle apporta de chez elle une juste quantité de disques soigneusement sélectionnés, lui demandant d'écouter plusieurs fois une symphonie de Beethoven, de Brahms ou de Bruckner sous la direction de Sanderling et choqua Norbert Paulini avec les mêmes symphonies mais sous la baguette d'Abendroth, Masur ou Konwitschny.

Hildegard Kossakovski le mena dans des appartements et des maisons où étaient accrochées des œuvres qu'on ne trouvait pas dans les lieux publics. C'est là qu'il rencontra un historien d'art qui avait connu Otto Dix et Oskar Kokoschka, des collectionneurs qui se souvenaient de Felixmüller ou de Nolde. Si ma mère n'était pas morte, pensait presque chaque fois Norbert Paulini lors de ces visites, je serais ici aussi chez moi, j'aurais toujours mangé à cette table. L'archéologue Scheffel proposa au « fils d'ouvrier », comme il appelait Norbert Paulini, de lui faire visiter la collection de sculptures. À plusieurs reprises, Norbert Paulini fut sur le point de demander à Peter Scheffel s'il ne voulait pas l'adopter, puisqu'il n'avait pas d'enfants, et de préférence de façon rétroactive, comme si on pouvait ainsi remonter le temps. Lorsque son père l'interrogea sur ce qu'il souhaitait pour son anniversaire, Norbert Paulini lui imposa d'acheter enfin à son fils un abonnement d'un an au Musée des collections d'art de l'État.

Mais un an fut vite écoulé, puis un autre ensuite.

Norbert Paulini révérait Hildegard Kossakovski. Et cette dernière ne put lui témoigner d'une plus grande estime que de lui confier le magasin durant ses trois semaines de vacances d'été sur l'île de Hiddensee. Jamais il ne s'était senti aussi libre et aussi fort que lorsqu'il fut seul dans ces deux pièces garnies de livres jusqu'au plafond. Jamais les symphonies de Beethoven, et d'autres encore, n'avaient résonné si fort et de façon si bouleversante que pendant ces journées. Et il se risquait même à conseiller des livres, ce qu'il avait évité de faire en présence de Hildegard Kossakovski. Il ressentit douloureusement le retour prématuré de sa patronne.

Elle remarqua sa nouvelle assurance, se l'attribua à elle-même et ne prit désormais plus d'égards lorsqu'elle devait le corriger, par exemple quand il affirmait que le *Voyage en Italie* de Goethe était paru avant la *Promenade* de Seume ou lorsqu'il attribuait la paternité du *Barbier de Séville* à Puccini au lieu de Rossini. Chaque fois, Norbert Paulini se frappait alors plus violemment le front qu'elle ne l'eût souhaité et secouait la tête.

À l'issue de son apprentissage, il était en mesure, pour pratiquement chaque livre qu'on lui présentait, de le dater en raison de son aspect et de sa fabrication, de la couverture et du nom de l'auteur, d'indiquer d'autres éditions, d'estimer la qualité du papier ainsi que la valeur de l'exemplaire. Il se sentait entre-temps chez lui dans la première moitié du XXe siècle. Il lut l'ouvrage d'Albert Kapr *L'Art de l'écriture. Histoire, anatomie et beauté des caractères latins* et, sur la recommandation de Scheffel, fit la connaissance de son ami Walter Schiller, l'autre grand typographe. Il se plongea avec enthousiasme dans l'histoire des éditions de Leipzig : Reclam, Kiepenheuer, Brockhaus, Breitkopf, Seemann, Baedeker, Dieterich'sche Verlagsbuchhandlung, Kurt Wolff, List… Mais l'éditeur de Dresde Jakob Hegner retint aussi son attention.

« Et Teubner ? », demanda Scheffel. « Qu'en est-il de B.G. Teubner ? Sans Teubner, c'est tout notre passé que nous perdons ! »

La seule chose qui ne l'enchantait guère, c'était l'acquisition, l'achat de livres, notamment lorsqu'une visite chez les clients se révélait inévitable. Pour Hildegard Kossakovski, c'étaient des jours de fête. Norbert Paulini se méfiait en revanche des gens qui voulaient vendre leurs livres.

Tout aurait continué ainsi à la satisfaction générale si son père ne lui avait pas confié un dimanche après-midi que le grand-père disparu de Norbert était mort en lui léguant, à lui, Norbert Paulini, environ trente mille marks.

« Mon grand-père était encore en vie ? »

« Il habitait du côté de Wolgast, tout là-haut. »

« Alors il n'était pas à l'Ouest ? »

Klaus Paulini hocha la tête.

« Cette gonzesse veut que tu lui écrives pour ton numéro de compte. »

« Et toi ? », demanda Norbert Paulini. « Qu'est-ce que tu recevras ? »

« Rien. » Son père sourit. « Tu pourrais ouvrir ta propre boutique de livres. Tu auras la chambre de la pension et l'autre aussi, a dit Kate. Elle va arranger ça, avec la licence et toute la paperasse. Librairie et livres rares et anciens Dorothea Paulini, propriétaire Norbert Paulini, ça sonne bien, hein ? » Klaus Paulini se frotta les mains. « Et en plus, personne ne te dérangera ici pendant tes lectures ! »

« Tu veux dire ici ? »

« C'est bien ce que j'ai dit ! Deux pièces sont libres. On va les aménager. J'ai toujours eu envie d'habiter dans un magasin de livres rares et anciens. Il se passe toujours quelque chose, des gens intelligents, une compagnie agréable. »

Quelques jours plus tard, pendant la pause thé de l'après-midi, Hildegard Kossakovski avança peu à peu sa main droite jusqu'au milieu de la table, où la main gauche de Norbert Paulini esquissait un demi-cercle autour de la tasse de thé. Elle n'avait jamais vu son commis aussi plongé en lui-même, taciturne et sombre. Elle leva la tête et ne put s'empêcher de lui demander ce qu'il avait sur le cœur.

« Je vais me mettre à mon compte », répondit-il. Bien des années plus tard encore, Hildegard Kossakovski affirmait que la réplique immédiate, le ton décidé et brutal, la froideur de son regard lui avaient fait croire, en cet instant, à un attentat sur sa vie prévu depuis longtemps. Elle était dans l'impossibilité de bouger, ou même de répondre. Son avant-bras restait sur la table, comme pris dans un piège, à peine un centimètre séparait leurs deux mains. Norbert Paulini fixa la raie des cheveux de Hildegard Kossakovski, qui l'émouvait de façon incompréhensible.

Lui-même ne croyait pas cela possible, pourtant ressurgirent les mêmes reproches et les mêmes accusations qu'il avait déjà entendus de la bouche de Marion Vorpahl et qui le pétrifiaient. Même l'enseigne qui fut accrochée à la porte vitrée le lendemain matin ressemblait mot pour mot à celle de la librairie du régiment.

Il eut cependant le sentiment d'être Eugène de Rastignac quand, à l'enterrement du père Goriot, il regarde la ville du haut du cimetière et murmure : « Et maintenant, à nous deux, Paris ! »

Chapitre IX

Grâce aux fabuleux prodiges de Mme Kate, une patente atterrit sur la table de cuisine des Paulini. Il ne lui restait plus qu'à la signer. Pour une personne familière des particularités de l'Allemagne orientale de ces temps-là, cela peut sembler à peine crédible, mais Mme Kate et ses connaissances installées là de longue date démontrèrent que l'entreprise de Dorothea Paulini n'avait jamais été abandonnée et que le crédit demandé par Klaus Paulini, initialement aussi par sa mère, avait été remboursé, et que le capital de l'entreprise, donc les livres, existait, tant sur le plan comptable que matériel.

Son annonce dans le quotidien *Die Union* – six centimètres, sur deux colonnes – ainsi que dans le quotidien *Sächsische Zeitung* – une colonne – signala la réouverture de la « librairie et livres rares et anciens Dorothea Paulini, propriétaire Norbert Paulini » pour le mercredi 23 mars 1977. C'est son père qui avait proposé cette date, car c'était l'anniversaire de Dorothea Paulini – elle aurait eu quarante-huit ans.

Entre-temps, on avait également installé une sonnette particulière et apposé une enseigne sur la porte du jardin.

Mme Kate mit Norbert en contact avec « Don Pedro », son vieux comptable toujours entouré d'un nuage de fumée de cigare. Et l'Office d'État du livre fut prêt, contre paiement immédiat, à livrer, en fonction des disponibilités, ce que M. Paulini commandait.

Son père l'aida à réparer et poncer le sol, à plâtrer et à peindre les murs. Ils débarrassèrent le stuc des précédentes couches de peinture qui l'avaient complètement masqué. Dans la pièce du devant, on vit apparaître des motifs d'oiseaux, dans la pièce de derrière des têtes de femmes, s'agissant d'anges ou de muses. La fabrication des rayonnages engloutit un tiers de l'héritage, bien qu'elle se limitât à l'aménagement de la « chambre des demoiselles », comme son père l'avait tout de suite baptisée. Pour l'autre pièce, on se contenta des vieilles étagères ainsi que de celles qu'on put dénicher chez un antiquaire. À partir du moment où ses joyaux arrivèrent enfin, Norbert Paulini n'eut de cesse que lorsque le dernier livre eût trouvé sa place. Pour la première fois, il les voyait tous rassemblés. Il ne connaissait la plupart que comme partie d'une pile. Certains avaient dormi jusqu'alors dans des caisses et des cartons. Mais à présent chacun d'eux se présentait à lui comme une personne autonome, prête à être prise en main, pouvant sortir et rentrer, aller à un autre endroit. Les livres de Norbert Paulini entamèrent aussi avec lui une nouvelle existence.

Ce fut le marquage des prix des livres qui prit le plus de temps, même s'il le faisait facilement, il en avait déjà l'habitude. Il fixa des prix plus élevés que chez Hildegard Kossakovski. La difficulté était autre. De nombreux livres portaient les traces de son crayon. Chacun lui posait cette question : Ai-je le droit de rester ? Suis-je obligé de partir ? En fait, il voulait tous les garder.

De plus, ses rayonnages firent preuve de voracité, ses livres furent littéralement avalés par eux. Norbert Paulini frémit à la pensée de ne pouvoir disposer de cette masse de livres dont Mme Kate et son père avaient toujours parlé. Personne ne lui avait encore proposé des livres à la suite de son annonce. Si cela arrivait un jour, il ne pourrait éviter de rencontrer seul ces gens qui se débarrassaient de leurs livres.

Chapitre X

Le jour de l'ouverture, le chignon de Mme Kate était particulièrement haut. Au bout d'une heure dans la cuisine des Paulini, elle n'y tint plus et alla vérifier si la sonnette de la porte fonctionnait.

Les premiers invités vinrent quand sonna midi, deux jeunes femmes remirent à Norbert Paulini un gâteau marbré avec une bougie allumée au milieu.

« C'est la librairie qui nous envoie », dit la plus grande des deux, qui avait l'allure d'un fier jeune homme de la Renaissance.

« Nous vous souhaitons bonne chance ! », ajouta la deuxième, au large visage de fillette.

Tout en marchant, il souffla la bougie et déposa le gâteau à côté de la vieille caisse enregistreuse, sur la table postée dans le vestibule donnant sur les deux pièces garnies de livres. Que devait-il faire avec ces femmes ?

« Voulez-vous jeter un coup d'œil ? » Il leur expliqua selon quel schéma il avait rangé les livres.

« Pas par ordre alphabétique ? », l'interrompit le visage de fillette, avant de mettre la main sur sa bouche, comme si elle avait parlé trop vite.

« J'ai synchronisé les littératures, à savoir la même hauteur pour la même époque. » Et, en pivotant d'un quart de tour, il passa le bout de son index droit sur les étagères des vieux rayonnages. « C'est le plan temporel. Et chaque étagère accueille par ailleurs une littérature nationale. »

Il tapotait de haut en bas sur les rayons des Français, et l'on pouvait entendre le contact de ses ongles sur le bois.

« Alors la littérature contemporaine doit se trouver tout en bas », conclut celle au visage de jeune homme, qui allait et venait, comme si elle comptait les rayons peu remplis ou entièrement vides.

« C'est ce qu'on verra », répliqua-t-il.

« Et les Allemands ? », demanda celle au visage de fillette.

Norbert Paulini se fraya un chemin entre elles vers le vestibule pour ouvrir la porte suivante. La beauté, la symétrie et les lignes nettes des rayonnages s'érigeant jusqu'aux stucs du plafond, interrompus par les deux seules fenêtres, firent pivoter les deux femmes sur elles-mêmes.

« En chêne de tourbière », lança-t-il dans leur silence, « panneaux de latté, chêne des marais, plaqué ». D'où donc celle-ci tenait-elle cette expression hautaine ?

« Alors, il ne vous a encore rien offert ? » fit Mme Kate en rompant le silence. Elle salua d'une poignée de main les deux jeunes femmes qui déclinèrent leur prénom.

« Mme Kate », dit Norbert Paulini. « Pension Kate dans la "Villa Kate", la patronne en quelque sorte. »

« De toute façon, tu hériteras un jour de tout ça », répliqua Mme Kate en entraînant avec elle les jeunes dames. « Il a tout misé sur une carte, il faut que vous le sachiez », dit-elle en s'éloignant. « Sur une seule carte. »

Norbert Paulini les suivit jusqu'à la caisse. Chacun devait un jour décider comment il souhaitait vivre. Lui avait choisi l'existence la plus intense et la plus agréable possible pour quelqu'un, une existence de lecteur.

Les bavardages s'interrompirent lorsque la sonnette tinta à nouveau.

« Sacré nom ! » fit le visiteur au bout d'un moment durant lequel ils se dévisagèrent.

Norbert Paulini mit un peu plus de temps pour reconnaître le soldat Gräbendorf dans ce gars aux cheveux longs et en veste de cuir.

« Tu me fais entrer ? »

Norbert Paulini fut heureux de ne pas avoir revu Ilia Gräbendorf plus tôt. Car c'était depuis deux heures et demie seulement qu'il était celui qu'il voulait être. C'est ce qu'il comprit en allant de la porte à la caisse, et c'est pourquoi, en se retournant, il lança un sourire radieux à Ilia Gräbendorf.

Finalement, ce dernier suivit son hôte vers les livres en le regardant sortir un livre après l'autre.

« Mais c'est quoi, ce fourre-tout ? », fit Gräbendorf sans se retourner.

« Ils sont rangés par ordre chronologique, selon leurs dates de naissance », expliqua Norbert Paulini.

« Selon les années ? »

« Année, mois, jour, s'ils sont nés le même jour, alors naturellement par ordre alphabétique. » Norbert Paulini restait derrière lui.

« Jusqu'à combien on a le droit de se servir ? » demanda Ilia Gräbendorf sur un ton moqueur.

Norbert Paulini le débarrassa de la pile. Ces livres étaient donc les premiers qui quittaient sa maison pour aller dans le monde, même si, dans ce cas, le monde était l'ancien soldat Gräbendorf.

Il passa son après-midi à aller et venir, à retirer des rayonnages les livres qu'on lui demandait, à noter des titres, à taper le prix dans la caisse enregistreuse, à tourner la manivelle. Son père passa en uniforme de conducteur de tram, bientôt une odeur de bortsch se répandit. La bousculade grossit d'heure en heure dans le magasin, car peu de visiteurs trouvaient le chemin de la sortie. Norbert Paulini avait l'impression qu'ils s'étaient donné rendez-vous chez lui.

« À la santé du libraire ! » lança Mme Kate. Les clients de sa pension lui emboîtèrent le pas, elle brandissait par le goulot deux bouteilles de mousseux.

Chaque fois que Norbert Paulini actionnait sa caisse enregistreuse, c'était comme s'il perdait un instant le contrôle de lui-même, comme lorsqu'on éternue. Son père touillait le bortsch, et Ilia Gräbendorf, monté sur un tabouret, déclamait quelque chose qu'il appelait « pièce ».

Faute de chaises, les invités étaient même assis avec leur assiette de soupe sur les lits récemment achetés, on voyait sur le tapis clair de la salle de bains les traces de chaussures. Seule la vitrine contenant la bibliothèque privée de Norbert Paulini restait hors d'atteinte car elle avait une serrure. C'est avec des plaisanteries, des tapes sur l'épaule, des meilleurs vœux et des remerciements que s'acheva, une heure avant minuit, la première journée de travail du libraire d'ancien Norbert Paulini.

Avec un Klaus Paulini heureux et épuisé qui avait évoqué pendant toute la soirée le souvenir de sa Dorothea bien-aimée, fondant plusieurs fois en larmes, et une Mme Kate, passablement ivre, qui n'accordait guère d'importance à ces récits et un Norbert Paulini abattu. L'idée de devoir rouvrir dans un peu moins de onze heures, rien que pour voir encore filer quelques trésors, lui était intolérable. Il fut incapable de dire un mot de remerciement aux deux jeunes femmes. Et il ne leur répondit même pas quand elles prirent congé. Mme Kate annonça que cette journée avait mis autant d'argent dans les poches de son protégé qu'elle n'arriverait pas à encaisser par son loyer en cinq, voire six ans. Cet aspect de son travail surprit Norbert Paulini, sans pour autant le consoler. Lui, le lecteur, se demandait s'il avait vraiment choisi le bon métier. Succombait-il au syndrome de Cardillac[1] ? Ne ressentait-il pas comme ce dernier l'énorme scandale de devoir vendre quelque chose alors que non seulement tout en lui s'opposait à cette séparation, mais que cela portait littéralement atteinte à son instinct de conservation ? Même sans être artiste ou orfèvre, on pouvait fort bien éprouver cette envie d'assassiner les clients.

1. Dans la nouvelle de E.T.A. Hoffmann *Mademoiselle de Scudéry*, Cardillac, orfèvre de génie à la cour de Louis XIV, a tant de mal à se séparer de ses œuvres qu'il poursuit ses clients.

Chapitre XI

Prudent comme un patient qui, alité, se sent encore vaillant mais s'attend à ressentir à chaque pas la douleur aiguë d'une blessure récente, Norbert Paulini se traîna le lendemain matin vers ses livres.

Mme Kate l'envoya dans la salle de bains pour qu'il reprenne allure humaine.

« On dirait un vomi de bière brune », lança-t-elle à propos de son allure.

C'est ainsi que se produisit la rencontre entre Mme Kate et Hildegard Kossakovski. Mme Kate examina longuement la libraire à la porte d'entrée jusqu'à ce que Norbert Paulini finît par entendre et reconnaître la voix de son ancienne patronne, qu'il délivra.

Hildegard Kossakovski lui remit un cadeau richement emballé ainsi que quelque chose enveloppé dans du papier journal. Il soupesa les deux objets dans ses mains.

« Des chocolats à la liqueur ! », dit-il sans hésiter. « Mais ça ? »

« C'est plus important », dit Hildegard Kossakovski, avant même qu'il eût sorti sa blouse. « Faites-lui honneur ! »

Norbert Paulini l'enfila aussitôt. Elle était repassée et raide et le serrait un peu aux épaules. Hildegard Kossakovski fit glisser son foulard de sa tête sans ouvrir le nœud.

« On m'a dit que vos clients vous ont dévalisé », commença-t-elle, avant d'ouvrir son sac à main et lui tendre plusieurs enveloppes. Toutes étaient adressées à elle, et ouvertes.

« Chez eux, on trouve des trésors. Si jamais vous avez des soucis d'argent, prenez-les en dépôt, vous savez comment ça marche. Répondez tout de suite, montrez-vous digne de moi, même si j'ai dû vous laisser partir avant d'avoir parachevé votre formation. »

Elle s'installa sur le siège de la caisse et lui piqua un des chocolats qu'elle lui avait apportés.

« Ce qui fait un bon libraire d'ancien – ce n'est écrit nulle part. Pas une sagesse qu'on trouve au coin de la rue. »

Elle trempa ses lèvres dans la tasse de café avant de glisser deux autres chocolats dans sa bouche.

« J'ai entendu dire », fit-elle lentement tout en avalant, « que vous avez détaillé pour la vente des éditions complètes. Comment pouvez-vous commettre d'aussi stupides erreurs ? Une édition complète, c'est une édition complète, on n'y peut rien changer. »

Au milieu de sa phrase, la sonnette de l'entrée la fit sursauter. Elle se leva, et aucune prière ne put la retenir. Il fallait qu'il s'occupe de ses clients, et elle des siens. Tout en se dirigeant vers la sortie, elle lui enjoignit de mettre en valeur ses trésors – il en répondait sur sa tête ! Déjà parvenue dans l'escalier, et en présence du facteur, elle fixa pour la première fois Norbert Paulini dans les yeux, avec un regard que celui-ci qualifia en ma présence plus tard, bien plus tard, d'« implorant », sans pouvoir trouver de formulation plus précise, malgré mon insistance. Il aurait couru après elle si le facteur ne l'avait pas interpellé, parce qu'il avait oublié, pendant une semaine, de vider sa boîte aux lettres. Et de plus, dans la fente de la porte, il y avait une lettre dans une enveloppe non timbrée.

Norbert Paulini ne put faire autrement que de lire ces lignes à son père et à Mme Kate. « Cher monsieur Paulini, sans doute ne vous souvenez-vous plus de moi, tant de gens entouraient hier soir votre personne, vos livres et le bortsch que monsieur votre père avait su si délicieusement préparer. C'est grâce à l'information donnée par une amie de Dresde que je suis venu hier de Leipzig. J'étais venu sans nourrir de grandes espérances, d'autant plus qu'un séminaire m'a empêché d'arriver plus tôt. Pour faire bref et ne pas abuser de votre précieux temps : en ouvrant une librairie de livres anciens d'un tel incomparable niveau, vous avez enrichi non seulement ma vie et celle de bien d'autres lecteurs, mais offert à votre clientèle reconnaissante une autre conscience de soi, je dirais même un autre mode d'existence. Veuillez pardonner ce vocabulaire naïf. Mais lorsque hier j'ai, sur les couvertures usées, aligné les lettres formant le nom d'Ernst Bloch, puis le titre *Le Principe espérance*, et cela trois fois, volume un, volume deux et volume trois, et à côté, en bleu foncé et sans couverture, *Sujet et objet*, j'ai d'abord pensé qu'il s'agissait d'une méprise, j'ai cru être victime d'une erreur, ou bien je me trouvais dans une bibliothèque ou bien j'allais devenir une voleuse si je tendais ma main vers eux. C'est seulement lorsque j'ai sorti les quatre volumes du rayonnage, que je vous les ai remis et que vous m'avez indiqué leur prix, que je pus donc être sûre de ne pas vous voler. J'eus alors besoin de toute mon autodiscipline pour ne pas fondre en larmes de joie. Vous, très cher monsieur Paulini, ne pouvez sans doute pas mesurer ce que signifie pour moi la possession de ces livres. Ou plutôt si, quelqu'un comme vous pourra le deviner. À la bibliothèque universitaire, j'ai extrait l'essentiel du premier tome avant finalement d'en établir un résumé. Mais dorénavant, il me sera permis de lire ce livre, ces livres, comme un être civilisé de la seconde partie du xxe siècle, sans hâte et sans la peur de les perdre le lendemain au profit de quelqu'un d'autre. Dans les jours, les mois ou les années qui suivront, j'aurai tout loisir de suivre les traces de crayon de ma propre lecture.

J'étais venue avec toutes mes économies, mais n'ai pas osé me servir chez vous au-delà de ces quatre livres. Je me serais alors rendue coupable de rapacité. Nul ne pourrait être comblé autant que je le fus.

Même si vous n'avez besoin ni de remerciement ni d'approbation pour votre grande œuvre, je tenais au moins à vous remercier, ce que mon trouble et mon bonheur me firent effectivement oublier hier.

Avec toute ma considération, votre dévouée K. Stein. »

Norbert Paulini replia soigneusement la lettre, la remit dans l'enveloppe et observa son nom de famille précédé de « Monsieur » dans le courrier de « K. Stein ».

« Je sais », fit Mme Kate après un moment de silence, « que nous ne sommes pas à la hauteur de tes ambitions. Mais ton père et moi le savons : tu es un combattant, ou plutôt non, tu es un fameux général ! Tu as gagné la bataille ! Tu t'es fait un nom. Tu dois à présent lever de nouvelles troupes, quel qu'en soit le prix. Ton trésor de guerre est plein. »

Après ces paroles – Klaus Paulini parla plus tard de « prophétie » –, Mme Kate quitta le champ de bataille remis en ordre et descendit dans sa pension. Les Paulini père et fils écoutèrent dans le recueillement le bruit de ses talons jusqu'à ce qu'il se perde sur les marches du bas.

Chapitre XII

Les senteurs des derniers jours de mars et des premiers jours d'avril demeureront indissolublement liées pour Norbert Paulini à ses premières acquisitions en tant que libraire d'ancien. Comme, contrairement à Hildegard Kossakovski, il n'avait ni auto ni permis de conduire et n'avait pas d'ami qui eût pu lui servir de chauffeur, son père remit en état la vieille remorque avec laquelle Dorothea Paulini avait déjà transporté ses livres.

Lorsque, le samedi suivant, Norbert Paulini enfourcha le vélo pour remonter le fleuve le long des prairies longeant l'Elbe et entendit cahoter la remorque derrière lui, il fut pris d'une humeur combative. Parfois le vent le prenait de côté mais la plupart du temps il soufflait dans son dos, comme s'il le poussait vers son premier achat.

C'est à Laubegast, dans la Gasteiner Strasse, qu'un ancien enseignant d'un lycée professionnel le félicita pour sa ponctualité et le conduisit devant ses rayonnages.

« Mais ce n'est pas avec votre bécane que vous y arriverez », dit l'enseignant.

Norbert Paulini arpenta les rayons de livres.

« Vous voulez renoncer à tout cela ? »

« En quoi cela vous regarde ? » L'enseignant n'était pas rasé, des poils poussaient dans ses oreilles. « Si vous voulez faire baisser le prix, vous êtes à la mauvaise adresse. »

Norbert Paulini enfila sa blouse. Il ne savait par où commencer.

« Je peux vous proposer quatre cents marks, le reste en dépôt-vente. »

« Le dépôt-vente ne m'intéresse pas. Par ici la monnaie. » Norbert Paulini tira tous les billets de son porte-monnaie et les compta sur la paume tendue par l'autre. L'espace d'un instant, ils considérèrent ensemble les papiers imprimés de différentes couleurs jusqu'à ce que la main se referme dessus dans un froissement.

« Encore quatre cents lundi, et nous sommes quittes. »

Soudain seul avec les livres, Norbert Paulini saisit les sept tomes du Proust, le *Ferdydurke* de Gräbendorf était là aussi, deux exemplaires du *Maître et Marguerite*, *Cavalerie rouge*, même Nietzsche et Schelling, la Bibliothèque de l'Antiquité au complet, et tout un rayon avec les livres édités chez Insel à Leipzig. Le contrat écrit à la main mentionnait mille huit cents titres de littérature et de philosophie.

Sur le chemin du retour, Norbert Paulini fila à toute allure. Quelle joie de devoir pédaler pour des livres. Inspirer pour acheter, expirer pour vendre. Inspirer, expirer, acheter, vendre. De même que chaque jour donnait naissance à un nouveau monde, la nuit, d'un coup de baguette magique, dessinerait les plus merveilleux motifs de dos de livres dans les rayons. Et qui venait chez lui devait non seulement s'étonner mais aussi changer sa vie.

Chaque samedi et mercredi après-midi, Norbert Paulini partait à vélo pour « aller à la pêche », comme il disait pour ses acquisitions. Pour de gros achats, le fourgon Barkas de Schmidtchen Schleicher était désormais à sa disposition grâce à un coup de téléphone de la vénérable Helene Kate.

Au début, les clients de Norbert Paulini étaient surpris. Ils ne s'attendaient pas à voir un libraire de livres rares et anciens sur un vélo traînant un chariot bringuebalant. Lui, de son côté, convaincu qu'il était de négocier le bien le plus précieux de l'humanité, devait se forcer pour ne pas regarder de haut ses interlocuteurs. De temps en temps, il leur demandait quels livres ils avaient lus de Swift, d'E.T.A. Hoffmann, de Tchekhov, de Döblin, de Brecht, ouvrages dont ils voulaient se débarrasser. Si on lui citait des titres, il voulait savoir les noms des personnages principaux. Mais cela ne lui suffisait pas qu'on lui réponde « Franz Biberkopf ». Il fallait qu'on cite au moins un personnage féminin, bien que lui, même si quelqu'un répondait « Mieze » ou « Eva », ne pût s'empêcher de creuser plus loin et de vouloir entendre leur nom véritable. Il ouvrait le livre :

« Si c'est la guerre et qu'ils m'incorporent, et que je ne sais pas pourquoi, et aussi bien la guerre se fait sans moi, alors je suis coupable. Et c'est bien fait pour moi. Aux aguets, aux aguets, on n'est pas seul. L'air peut bien grêler et pleuvoir, contre ça, impossible de se défendre, mais contre bien d'autres choses nous pourrons nous défendre. Aussi je ne crierai plus comme avant : le destin, le destin. Pas la peine de le vénérer comme tel, il faut le regarder en face, l'empoigner et le détruire. »

Norbert Paulini déclamait comme dans un théâtre de rue ou faisait l'article du livre. Il aurait mérité qu'on le flanque à la porte. Mais non, on lui disait qu'il avait raté sa vocation de comédien. Bien entendu, sa façon de faire avait une répercussion favorable sur le prix. On n'allait pas brusquer quelqu'un comme lui. Une fois, à Tolkewitz, il fit effectivement changer d'avis une dame d'un certain âge. Elle s'engagea à faire mieux après qu'il lui avait reproché de n'avoir pas vraiment conscience de quels univers elle se dépouillait à la légère, à quelles aventures et expériences elle renonçait volontairement si elle vendait *Tristram Shandy* et *Voyage sentimental à travers la France et l'Italie*. Était-il allé trop loin ? Il n'en continuait pas moins à s'en tenir à des prix bas afin de ne pas récompenser l'attitude, à ses yeux méprisable, de ses clients.

Norbert Paulini était reçu dans les plus belles maisons de la ville. Une fois les livres empilés dans la remorque, on l'invitait souvent pour le café à une table mise pour les grandes occasions. Bien des veuves, en servant le café, posaient une main sur son épaule, certaines se plaçaient si près de lui que leur hanche frôlait son coude. Norbert Paulini nourrissait quant à lui l'espoir d'être un jour reçu par une jeune et belle femme, peut-être une chanteuse ou une pianiste, une scientifique ou une actrice, une architecte ou une peintre ou au moins une étudiante en histoire de l'art ou en littérature allemande qui avait entendu parler de lui, le seigneur des livres, et lui confessait avoir voulu le rencontrer depuis longtemps. Il était en effet sur le point de se faire une réputation. Il ne faut pas non plus sous-estimer la remorque sur laquelle trônait entre-temps l'écriteau « Librairie et livres rares et anciens Dorothea Paulini, propriétaire Norbert Paulini ». Chez les habitants de Blasewitz et des quartiers avoisinants, il suscitait la sympathie, voire parfois la compassion, même chez ceux qui n'auraient jamais eu l'idée d'acheter des livres. Plus d'un le recommandait à d'autres parce qu'on attendait de sa visite « une rencontre avec un original », comme on disait. On ne se lassait pas d'en raconter sur cet homme qui ne vivait que pour les livres, peut-être loin des réalités du monde et peu exigeant mais lettré comme pas un.

Chapitre XIII

Elisabeth Samten et Marion Häfner, les premières personnes qui avaient présenté leurs félicitations le jour de l'ouverture, se rendaient une ou deux fois par semaine dans la librairie, comme si c'était chose entendue. Elles emballaient les livres et les portaient à la poste, aidaient à classer les nouvelles acquisitions, essuyaient la poussière et préparaient du thé. Chacune pouvait compter sur la réception à intervalles irréguliers d'une enveloppe contenant cinquante ou cent marks, elles avaient le droit de choisir des livres et de poser autant de questions qu'elles voulaient à Norbert Paulini.

Les rayonnages de la librairie ne cessaient de se remplir, bien que ce que Don Pedro appelait « chiffre d'affaires » augmentait chaque trimestre. Comme Norbert Paulini avait toute la journée des livres en mains, il arrivait souvent qu'au soir il avait lu la moitié ou la totalité d'un livre dont le matin même le titre, parfois même l'auteur lui étaient encore inconnus. C'était son orgueil de lecteur et de libraire d'ancien de ne pas être pris en défaut devant ses clients.

Son habitude de parler fort avait beau être inconvenante et pénible, c'était en revanche un avantage dans la librairie.

Un de ses premiers visiteurs, l'archéologue Scheffel, pressa contre sa poitrine un exemplaire rouge corail légèrement décoloré de la première édition du *Leviathan* de Joseph Roth. Scheffel demeurait perplexe de tenir dans ses mains ce prestigieux exemplaire paru aux éditions Querido à Amsterdam.

« Un si petit et mince volume », lança-t-il en riant, « ce que ça représente ! On imagine ce que cela veut dire, d'imprimer en 1940 un livre allemand en Hollande ! »

Norbert Paulini savait quant à lui que le premier chapitre était déjà paru en 1934, peut-être même, mais il n'en était pas certain, en 1933.

« Ah, fit Scheffel, c'est intéressant ! Il avait donc écrit le début si tôt ? »

« Cela s'appelait *Le Marchand de coraux* », fit Norbert Paulini en demandant à Scheffel comment prononcer le nom du personnage principal, Nissen Piczenik, en accentuant la première ou la deuxième syllabe ?

Attiré par ce dialogue, un homme s'approcha, qui donnait des cours de littérature à l'Université populaire. Malgré tout le respect qu'on lui doit, Roth était obsédé par l'argent. Il le prenait chez les éditeurs comme avec un aspirateur. Quand Roth quitta Amsterdam, les caisses des éditeurs étaient vides, il ne restait plus rien pour les autres auteurs. – Que voulait-il dire par là ? Roth était le plus généreux des hommes et il ne possédait rien. Mais ce qui est le plus intéressant chez lui, c'est sa manière de recourir au ton de la légende pour son époque, il retourne la longue-vue et observe déjà le présent d'une distance dont une légende a toujours besoin. Scheffel opina de la tête, et le professeur de l'université populaire insista pour qu'on n'oublie pas comment les écrivains de l'époque se comportaient entre eux. Finalement une femme intervint, qui enseignait l'allemand et l'anglais à la Kreuzschule, le plus ancien lycée de Dresde, disant avoir eu en main le même livre la semaine précédente sans avoir pu se décider à l'acheter. Elle avait à présent l'âme en paix. Trente marks, ce n'était quand même pas donné. À quoi Paulini fit remarquer que sa mère avait acheté le livre en 1952 pour la belle somme de neuf marks, déjà. « Cela fait aussi longtemps que nous gardons le *Leviathan*. » Scheffel s'en voulait encore de ne pas avoir remarqué cet incunable de la littérature mondiale. Mais cela prouvait une fois de plus comment on pouvait être aveugle, même quand on pensait être attentif.

Dans la librairie de Norbert Paulini, les dialogues se transformaient régulièrement en petits ou plus grands cercles de discussion, se retrouvant, sans que l'on sache comment, le samedi matin. Norbert Paulini, dont l'adoration ne concernait pas seulement Lessing, Hölderlin, Goethe, Schiller, Novalis, Kleist, Keller et Fontane, mais aussi Gutzkow, Raabe, Uhland et Storm, se sentait autorisé à se livrer au prosélytisme dans ce cercle d'égaux. Mais la façon qu'il avait de raconter le contenu d'un livre, qu'il faisait certes avec talent, le satisfaisait rarement. C'est pourquoi il ne fallut que la proposition d'un jeune comédien pour que Norbert Paulini choisisse *Vers l'homme sauvage* de Wilhelm Raabe et *La Roche maudite* de Fontane comme les premiers textes à lire à voix haute. C'est ainsi que naquirent les lectures du samedi, au cours desquelles on put découvrir les textes relevant de la sélection personnelle de Norbert Paulini. Tous les deux mois, parfois plus souvent, un cercle d'une trentaine d'invités se réunissait, auxquels Elisabeth et Marion tenaient compagnie jusqu'à la fin de la lecture, avec des boissons et un en-cas.

L'énorme succès fut à double tranchant parce que de nombreuses personnes qui demandèrent à Norbert Paulini d'être admises dans le cercle illustre ne purent être acceptées, ou bien furent inscrites sur une liste d'attente. C'est seulement au bout d'un certain temps, et grâce à l'intervention énergique de l'archéologue Scheffel, que je fus coopté dans ce cercle. Scheffel avait affirmé que je pouvais réciter par cœur plusieurs poèmes de Nietzsche et puis m'avait demandé d'apprendre au moins par prudence le poème *Mistral*. Ce fut aussi Scheffel qui enrichit le projet. Il proposa des exposés de spécialistes en sciences humaines qui seraient heureux de lire dans la librairie des extraits de leurs manuscrits ou de leurs ouvrages. Ce qui arriva à intervalles irréguliers, en semaine. Sur ses invitations manuscrites, Norbert Paulini baptisa bientôt les soirées « Salon Paulini », puis à partir du milieu des années 1980, il leur donna, en référence à Nietzsche, le nom de « Salon du Prince Vogelfrei ».

Chapitre XIV

La librairie de Paulini n'était pas uniquement fréquentée par des hommes d'un certain âge. Certaines de ses clientes lui plaisaient bien. Mais cela n'allait jamais au-delà d'agréables conversations. Il faisait partie de ces hommes qui avaient besoin qu'on leur adressât un signe très net et tenaient pour irréaliste de courtiser une femme éventuellement des mois durant, comme si cela n'avait existé qu'au temps des troubadours, de Dante ou de Pétrarque. Par ailleurs, Norbert Paulini partait de l'idée que, faute d'une dame à sa convenance, aussi bien Elisabeth que Marion seraient disponibles. C'est pourquoi il fut étonné lorsqu'un jour Marion passa ses mains sur l'ample corsage qu'elle portait depuis quelque temps par-dessus la ceinture de son pantalon pour lui montrer la courbure de son ventre. Plus que deux mois et demi avant l'accouchement. Norbert Paulini comprit : il ne devait pas continuer à confier au hasard sa planification familiale. Elisabeth aimait la librairie et les livres, elle avait des mouvements agréables et une belle démarche et pouvait comme personne s'occuper des enfants. Et peut-être que, un jour, elle ne couperait plus ses cheveux roux aussi court. Pourquoi avait-il si longtemps hésité ?

Elisabeth accepta d'emblée le rendez-vous avec lui. Et lorsqu'elle avança son bras sur la table entre le couvert et les verres, ce fut le signal qu'il avait attendu. Il saisit ses doigts, et Elisabeth lui avoua qu'elle vivait déjà depuis six mois avec Ilia Gräbendorf.

« Vous êtes donc liés », constata calmement Norbert. « Cela se passe bien ? »

« Ici, ils ne veulent pas de lui, et il ne veut pas aller à l'Ouest. Et toujours la Stasi à ses trousses. Pour mes parents, ce n'est pas bien. Et nous habitons chez eux. »

Elisabeth tenta de dégager sa main, mais Norbert Paulini la retint, comme s'il ne voulait pas voir quel bonheur s'effondrait en lui.

Mme Kate lui conseilla de passer une annonce. Il fallait absolument que le terme « homme soigné » y figurât. En revanche, la formule « réponses sérieuses uniquement » était de l'argent gaspillé. Mais les annonces matrimoniales n'étaient-elles pas indignes d'un libraire d'ancien ?

« Je veux une femme », dit Norbert Paulini à son père le soir au dîner, « qui me laisse lire, pour qui rien ne compte plus que la lecture, qui soit belle, qui m'aime de tout son cœur et souhaite avoir beaucoup d'enfants. »

« Telle mère tel fils », répondit Klaus Paulini. « Elle ne voulait toujours faire que ce qui lui convenait, mais sans être seule. »

Comme si Norbert Paulini n'avait eu qu'à exprimer son vœu plus tôt, celui-ci fut comblé peu après, quoique de façon tout à fait inattendue.

Sa grand-mère l'avait déjà emmené chez le *coiffeur*[1] Hartmann dans la Dornblüthstrasse. Il adorait se faire

1. En français dans le texte.

raser la nuque. L'appareil lui provoquait le long du dos des frissons qu'aucun chatouillis ou aucune caresse n'eût pu déclencher.

Mme Hentschel maîtrisait le rasage à la perfection. Mais cette fois, elle lui demanda au début de pencher la tête au-dessus du lavabo. Il s'exécuta, mains croisées sous le peignoir. Elle déversait l'eau chaude sur sa chevelure comme si c'était de l'huile chaude. Si l'acte pratiqué sur lui portait le nom banal de shampoing, les mains de Mme Hentschel étaient en revanche à même d'éveiller simultanément des régions très éloignées, voire de les charger et d'électriser les chemins entre elles. Il s'aperçut trop tard que les soupirs de bien-être qui lui revenaient en écho du lavabo étaient les siens. Lorsqu'il fut à nouveau redressé, tandis qu'elle lui coupait les cheveux, il jeta dans le miroir un regard de violent désir, comme s'ils venaient de changer de position en faisant l'amour.

Il prit congé de Mme Hentschel sans dire un mot. Elle ne dit rien non plus. Il donna le pourboire habituel.

Exactement une semaine plus tard, Mme Hentschel vint à la librairie. Elle cherchait un cadeau pour une amie exigeante, comme elle disait, et elle pensait que c'était le bon endroit pour cela. Norbert Paulini fut fort disert, lui offrit du thé et lui présenta sans hésiter trois livres encore en bon état, les *Tercets du cœur* d'Annemarie Bostroem, *Irrémédiable* de Theodor Fontane et *Rheinsberg* de Kurt Tucholsky, dont, en quelques phrases, il décrivit le contenu et le style avec précision. Viola Hentschel acheta les trois livres.

Il fut soulagé d'observer l'aisance avec laquelle Viola Hentschel s'entretenait avec les autres clients. Elle posait des questions, pouvait rebondir, faisait part de son opinion qui, dans sa simplicité, s'entendait comme de la sagesse. Même si jusqu'à présent elle n'avait lu que peu de livres, elle ne s'était jamais ennuyée de toute sa vie. Et finalement, poursuivit-elle, elle n'avait pas seulement des choses à demander, mais également à offrir.

Mme Kate aurait presque barré la route à Viola Hentschel. Tard le soir, elle carillonna chez Norbert Paulini et lui demanda de s'asseoir.

« Ôte-toi de la tête cette Hentschel », lui lança-t-elle, « ce n'est pas seulement une rouge, elle est au Parti ! »

S'ensuivit une longue dispute durant laquelle Mme Kate insista pour qu'on ne franchisse pas la ligne rouge, car il ne fallait jamais oublier ce que les communistes avaient fait et continuaient de faire au pays, à ses habitants, à sa famille à elle, même si elle n'en parlait pas. Norbert Paulini énuméra toutes les connaissances de Mme Kate appartenant aux partis du bloc, de Don Pedro à Schmidtchen Schleicher. Que faisait-elle de ceux-là ? Ils ne valaient pas mieux !

Trois mois plus tard, l'arrivée de Viola Hentschel dans la Brucknerstrasse entraîna des changements.

Klaus Paulini s'installa dans les combles, devenus trop misérables pour les clients de la pension. Il aurait souhaité une autre compagne pour son fils, mais Viola avait un grand cœur, et c'était finalement le plus important.

En dépit de l'étonnement que provoquait Viola Hentschel comme future épouse du libraire, sa présence signifia une stabilisation des conditions de vie à un niveau supérieur, comme si l'existence de Norbert Paulini avait enfin trouvé sa clé de voûte.

Norbert Paulini eut le sentiment d'une promotion. En couple, on valait plus. Et Viola, de deux ans son aînée, ce que l'on n'apprit qu'au moment de la publication des bans, avait enfin trouvé un homme solide sachant également apprécier ses charmes. Il était heureux que l'on s'occupât de lui matin et soir, comme si cela allait de soi. Et surtout il n'était plus seul la nuit. Viola réunissait en elle tous ses rêves de la journée et était prête à les combler effectivement. Et elle osait lui confier ce qu'elle désirait.

Viola ne se plaignit pas des pertes en matière de luxe que signifiait pour elle le fait d'avoir quitté le quartier de Prohlis – elle savait encore comment faire chauffer un poêle. Elle ne se plaignait jamais de devoir partager la cuisine avec son beau-père et accepta aussi que son mari affecte la dernière chambre libre comme troisième pièce à la librairie. Ce qui n'empêchait pas que le séjour et la chambre à coucher se transforment chaque jour un peu plus en réserve pour des livres en double exemplaire ou particulièrement recherchés.

Tous les visiteurs qui restaient un peu plus longtemps en semaine étaient, à dix-neuf heures pile, conviés à table par Viola. Le cercle choisi du samedi était particulièrement gâté par elle. Et elle n'oubliait jamais les serviettes. Une chose que les bibliophiles savaient également apprécier. Parfois, après une remarque de Viola, les visiteurs échangeaient un regard qui en disait long. Mais ils comprenaient fort bien qu'un homme de l'esprit avait précisément besoin d'un ancrage dans la vie. La Christiane de Goethe n'était pas non plus une lettrée. Et Viola savait combien un baiser ou une allusion ambiguë en présence de la clientèle habituelle pouvait combler d'aise son mari et enflammer l'imagination de quelques messieurs.

Le seul point de discorde était les journaux que lisait Viola. Si Norbert Paulini s'était déjà toujours moqué de son père qui s'était abonné à *Die Union* pour ne pas être obligé de le lire – il ne survolait lui-même que les annonces, et ce pas toujours –, maintenant le *Sächsische Zeitung*, la *Wochenpost* ainsi qu'une fois par mois le *Magazin* encombraient la boîte aux lettres. Même si ça l'arrangeait que sa femme passât en silence la soirée à lire les journaux, le soin qu'elle mettait à décortiquer chaque page le mettait hors de lui.

« Tu lis bien tes livres jusqu'au bout », se défendait-elle.

« Ce n'est tout de même pas comparable ! »

Que pouvait-elle donc trouver dans ses journaux qu'elle ne sût déjà ? Ou bien attendait-elle un changement dans la politique de l'État et du parti ? Se préparait-elle à un entretien pour devenir cadre ? En une semaine, il ne pouvait pas utiliser pour emballer ses envois postaux autant de papier qu'elle produisait en un jour. Ou bien cela tenait-il au fait qu'elle était membre du parti ?

Viola ne jugeait pas nécessaire de se défendre, elle souriait, comme s'il l'avait seulement taquinée, sans interrompre le froissement des pages tournées. Ce qui excitait sa jalousie, c'est quand elle arrachait une page, la repliait soigneusement pour l'emporter le lendemain matin dans son sac en partant au travail.

« Celui qui lit un livre, » serinait-il à Viola, « se souvient encore pendant trois ans ou jusqu'à la fin de sa vie d'une histoire, d'une situation, d'une formulation, d'une comparaison. Y a-t-il un seul article que tu as lu il y a deux ans auquel tu penses encore avec reconnaissance ? »

Dans le journal, on ne trouvait rien qui pût avoir une véritable influence sur sa vie et sur la sienne.

Dans le meilleur des cas, concédait Norbert Paulini, les journaux étaient en mesure de signaler des livres. Mais lui pouvait lui recommander des centaines, voire des milliers de livres importants qui seraient à même de changer sa vie.

« Je ne veux plus de changement », répliquait Viola d'une voix calme en le fixant, étonnée, de ses yeux bleu clair.

Comme ses arguments n'aboutissaient pas à la douce contrainte souhaitée, il eut recours à un autre moyen et s'empara de ses journaux avant qu'elle revienne du travail. Après avoir fait une réclamation auprès du facteur et la brève réponse de ce dernier, elle traita Norbert Paulini de « voleur », sans obtenir de réponse.

Après une lecture du samedi, Viola proposa à son mari de donner également la parole à des auteurs vivants, et pourquoi pas à des jeunes.

« C'est Lisa qui t'a mis ça dans ta tête ? », lui demanda-t-il.

Elle lui répliqua qu'il n'y avait pas qu'Elisabeth qui avait des idées. Elle-même s'était intégrée à son univers et était contente d'assister aux exposés et aux lectures du samedi, quand il commençait à y avoir de l'ambiance. Mais elle pouvait quand même bien introduire un peu plus de vie dans la boutique.

Norbert Paulini se concerta avec Scheffel. Celui-ci trouva cette décision formidable, même si aucune décision n'était encore prise. Ilia Gräbendorf fut déjà le second auteur invité. Sa deuxième pièce, dont la première avait eu lieu à Francfort-sur-le-Main, fut présentée, de manière « concertante », selon les termes de Scheffel dans son introduction. Même Norbert Paulini avait accepté un petit rôle, et quelques lignes me furent également confiées. Les rôles principaux étaient bien sûr tenus par Gräbendorf et Elisabeth ainsi que par Gärtner, le professeur de l'université populaire, très doué pour la scène.

Mais ce ne fut pas tout. Trois ou quatre fois par an, Norbert Paulini organisa même, du vendredi au lundi, des expositions. Les sept œuvres présentées sur des chevalets ne devaient pas dater de plus d'un an. C'était réservé à des plasticiennes et plasticiens de Dresde, Radebeul et Weinböhla. Celui qui avait trouvé grâce auprès de Norbert Paulini pouvait être honoré d'une seconde exposition. En revanche, il demeurait résolument fermé à certains sans pour autant donner pour l'un ou l'autre de raison valable.

Chapitre XV

Un mercredi après-midi de février, Norbert Paulini alla à un rendez-vous, à la limite de Loschwitz et du Weisser Hirsch, l'élégant quartier résidentiel de Dresde. Les restes de neige au bord du trottoir rétrécissaient les rues étroites. Il monta la colline en poussant son vélo et la remorque, l'enveloppe avec l'adresse de l'expéditrice entre ses doigts frigorifiés. Derrière le numéro 7 se dissimulait une villa d'allure banale dans un jardin presque à l'abandon, entre les dalles du chemin l'herbe fanée se balançait, montant jusqu'aux genoux.

Quand il eut sonné, une femme apparut, les cheveux en bataille. Elle cligna des yeux et lui fit signe d'approcher. C'est seulement alors qu'il remarqua les flocons de neige, à moins qu'il n'ait juste commencé à neiger.

Pendant qu'il garait son véhicule entre des arbres fruitiers dénudés et sortait sa blouse de la remorque, il entendit grincer un escalier en bois. Il essuya ses chaussures sur le gratte-pied et la suivit au premier étage. Cela sentait le cigare. Les livres des fumeurs ne perdaient presque jamais leur odeur. Dans le bureau, il faisait plus froid que dehors.

« Vous pouvez avoir tout ça », dit la femme qui, vue de près, semblait plus jeune et bougeait si brutalement la tête que ses boucles d'oreilles en argent bringuebalaient. « Archéologie, ouvrages sur l'Antiquité, dictionnaires, beaucoup de dictionnaires ! Une fortune ! »

La partie allongée de son nez lui conférait un air mélancolique. Ce qui l'ennoblissait était la petite marque sombre d'un violon. Elle était peut-être violoniste soliste ? Avait-elle donné un concert la veille ? En bâillant, elle mit le creux de son coude devant sa bouche et s'excusa de s'absenter un moment. Ce qu'il avait pris de loin pour un manteau était une robe de chambre.

Hildegard Kossakovski lui avait naguère enjoint de lire le *Traité d'art grec et romain*. Scheffel l'avait informé sur le sujet en de longs développements qui accompagnaient toujours les recherches qu'on lui confiait. Mais il n'avait vraiment lu que quelques ouvrages de référence. Cela suffisait déjà cependant pour reconnaître quel trésor il pouvait lever. S'il n'y avait pas eu cette puanteur de cigare.

Norbert Paulini se faufila derrière le bureau afin d'atteindre la fenêtre. Pour l'ouvrir, il dut secouer la poignée. Son regard parcourut les hauteurs de l'autre côté de la vallée que la neige semblait dissoudre dans le lointain. Il se pencha et aspira l'air du dehors. Pour la première fois, son vélo avec sa remorque lui parut inconvenant, gênant même. Quelqu'un dans la rue fit signe en criant quelque chose. Il salua en retour l'homme à la casquette.

Le jardin descendait en pente raide. On ne pouvait voir que quelques toits. À droite s'étendait la ville, la même vue qu'à partir du restaurant Luisenhof. Une fois de plus, il s'étonna que la tour de l'Hôtel de ville fût le plus proche de tous les bâtiments qui se distinguaient de l'ensemble.

Devenait-on quelqu'un d'autre si, jour après jour, on plongeait son regard sur le monde à partir d'ici ? Cette perspective n'était-elle pas un bonheur permanent ?

À travers les branches que la neige avait surlignées d'une mince couche, il tenta en vain de distinguer l'Elbe en contrebas. C'est seulement au coude qu'elle faisait en direction de la vieille ville qu'on la repérait à nouveau. Le tourbillon de neige lui causa le vertige. Un moment, il crut même entendre un violon.

Norbert Paulini s'installa confortablement au bureau. Avait-il jamais trôné ainsi dans sa librairie ? À cette hauteur, on avait l'impression d'être un juge.

Elle l'appela. La fenêtre coinça à nouveau quand il la referma. Il caressa de la main la belle courbe de la rampe qui le conduisait en bas. De la cuisine parvenait le ronflement intermittent de la machine à café.

« Garde tes chaussures », fit-elle, comme si elle pouvait voir qu'il hésitait à fouler la moquette de la salle de séjour. La plupart des meubles avaient des pieds longs et minces.

« Ça te plaît, ici ? », demanda-t-elle, l'anse d'une grande cafetière en main, le bout des doigts soutenant le bec verseur.

Il obéit au signe de tête qui lui assignait sa place sur le canapé. En servant le café, il se força à regarder la petite éponge multicolore attachée par un élastique au bec verseur de la cafetière. N'avait-il pas désiré depuis des années pareille situation ? Ne dépassait-elle pas même ses rêves ?

Elle avait mis du rouge à lèvres et de l'ordre dans ses cheveux sans quitter sa robe de chambre. Le col, l'ourlet des manches et les revers étaient brodés d'argent.

C'est en la remerciant que Norbert Paulini remarqua alors la gravure accrochée au mur derrière elle.

« Un original ? », demanda-t-il, un peu déconcerté.

Elle se retourna rapidement.

« Penses-tu », fit-elle en riant.

Norbert Paulini fixait l'œuvre encadrée des *Prisons* du Piranèse.

Tandis qu'il s'étonnait encore, Elvira Ewald, la quatrième femme du professeur Ewald, s'assit en face de lui et lui martela sa demande. Il fallait qu'il la délivre de ces livres, de ces livres et de leur odeur.

« C'est curieux », dit-il.

« Quoi ? », demanda-t-elle en se redressant.

« Cela », fit-il en levant le menton.

« Bon, laisse tomber, maintenant », dit-elle, « Du reste, c'est bizarre quand des gens du même âge se vouvoient ». Une miette de gâteau était restée sur sa lèvre supérieure.

Plus d'une heure s'écoula avant qu'Elvira Ewald sorte du tiroir de la table d'appoint un cahier vert foncé usagé.

« C'est là qu'il a noté tout ce qui se trouve en haut. Rien que des trucs anciens, ce qui est neuf vient de l'Ouest, il les a reçus en service de presse pour en rendre compte. »

Elle tendit le cahier vers lui mais le retira quand il voulut le prendre.

« C'est une avance, une avance en confiance. »

Elle lui lança un regard qui en disait long et lui balança le cahier sur les genoux. La tache du violon avait disparu.

« Qu'y a-t-il ? », demanda-t-elle.

Il avait déjà voulu l'interroger sur le violon, sur son concert d'hier quand la tache réapparut, comme une ombre de sa boucle d'oreille.

« Je peux te reconduire en voiture chez toi, on peut en mettre plus que dans ta remorque. »

Norbert Paulini sourit. L'idée d'être emmené avec les livres par Elvira lui plaisait beaucoup.

« Une autre fois », dit-il, « si j'ai le droit de revenir ? »

Elvira l'aida à charger sa remorque, avec entre autres les quatre volumes de *La sculpture grecque* de Alscher, mais aussi des livres de l'Ouest comme *La Découverte de l'esprit* de Bruno Snell et une nouvelle édition de l'*Histoire de la littérature grecque* ainsi que le livre de Lesky sur la tragédie. Avant de s'emparer de ces trésors, Norbert Paulini ne put s'empêcher de regarder par la fenêtre et chaque fois, il dut se défendre de l'idée que c'était un cachot qui l'attendait en bas, à Blasewitz.

La neige tombait encore. Norbert Paulini mit en œuvre toute son habileté pour pousser le plus vite possible son véhicule jusqu'au portail. Lorsqu'il se retourna, elle remonta le col de sa robe de chambre et le maintint d'une main sous le menton en lui adressant encore un signe de l'autre main avant de refermer lentement la porte. Une fois dans la rue, il balaya d'un geste la neige accumulée sur la selle et se mit aussitôt en route comme s'il ne voulait plus laisser de traces ici.

Chapitre XVI

C'est un peu à cause de moi, je l'avoue, que Norbert Paulini poussa chaque semaine son vélo et sa remorque sur la pente du Weisser Hirsch pour, après ce que Mme Kate eût sans doute appelé un tête-à-tête galant, revenir avec un chargement de livres sur l'archéologie et les langues anciennes. Scheffel et moi n'étions pas les seuls à lui en être reconnaissants.

Cela faisait plaisir à Norbert Paulini d'être également désiré par Elvira. Il n'avait pas le terme juste pour elle. Ce qu'elle pratiquait était plus que de l'ouverture d'esprit. Il définit une fois la vision qu'elle avait du monde comme un « besoin d'amour sarcastique », puis comme le « regard perçant de la sincérité ». Il appréciait d'être l'objet de commentaires implacables. Et il s'entraînait de son côté à lui rendre la monnaie de sa pièce. Et jamais il n'oubliait de laisser errer son regard sur le paysage à partir de la fenêtre de la bibliothèque. Il donnait nourriture à ses yeux. Qui ne pouvaient jamais se rassasier de cette vue sur le monde.

Bien des choses parlaient en faveur d'Elvira. Tout, en fait. Sauf qu'elle ne voulait pas avoir d'enfants. Viola souhaitait avoir des enfants, beaucoup d'enfants. Mais elle ne tombait pas enceinte. Viola n'avait aucun soupçon ou les gardait pour elle. Une femme qui sentait le cigare avait quelque chose d'invraisemblable. Norbert Paulini trouvait un charme certain à, selon ses propres termes, pratiquer ça dans la même journée avec deux femmes.

Ce n'est point un hasard s'il annonça alors qu'il voulait tenir lui-même une conférence. Il avait été mis au défi et encouragé par Scheffel, qui lui-même écrivait et produisait d'étonnantes analyses des poèmes de Celan et de la dernière tragédie d'Euripide, ou étudiait pendant des semaines un opéra de Wagner, sans être tenu « d'en faire quelque chose ».

Mais à ma connaissance, on en resta toujours à cette annonce.

Après que Norbert Paulini eut acquis environ la moitié de la bibliothèque d'Ewald pour presque rien et l'eut vendue à des prix convenables, Elvira le plaqua. Il ne voulait ou ne pouvait en comprendre la raison et exigea une explication. Elvira se contenta de rire et de lui claquer la porte au nez. Il trouva la force de sonner encore une fois. Puis s'éclipsa pour toujours.

Peu après, il fut délivré des doutes qu'il nourrissait sur son compte lorsque Viola lui avoua tout heureuse qu'elle était enceinte.

Qu'une fausse couche survînt deux semaines plus tard ne modifia en rien sa conviction d'avoir pris une bonne décision.

Grâce à l'aide de Mme Kate, on trouva un appartement pour Klaus Paulini dans le quartier de Klotzsche à Dresde, non loin de la lande. Il fallut aménager les combles pour la jeune famille afin que le premier étage puisse totalement être destiné aux livres.

Viola se révéla épatante, ce que même Mme Kate dut reconnaître. Sa façon de s'y prendre avec les artisans et de les maintenir de bonne humeur fut même d'une grande aide face à leur constante menace de donner la priorité à d'autres offres plus lucratives, c'est-à-dire payées en marks Ouest.

Ses familiarités allaient toutefois trop loin au goût de Norbert Paulini. Certes il n'avait rien à redire quand elle coupait gratuitement les cheveux des maçons. Mais, même en été, un homme pouvait porter un maillot de corps et s'il voulait absolument s'asseoir torse nu, il pouvait tout de même enlever lui-même les cheveux de ses épaules.

« Mais je n'ai fait que souffler dessus ! »

« On avait quand même l'impression que ça ne te suffisait pas. »

« Eh bien à toi de les amadouer. Ils en pincent pour tes livres ! »

Au milieu de ce changement se produisit quelque chose de singulier. Bien que Norbert Paulini eût déjà plusieurs fois guidé à travers ses salles des visiteurs venus de l'Ouest et qu'il eût constaté que c'étaient justement ces visiteurs qui étaient aimables, compétents et désireux d'acheter, il n'aurait su quoi dire de ce monsieur. Il n'était pas accompagné de quelqu'un d'ici, ne se recommandait de personne, et ce n'étaient ni ses lunettes, ni ses chaussures ou ses habits qui auraient pu le distinguer comme client d'un autre monde. Seul son dialecte, qu'on n'entendait pas à l'Est, le trahissait. Norbert Paulini fut déconcerté lorsqu'il lui demanda où était le rayon avec les premières éditions.

« Quels livres cherchez-vous donc ? »

Son interlocuteur pointa ses lèvres et cita une série de noms. De temps en temps, il observait une pause pendant laquelle un bonbon claquait dans sa bouche.

« Ou bien des éditions signées de l'auteur. Vous avez quelque chose ? »

Norbert Paulini alla tout droit vers un rayonnage, tendit le bras et tira un livre sans couverture.

« J'aurais cela, de Volker Braun », dit-il.

Avec son client au bonbon dans son sillage, il alla de rayon en rayon en lui donnant un livre après l'autre. Le client les ouvrait brièvement au début ou à la fin puis les refermait.

« Pour cette fois-ci, c'est tout », dit Norbert Paulini en voulant déjà retourner à son bureau lorsque le visiteur lui rendit la pile.

« Je voulais dire des éditions originales, première moitié du siècle. »

Norbert Paulini prit la pile sans faire de commentaires et refit le même chemin en sens inverse jusqu'à ce que tous les livres eussent retrouvé leur place.

« Je vous laisse ceci », fit le visiteur. Une feuille de papier écrite des deux côtés atterrit à côté de la caisse.

« Comme j'ai dit : éditions originales. Et ça, c'est pour vous, si vous y arrivez ! »

Le visiteur retira une des punaises avec lesquelles Norbert Paulini fixait sur le cadre de la porte de la cuisine des cartes postales ou des dessins d'enfant que lui apportaient ses clients et la replanta avec le pouce dans le bois, maintenant un morceau de papier bleu.

« Je reviens dans quelques mois. »

Son visiteur sortit un autre bonbon de son emballage, ses lèvres le happèrent, comme le ferait un cheval, et il quitta la librairie sur un bref « Salut ! ».

Norbert Paulini examina la liste puis le billet bleu recouvrant la tête du dessin fait par un enfant, qui devait représenter Norbert Paulini dans sa blouse bleu gris. Un savant d'un certain âge avec un béret regardait au loin[1]. Norbert Paulini eut l'impression que quelqu'un avait hissé un pavillon étranger à son mât.

« Qu'est-ce que cela veut dire ? » demanda Viola lorsqu'ils se retrouvèrent pour le repas du soir. « Pourquoi tu laisses ça accroché là ? »

« Parce que ce n'est pas moi qui l'ai fixé et que je ne lui ai pas demandé et que cela ne m'appartient pas. »

« Cela va attirer des ennuis. »

« N'importe qui peut l'enlever. Quel toupet quand même. »

« Et pas toi ? »

« Et comment l'encaisser ? Peut-être qu'ils voudront fermer mon magasin pour trafic de devises. »

« Tout ce que je vois, c'est que quelqu'un veut à tout prix quelques livres qu'il n'a pas ! »

« Mais non, sacré bon sang ! » s'exclama Norbert Paulini. « Il pense que nous ne pourrions faire la différence entre des vrais et des faux coraux, des perles de verre et des vraies. Il croit que son argent pour l'Intershop[2] est de la monnaie en or. »

---

1. Il s'agit d'un billet de cent marks Ouest sur lequel était représenté le cosmographe Sebastian Münster (1488-1552).

2. Magasins en RDA où l'on pouvait acheter certains produits en les payant en devises occidentales.

« Et pourquoi quelqu'un comme lui n'aurait pas le droit d'acquérir des raretés ? »

« Pourquoi faudrait-il que ce soit justement à lui que je cède mes livres rares ? »

« Parce qu'il paye pour ça. »

« Payer, ce n'est pas la question. Ils paient tous ! »

« Mais pas autant. »

« Comment ça, autant ? D'où tiens-tu qu'il paye bien ? Ceux qui font des affaires ne paient pas beaucoup. »

« Penses-tu vraiment que quelqu'un se pointe ici pour faire un bénéfice de cent ou deux cents marks ? Calcule le montant d'une heure de salaire ! »

Norbert Paulini tapa sur la table.

« Qu'est-ce que tu veux ? Des jeans ? Du cognac ? Du café ? Et je devrais lui céder nos éditions originales pour ça ? C'est vraiment ça que tu demandes ? »

« Foutaise ! », dit Viola, reposant son couteau sur la moitié de tartine encore non beurrée avant de quitter la cuisine. Peu après, il l'entendit feuilleter son journal dans la pièce voisine.

Au cours d'une des journées suivantes, Norbert Paulini annonça qu'il ne consacrerait désormais ses lectures qu'à de la littérature germanophone afin de conserver la pureté de sa langue. Les traductions ne sont en somme que des navires qui tanguent. Si elles gardent le cap, c'est-à-dire si elles développent un style propre, c'est là qu'on est perdu car on ne peut pas savoir s'il est juste. Scheffel reconnut sa faute. Il lui avait fait part, sans s'être attendu à une telle réaction, des résultats d'une comparaison des traductions chez Pindare et Byron qu'il avait entreprise pendant le week-end, plutôt par allusions, car le Prince Vogelfrei ne parlait pas anglais. Norbert Paulini le contesta énergiquement. Sa décision n'avait rien à voir avec le hobby de week-end de Scheffel, mais était l'expression d'un revirement mûri au fil des ans et provoqué par d'innombrables impressions de lectures. Même Shakespeare, Cervantès, Molière, Tolstoï, Dostoïevski et Tchekhov furent bannis de la salle de séjour et durent émigrer dans la librairie. La dernière à partir fut la Bibliothèque de l'Antiquité.

Chapitre XVII

Peu avant la naissance de leur fils Julian en juin 1989, Viola et Norbert Paulini, grâce à un prêt de la Caisse d'épargne, s'installèrent dans les combles généreusement aménagés, équipés d'un chauffage à l'étage et d'une salle de bains carrelée. Mme Kate avait laissé le champ libre à Norbert pour les transformations, en lui signalant que de toute façon, c'était lui qui hériterait de l'ensemble, le toit fut aussi totalement rénové. Dix-huit marches le séparaient désormais de son lieu de travail.

À cette occasion, il tint à renouveler les enseignes à la porte d'entrée et à celle de la librairie, c'est-à-dire à les agrandir : « Librairie de livres rares et anciens Dorothea Paulini, propriétaire Norbert Paulini ».

Cet été-là, il fut plus occupé que jamais auparavant. Chaque jour, on lui proposait de lui vendre des livres rares. Les gens ne voulaient pas faire de dépôt-vente, ils n'avaient pas le temps, voulaient leur argent tout de suite, des sommes ridiculement basses. Ils acceptaient en bloc. Il stocka déjà sept exemplaires de *Trame d'enfance*, mit la main sur cinq *Cassandre* de Christa Wolf, une édition complète des œuvres de Platonov aux brillantes couvertures impeccables et en double exemplaire. Dès le début juillet, son budget d'achat était deux fois dépassé. Plusieurs personnes lui cédaient le tout pour cent marks.

« Restez donc avec vos livres », dit-il, épuisé, à la fin du mois d'août, à un jeune couple. Les deux se figèrent et se regardèrent, blêmes. Norbert Paulini fut également effrayé.

« Je vous en prie, ne dites rien », chuchota la jeune femme.

Il leur donna ce qu'il avait sur lui. Il tenta de les tranquilliser. Il faisait l'affaire de sa vie.

Rien que les rayonnages pour les deux nouvelles pièces avaient à nouveau coûté une fortune. Son offre en livres s'était multipliée. On pouvait à présent trouver chez lui une section philosophique, une historique ainsi qu'une pour l'archéologie et l'histoire de l'art. Pour les connaître à fond, Norbert Paulini estimait nécessaire un délai de trois à quatre ans pour chacune d'elles. Depuis pas mal de temps, il avait constaté au cours des conversations qu'une certaine formation théorique lui faisait défaut. Il se surprenait à utiliser sans cesse le même vocabulaire à propos des livres. Il lui arrivait de ne plus aimer s'entendre. Il voulait prouver à Ilia Gräbendorf que l'on pouvait être précis et compréhensible sans toujours parler de différence, de stratégie, de simulacre ou de discours.

J'avais du mal à m'habituer aux nouvelles pièces. La splendide cuisine était à présent remplie de matériaux d'emballage et de tout un fouillis. On pouvait tout juste y laver la vaisselle et faire bouillir de l'eau. Et ce n'était pas la petite table avec les trois fauteuils qui pouvait compenser, même si on pouvait y rester assis jusqu'à la nuit tombée. Souvent Norbert Paulini laissait ses clients seuls pour aller voir le bébé et ne revenait que plus tard, pour fermer.

Pendant cet automne, Norbert Paulini demeura en retrait, c'est à-dire qu'il ne prit pas part à la révolution. Dès que le discours tournait au politique, il semblait s'ennuyer. Il considérait qu'au mieux c'était une perte de temps et au pire un sacrifice absurde. De toute façon, rien n'allait changer. Il ne ferait pas le plaisir à l'État de se jeter dans la gueule du loup et de mettre en danger sa librairie. Il n'y avait d'avenir que pour son propre royaume. Et cet avenir, il était en train de le créer lui-même avec les moyens dont il disposait.

Certains lui reprochèrent sa lâcheté pour avoir aussitôt mis à la porte Marion et Elisabeth qui avaient invité un groupe du Nouveau Forum[1] à la librairie. C'était une réaction de jalousie. Chez lui, il ne devait être question que de livres. C'est de là que toute discussion devait partir et y revenir. Il ressemblait à ce pasteur qui avait fermé les portes de son temple aux groupes d'opposition parce que leurs réunions n'avaient que faire de la religion. Norbert Paulini tenait à la profession de foi.

Beaucoup, à l'époque, ne l'ont pas compris, moi non plus. Aujourd'hui, il y a, selon moi, une explication plus simple et une autre moins simple à cela. Norbert Paulini n'avait jamais laissé entrer le présent dans son univers, même ses commandes à l'Office d'État du livre étaient faites presque exclusivement à la demande expresse de ses clients, comme moi, par exemple. Durant l'automne 1989, il se comporta comme d'habitude. Il méprisait l'excitation du moment. Si sa librairie devait être un nid de résistance, alors elle l'avait toujours été et n'avait nul besoin de se transformer. Mais

1. Mouvement d'opposition civique créé à la fin de l'été 1989 en RDA.

peut-être que Norbert Paulini pressentait déjà – sans doute avant les autres – ce qu'un changement fondamental des conditions signifierait pour ses livres et sa librairie.

La seule chose qui lui plaisait dans cette agitation : elle était absente des journaux que Viola lisait, qu'elle dévorait avec un acharnement quotidien qui confinait à l'autoflagellation. Ni pendant qu'elle allaitait, ni pendant qu'elle promenait l'enfant pour le calmer, elle ne renonçait à sa lecture. Ce n'est qu'à la mi-octobre qu'elle fondit enfin en un torrent de larmes que rien ne put arrêter. Pendant que tout changeait, rien ne voulait changer dans son journal. Norbert Paulini savoura sa victoire.

Chapitre XVIII

Ce fut également en octobre que Norbert Paulini constata, avec déception et ironie, l'absence de plusieurs habitués. Il ne cessait de ruminer des formules, des plaisanteries qu'il pensait leur servir à la première occasion. Et plus l'occasion s'en faisait attendre, plus ses commentaires devenaient brefs et sarcastiques.

Mme Kate qui, après l'ouverture de la frontière vers l'Ouest le 9 novembre, avait cherché et trouvé aussitôt quelqu'un pour l'emmener en voiture, ne se lassait pas de raconter comment, dans un magasin de Bayreuth, elle avait réprimé ses larmes, ce qui n'avait rien à voir avec une très grande fatigue ou des problèmes de santé, mais uniquement avec l'humiliation causée par les communistes d'avoir été jusqu'alors exclue de telles possibilités. C'était surtout le rayon chaussures qui lui avait fait de la peine, mais d'abord les dames et leurs parfums. Nulle part ailleurs qu'au paradis de ces senteurs, on ne pouvait comprendre la différence entre l'Est et l'Ouest. Norbert Paulini lui remit un vieux guide de 1957 pour Bayreuth et un de 1932 pour Paris.

Lorsqu'il levait les yeux de sa lecture, Norbert Paulini regardait le billet bleu à l'encadrement de la porte, d'où le savant portait son regard sur lui. Il s'était habitué à sa présence. Il était le témoin de l'incorruptibilité de ses visiteurs, le papier de tournesol qui devait prouver que lui et eux n'étaient pas à vendre.

Il y eut en novembre des jours où personne ne venait. N'avait-il pas toujours souhaité une telle situation où nul ne le dérangerait ? Mais maintenant il ne cessait de se demander ce que ceux qui venaient d'habitude farfouiller chez lui tous les deux ou trois jours ou au moins une fois par semaine faisaient de leur temps libre. Ils ne pouvaient tout de même pas aller à l'Ouest tous les jours ? Parfois quelque inquiétude s'insinuait en lui. Tant qu'il lisait, il n'avait encore jamais eu le sentiment d'avoir fait fausse route. Cela devait-il soudain changer ?

Pas seulement au café Toscana mais aussi dans la rue, les gens le croisaient avec une plus grande considération qu'auparavant. Et ce n'était pas à cause du landau. Régulièrement, c'étaient les autres qui le saluaient en premier, ce qui avant – il pensait effectivement « avant » – n'était presque jamais arrivé. Dans un sondage du quotidien *Sächsisches Tageblatt*, on le présenta même comme une des « Dix personnes droites dans leurs bottes » parmi les commerçants de la ville de Dresde, même s'il n'était qu'en septième position sur la liste. Il refusa les demandes d'interview.

Six mois déjà après la naissance de Julian, Viola avait repris un mi-temps chez le *coiffeur* Hartmann. Sa mère était venue de Riesa pour garder Julian.

Au bout de la première semaine, une cliente refusa d'être coiffée par une rouge. Ces temps-là étaient finis. Viola n'avait d'abord pas compris qu'elle était visée et attendait avec le peignoir en main devant le fauteuil. Ce n'est que lorsque le vieux Hartmann lui chuchota qu'elle ne devait pas accorder trop d'importance à cette remarque et qu'il lui reprit le peignoir pour s'occuper lui-même de cette cliente qu'elle comprit la situation. Dans le vestiaire, elle fut effrayée de voir dans le miroir son visage déformé par les sanglots.

« C'est comme si on m'avait mise sous clé ! Hartmann m'a mise sous clé ! » s'exclama Viola. Elle réclama alors l'année postnatale à laquelle elle avait droit et continua, l'enfant dans les bras, à lire ses journaux qu'on ne reconnaissait plus. Viola hochait la tête et implorait du regard l'aide de son mari. Elle commença régulièrement à pleurer le soir, ce qui provoquait chaque fois la mauvaise humeur de Norbert Paulini. On pourrait croire que c'était leur enfant qu'elle pleurait, maugréait-il.

« Et d'ailleurs, il n'y a aucune raison de se lamenter ! Nous pouvons être contents que ce système ait pris fin ! On devrait dire merci, et à genoux ! Et du reste, tu n'as, étant ma femme, aucun souci à te faire ! »

Mais avec de tels discours il ne faisait qu'accroître le désespoir de Viola.

« Je ne peux plus y retourner ! », gémissait-elle. Ce Hartmann l'avait trahie et vendue. Elle ne sortirait plus de la maison tant que les conditions sociales ne se seraient pas normalisées.

« Le petit a besoin de grand air », répliquait tranquillement Norbert Paulini. « Va avec lui au bord de l'Elbe. »

« Vas-y, toi », lançait-elle.

« J'ai un magasin. »

« Et alors ? Moi, au moins, je touche encore de l'argent. »

Le lendemain Viola avoua qu'elle avait de temps en temps rapporté des choses à des tiers, comme elle disait, sur Norbert Paulini et ses clients, mais rien dont elle devrait avoir honte, pas un seul mot. C'était seulement pour l'aider et aider les autres. Ils pouvaient en fait lui être reconnaissants de l'avoir fait. Et du reste, il était totalement superflu d'en parler, car personne ne l'apprendrait, c'était à lui seulement qu'elle le confiait car, en tant qu'époux, il devait être au clair sur son passé à elle. À présent, elle n'avait plus de secret pour lui, à présent il était au courant de tout.

Chapitre XIX

La famille Paulini passa les fêtes de Noël et du jour de l'An plutôt mal que bien. Lui, qui approuvait ce qui arrivait dans le pays, ne voulait plus rien entendre de ce que Viola cherchait chaque jour à lui confier.

L'après-midi, il mettait Julian dans le landau et sortait. Viola devait le remplacer dans la librairie, que cela lui convînt ou non.

Norbert Paulini était attiré par l'Elbe. Il remontait toujours le fleuve. Quand la vue était dégagée, les roches en plateau de la Suisse saxonne lui faisaient l'effet d'un mirage. Si Julian ne dormait pas, son regard sérieux suivait tout ce qui défilait au-dessus de lui.

Sur le chemin du retour, Norbert Paulini marchait en direction du couchant d'hiver qui surgissait rouge violacé entre les nuages éventrés, un spectacle qui lui faisait venir à l'esprit le mot « champ du sang ». Mais soudain, juste l'espace d'un instant, avec la « Merveille bleue » devant lui et l'air enfumé et le cri d'une mouette autour de lui, Norbert Paulini ne savait plus qui il était. Il n'était en possession d'aucune langue, d'aucun souhait, d'aucun but. Il continuait sa marche, poussant le landau avec l'enfant, un doux cahotement, et c'était déjà passé. Auparavant, c'est seulement en lisant qu'il avait éprouvé cela.

Il regardait les branches de sureau, les lourds anneaux de fer pour amarrer les vapeurs sur l'Elbe, le jardin Schiller à gauche, l'hôtel de l'Elbe en face et le Luisenhof tout en haut. Même en hiver et sans neige, les chaînes de montagnes, « douces comme des bêtes, les monts longent le fleuve[1] », ne perdaient rien de leur charme. Y avait-il une deuxième ville où pentes, rives et ponts se blottissaient le long du fleuve comme s'ils voulaient représenter un paradis auquel ne manquaient jamais l'ampleur, la grandeur et le souffle, et dont les montagnes au loin éveillaient déjà un nouveau désir d'ailleurs ?

Tout était là, comme auparavant, sauf qu'on n'était plus pris dans un sortilège mais délivré, comme si tous s'étaient réveillés en même temps et étaient désormais libres d'aller où ils voulaient.

Il ressentait comme une faute le fait d'avoir perçu cela. Aurait-il donc été tenu de participer, de risquer sa vie dans une manifestation, ou de mettre en jeu son existence ? Ces gens de la presse qui le qualifiaient d'« homme droit » se trompaient-ils ? C'est seulement un travail comme le sien qui avait permis les changements !

Norbert Paulini sourit. Désormais lui aussi voulait marcher en tête, porteur de drapeau, désormais lui aussi voulait participer, si le peuple prenait son destin en main. Lui aussi voulait faire un sacrifice.

Mais à peine avait-il songé au mot « sacrifice » qu'il sut ce qui l'attendait. Cela le traversa comme une entaille.

---

1. Citation d'un poème de Heinz Czechowski (1935-2009), trad. A. Lance.

Le couchant était devenu un brasier. C'est à cet instant précis qu'il songea à Mme Kate, qui comparait toujours les soleils couchants aux tableaux de Caspar David Friedrich. Il regagna en vitesse la maison, évitant les passants avec son landau. Il voulait cesser de ruminer. La seule chose qui comptait, c'était l'action, l'action silencieuse, sans qu'on l'annonce, sans se concerter. Comme les saints, qui réalisaient quelque chose. Mais alors qu'eux avaient au moins Dieu pour témoin, lui était seul.

À la maison, il confia Julian à sa femme, enfila sa blouse, alla chercher toutes les caisses et cartons qu'il put trouver pour les monter dans l'appartement et il commença à emballer ses livres. Viola se figea quand elle le vit débarrasser les rayonnages.

« Tu déménages ? » lui demanda-t-elle d'une voix atone. Il fit non de la tête. Même au cours du repas du soir, il ne donna aucune explication, il voulait accomplir son vœu. En revanche, il demanda à Viola de l'informer des nouvelles qu'elle avait apprises au cours de la journée par les journaux, la radio ou la télévision. Elle commença en hésitant, comme si tout devenait douteux au moment où elle le formulait.

Après le repas, il donna un baiser à Julian et dit qu'il reviendrait assez tard puis descendit un carton après l'autre dans la librairie. Là, il mit le disque de la symphonie « Héroïque » sous la direction de Kurt Masur et commença à marquer un prix sur ses propres livres et à les intégrer dans le fonds de la librairie. Désormais chacun pouvait les acquérir. De sa manche, il essuyait la sueur, les larmes, la morve. Mais au petit matin son œuvre était achevée. Ses livres appartenaient désormais à tous.

Chapitre XX

« C'est maintenant qu'on sépare le bon grain de l'ivraie ! » C'est avec ces mots que Norbert Paulini accueillait chacun de ses anciens visiteurs. Il s'était tenu à ne leur faire aucun reproche et à les écouter, quoi qu'ils aient envie de lui raconter.

Il s'étonnait toutefois qu'aucun d'eux ne reconnût l'opportunité du moment. Plusieurs ne venaient que pour lui dire bonjour. Ils se faisaient servir un thé et disparaissaient souvent sans même avoir jeté un œil sur les livres.

Le premier qui déposa devant lui un livre de sa bibliothèque privée – c'était *L'Amérique* de Kafka, parue aux éditions Rütten & Loening, avec jaquette, de 1967, à peine jaunie et sans notes au crayon, c'est pourquoi il avait fixé le prix de cet exemplaire en bon état à trente-cinq marks – fut étonné lorsque Norbert Paulini lui dit éprouver le besoin de faire cadeau de ce livre à son fidèle visiteur. L'homme répondit qu'il avait déjà eu de la chance de trouver cet exemplaire.

« Tant que nous avons encore notre monnaie, dit-il, j'aimerais le payer. À vous non plus, on ne fait pas de cadeau », ajouta-t-il.

L'homme, un retraité, autrefois mathématicien, lui précisa avoir déjà trouvé et acheté chez lui des années auparavant l'édition de Kafka avec les nouvelles et les deux autres romans. À présent, il les retrouvait ici et devait se forcer pour ne pas les acheter une seconde fois, d'autant qu'il s'agissait à nouveau d'un exemplaire en excellent état, même s'il manquait la jaquette. Norbert Paulini lui demanda d'attendre un instant et revint avec deux minces volumes, une monographie de Kafka établie par l'éditeur des deux volumes. La première édition de 1961 était légèrement abîmée, mais la seconde, de 1966, était encore, pour son âge, en fort bon état.

Norbert Paulini insista pour lui offrir un des deux exemplaires. Ce que le monsieur refusa à nouveau. Il avait besoin de chaque centimètre dans ses rayonnages, et on pouvait sans doute aujourd'hui se passer de l'opinion de cet éditeur des débuts de la RDA.

Un autre jour, peu avant la fermeture du magasin, vint un homme qui intrigua Norbert Paulini. Il le connaissait, mais d'où ?

« Alors ? » demanda l'homme en entrant et en faisant claquer un bonbon contre ses dents. « Comment ça va ? »

Norbert Paulini montra le billet de banque à l'encadrement de la porte.

« Comment ? », fit l'autre. « Vous n'allez tout de même pas me dire que… »

Norbert Paulini tira son couteau de sa poche et détacha précautionneusement le billet puis renfonça la punaise. Son visiteur avait mis les mains sous sa veste dans les poches de son pantalon.

« Et mes commandes ? »

« Vous n'avez qu'à jeter un coup d'œil », dit Norbert Paulini en plaçant le billet de cent marks sur le bord de son bureau.

L'homme soupira.

« Vous finirez par l'apprendre », dit-il en saisissant le billet du bout des doigts avant de le fourrer dans la poche de son pantalon.

Il disparut entre les rayonnages. Norbert Paulini l'entendit marmonner. Quand il s'accroupissait, il poussait un petit gémissement.

« On ferme bientôt », fit Norbert Paulini.

« Je pensais que le magasin vous appartenait ? »

Norbert Paulini lui prit des mains la première pile. Il était déjà six heures et demie lorsqu'il présenta à son interlocuteur la somme qu'il réclamait pour les trente-trois livres – dont trente-deux de l'ancienne bibliothèque privée de Norbert Paulini. En arrondissant, cela faisait mille cinq cent soixante-dix marks.

« C'est l'affaire de votre vie », fit l'homme en sortant son porte-monnaie pour poser un billet de cent marks Ouest sur le bureau. Et il tira de sa poche l'autre billet de cent comme une carte à jouer.

« Vous pouvez garder la monnaie », dit-il.

« Un instant », dit Norbert Paulini en posant ses mains sur les deux piles de livres, comme s'il voulait les bénir. « J'ai dit mille cinq cent soixante-dix marks. »

« Mon brave », dit le visiteur, « cela représente plus que vos mille cinq cent soixante-dix marks Est. Cela fait mille huit cents ou deux mille, je ne vérifie pas le cours chaque jour. »

« Ou bien vous payez ce que je demande. Ou les livres restent ici. »

« Vous ne voulez pas vendre ? » demanda l'autre en riant et en faisant à nouveau claquer son bonbon. « Vous voulez vraiment que j'aille à Berlin, que je change mon argent au cours de un contre dix ou onze pour revenir ici en cahotant sur votre splendide autoroute ? Vous êtes sérieux ? »

Norbert opina, même s'il s'avouait faire preuve de mesquinerie, voire de malveillance. Mais il aurait préféré se faire couper en quatre que lâcher ses livres. Et même après le départ de son visiteur, il maintint cette attitude, comme s'il devait s'appuyer.

Le lendemain matin, un écriteau fait main était accroché à la porte : « Librairie fermée jusqu'à nouvel ordre pour cause d'inventaire. »

Chapitre XXI

Norbert Paulini voulut apprendre. À Berlin-Ouest, il alla toucher les cent marks de la prime de bienvenue, mangea sur la place Savigny une saucisse en salade avec beaucoup de vinaigre et des cornichons et but une bière, si bien que dans la chaleur de la librairie la plus proche, la fatigue lui tomba dessus. La libraire fumait et sentait le parfum. La plupart des noms d'auteurs sur les livres ne lui disaient rien.

Même lui, qui adorait pourtant les livres, les trouva hors de prix. Il n'y avait guère de livres reliés à moins de trente marks. Très rarement, on trouvait une reliure toile sous la jaquette, ils imitaient même la toile avec du carton ! Il se servit à la carafe d'eau, on lui proposa un café et on lui tendit des biscuits.

Encouragé par cette hospitalité, il poussa vers le fond du magasin. Et soudain, ce fut comme s'il voyait en même temps tout ce qu'il avait toujours désiré : *Dialectique de la raison* de Horkheimer et Adorno, *Soir bordé d'or* d'Arno Schmidt, le *Tractatus* de Wittgenstein, *Les Excroissances du cœur* de Wollschläger, tout Gottfried Benn, de belles éditions de Hans Henny Jahnn, beaucoup de titres de Hannah

Arendt… Il fit demi-tour et quitta la librairie sur un bref merci.

Il tint l'enseigne suivante « librairie moderne de livres anciens » pour une plaisanterie, un paradoxe. Les livres y étaient proposés moins cher, bien qu'il ne s'agît pas de livres anciens. Certains n'étaient même parus qu'en 1988, n'avaient donc pas deux ans. Toute une pile portait l'indication « exemplaire défectueux ». Il retira la jaquette, rechercha des pages abîmées ou écornées. Il feuilleta l'exemplaire. Il s'adressa à la libraire. Elle tapota du doigt sur le tampon.

« C'est marqué ici. »

« Oui, dit Norbert Paulini, mais… »

« C'est ça le défaut », lui répliqua-t-elle en souriant avant de se détourner.

Pour visiter une vraie librairie de livres rares et anciens, il n'eut qu'à pousser jusqu'au coin de la rue. Les dos des livres y avaient un air étranger. Mais en s'approchant, il reconnut de vieilles connaissances. Il nota quelques prix, se présenta à l'homme à la caisse qui consultait un catalogue et interrogea ce confrère sur la marge de bénéfice par livre. Et si ses clients en avaient connaissance. Le libraire haussa les épaules. Si on ne lui avait pas offert un autre café, Norbert Paulini aurait eu le sentiment d'être importun. Mais une demi-heure plus tard, il quitta le magasin de son confrère de Berlin-Ouest avec deux sacs en plastique remplis de catalogues.

À la gare du Zoo, il échangea les quatre billets verts de vingt contre des marks Est au taux de un pour huit.

Sur le chemin du retour, il se creusa la tête pour savoir où se nichait l'erreur, l'anomalie qu'il ne comprenait pas. Devait-il augmenter tous les prix ? Ni à son arrivée en gare de Dresde, ni durant le trajet sur la ligne 6 jusqu'à la place

Schiller, ni dans son lit à la maison, il ne trouva l'erreur. Ce n'est que le lendemain matin qu'il se décida à enlever définitivement l'ajout du terme « librairie » du nom de sa raison sociale. Il n'était pas un simple libraire, il était libraire de livres rares et anciens. Il était responsable de ce qui resterait, ce qui perdurerait face au temps. Et il comprit que plus que jamais il aurait besoin de concentration, de limitation, d'orientation sûre. Il allait continuer à tenir fermé son magasin pour protéger les livres et se concentrer sur les achats. Il voulait enfin lire comme il lui plaisait, au moins jusqu'à ce qu'il sache quel était ce monde qui se présentait à sa porte.

Chapitre XXII

Dans le courant du printemps, Norbert Paulini doubla ses prix. Mais depuis qu'on savait qu'à partir du mois de juillet on paierait tout en Deutsche Mark au cours de un pour un pour les salaires et les retraites, il eut l'impression d'en avoir fait trop. Viola eut l'idée de ne pas gommer une nouvelle fois mais d'écrire à côté un prix plus élevé, de le barrer ensuite et de faire figurer l'ancien prix comme étant le nouveau.

« C'est ce qui est le mieux pour tes livres », lui expliqua-t-elle quand il trouva sa proposition « malhonnête ».

Depuis avril, Viola osait à nouveau sortir, mais seulement avec le landau. Ce qui était d'ailleurs plus commode pour faire les courses. Elle chercha un nouvel emploi mais ne trouva rien.

En revanche, on sonnait plusieurs fois par jour à la porte de l'appartement sous le toit. Viola coiffait ses clientes dans la cuisine et faisait en sorte que ses prix fussent connus à la ronde.

Norbert Paulini, qui pendant ce temps allait se promener avec Julian, s'étonnait des sommes que laissaient les femmes sur la table de la cuisine. Pour rapporter lui-même l'argent que Viola gagnait en quelques heures, il lui aurait fallu vendre en une journée les œuvres complètes de Heinrich Mann, Anna Seghers et Arnold Zweig, et même peut-être celles de Kurt Tucholsky.

« Alors, monsieur le libraire d'ancien », l'aborda un homme qui attendait près du landau au feu pour piétons de la place Schiller. « Vous avez changé de voiturette ? Plus personne ne veut de livres ? »

« Mais si, mais si », répondit Norbert Paulini, heureux d'être appelé monsieur le libraire d'ancien. Julian s'était réveillé et commença à crier. Comme Norbert Paulini eût aimé raconter à l'homme pourquoi il n'avait plus que rarement l'occasion d'accrocher sa remorque. Norbert Paulini garda un sourire absent, partagé entre le besoin de se pencher sur l'enfant qui criait et l'envie de s'expliquer. Mais l'autre fit un geste de la main, comme s'il n'y avait plus rien à attendre de lui, le libraire d'ancien, et il s'éloigna d'un pas rapide.

Il fut fort contrarié par le manque de politesse et le geste de l'inconnu et en resta marqué longtemps après que Julian se fut calmé alors qu'il atteignait son parcours favori entre Tolkewitz et Laubegast, là où son regard errait sur l'Elbe et les hauteurs de Wachwitz. Non, ce geste de refus avait une signification. Il lui fallait mettre les choses au point, sinon il y aurait des malentendus, des malentendus absurdes mais lourds de conséquences. L'inconnu avait agi de manière désobligeante, voire méprisante, il l'avait offensé. Cela avait été une mise à l'épreuve et, par son hésitation – c'était trop bête ! –, il avait échoué ! Il était pourtant en mesure de passer haut la main pareilles épreuves ! Irritation, colère, désarroi, panique – comment nommer ce qui montait en lui ? Et comment devait-il s'en protéger, si cela persistait ? Si cela devenait de plus en plus fort ? Comment allait-il s'en délivrer ?

« Donc se taire et agir, sachant qu'il se défait », s'entendit-il murmurer, « pourtant les épées s'arrêtent devant l'heure du monde. » Comme c'était bien d'avoir appris ces vers par cœur. Et il continua : « Plus de dieux à supplier, plus de mère comme ventre, tais-toi et aie souffert, rassemble-toi et sois grand ! » Norbert Paulini inspira profondément et s'étira. Et comme s'il confiait quelque chose à quelqu'un qui l'accompagnait, il termina sa reconstruction avec la strophe : « Un mot, un éclat, un vol, un feu, un jet de flamme, un trait d'étoile – et à nouveau les ténèbres, monstrueuses, dans l'espace vide autour de l'univers et de moi. »

Chapitre XXIII

À la fin juin, lorsque les transports de fonds se présentèrent devant les filiales des banques à l'Est, Viola s'inscrivit à l'auto-école. Plusieurs annonces parues dans la presse s'étalaient sur la table de la cuisine. C'était assez risible, ce nombre d'auto-écoles qui s'ouvraient tout à coup. Et toutes se disputaient la clientèle. Norbert Paulini désapprouvait sa décision. Pourquoi avait-elle besoin d'une auto ?

« Tu verras bien », dit Viola, qui embrassa son mari sur la joue et, au milieu des pleurnichements de Julian, partit prendre sa première leçon de code.

« Non ! », s'écria Norbert Paulini lorsqu'elle revint tard le soir et lui offrit un voyage de quatre jours à Séville. « Je veux et je dois travailler ! »

« Alors ton ticket sera périmé. »

« Ticket ? » il criait presque. « Parle allemand avec moi ! Et que veut dire périmé ? »

« C'est déjà payé. Il faut vite réagir, avec une pareille offre ! Et j'ai fait vite ! »

La frontière ouverte était comme une période balnéaire ininterrompue qui vous obligeait à vous justifier si vous restiez chez vous. Devait-il fournir chaque jour une raison valable s'il voulait lire en paix ?

Au prix d'une modeste somme et au vu de la forte demande, Viola put se faire rembourser les tickets. Au matin du 9 juillet 1990, un jour avant la réouverture de « Livres rares et anciens Dorothea Paulini, propriétaire Norbert Paulini », Norbert Paulini, suivant une inspiration, poussa une deuxième table perpendiculairement à son comptoir débarrassé. Il disposa dessus les plus belles éditions complètes ou commentées qu'il avait acquises les mois précédents. L'édition des poèmes de Brecht, les douze volumes de Goethe, jusqu'à l'édition de Kisch et Feuchtwanger mais aussi, parmi ses trois éditions de Proust, celle qui était en meilleur état. Il ne résista pas à la tentation d'ajouter tout Melville ainsi que le précieux trio Baudelaire, Verlaine et Rimbaud, en y joignant les deux coffrets de Robert Walser. Comme des signaux lumineux, il posa aux deux bouts des tables les deux éditions rouge vif de l'*Esthétique de la résistance* de Peter Weiss, l'une semblait ne pas avoir été ouverte, l'autre portait en revanche des traces de crayon, comme si un comédien s'était préparé pour une lecture à haute voix. À côté de celle qui était crayonnée vinrent une première édition de *La Peau* de Malaparte, et l'édition du livre parue en RDA. Les volumes gris de Joyce ne devaient pas manquer ainsi que la première édition complète après 1945 des livres illustrés de Josef Hegenbarth. Et puisqu'il y avait Hegenbarth, Anatoli Kaplan ne devait pas manquer non plus. Il fallait étonner le regard des visiteurs. Derrière *La Mort de Reval* de Bergengruen et sa nouvelle *Die Sterntaler* venaient tous les livres de Hermann Hesse reliés en toile verte, tous avec jaquette, et les œuvres choisies de Thomas Mann, également reliées en toile, entrées peu de semaines auparavant. Sans oublier les œuvres commentées de Döblin, ayant malheureusement un peu souffert de la lecture. Le cœur gros, Norbert Paulini remit toute la série des Fundus[1] dans les rayonnages pour ne pas trop surcharger sa table de trésors.

Du reste, bien d'autres nouveaux trésors lui vinrent à l'esprit, il aurait aimé les mettre tous sur la liste. Non, il aurait en fait préféré charger un peintre compétent d'en faire une nature morte, avec lui à côté comme figure du donateur.

Il avait fait venir la veille au soir Elisabeth et Marion, elles avaient un droit de préemption. Il voulait tester l'effet de sa mise en scène.

Toutes deux admirèrent son étalage. Même elles ne connaissaient pas tout. Elles feuilletèrent les poèmes de Brecht dans la Collection blanche, elles trouvèrent des éditions comme celles de Pasternak et Pound qu'elles n'avaient jamais eues auparavant entre les mains, mais également Tarkowski et Eliot, Benn et Enzensberger.

« Pour vous, moitié prix », dit-il, « et tout ce qui est en dessous de dix marks, je vous l'offre ».

« Es-tu au courant, pour les livres scolaires ? », demanda Elisabeth. « C'est un chiffre d'affaires sans fin, comme dit le Dr Reiter. »

« Chiffre d'affaires sans fin ? »

« Si tu ne t'y mets pas, ils viendront tous chez nous. Vraiment tous ! Le Dr Reiter veut louer un gymnase et embaucher des gens, juste pour deux semaines, ou quelque chose comme ça. »

---

1. Collection est-allemande d'ouvrages sur l'art, la culture, l'esthétique en format poche.

« Ou quelque chose comme ça », s'écria Norbert Paulini. « D'où vous vient pareille idée ? »

« Tu dois déposer une demande, auprès des autorités scolaires, du conseil scolaire du district, que sais-je. Sinon tu ne pourras pas en faire partie. »

« Je n'ai encore jamais vendu un manuel scolaire. Autant ouvrir alors une papeterie. »

« Avec les manuels scolaires, tu peux gagner un fric fou, dit Marion, en opinant du chef. C'est la quantité qui compte. Nous avons un gel de congés. »

« J'ai résilié mon contrat avec l'Office d'État de distribution. Ils ont récupéré ce qui restait. Je suis un libraire d'ancien, libre comme l'oiseau, comme il se doit. »

Norbert Paulini ne se laissa pas gâcher son plaisir par le curieux discours et l'attitude des deux femmes. Et aucune d'elles n'avait semblé vouloir acheter un livre. Cela avait été une erreur de démarrer en période de vacances.

Même si personne n'achetait, il était ravi de constater la qualité des propositions qu'on le pressait d'accepter.

Il avait été notamment frappé par un beau, svelte et grand jeune homme, qui ne voulait que cinquante marks pour cinq caisses avec les œuvres presque complètes de Romain Rolland, Ludwig Renn, Maxime Gorki et Ilia Ehrenbourg.

« Je ne devrais pas accepter », dit-il.

« Bon, alors, pour rien ! », répliqua le jeune homme, qui ne cessait de passer sa main dans son épaisse chevelure pour dégager son front. « L'essentiel, c'est que ça tombe entre de bonnes mains ! »

« Je peux vous l'assurer », renchérit Norbert Paulini. Il aurait aimé en savoir un peu plus sur cet homme. Mais il se contenta de sourire, tira son porte-monnaie de sa poche arrière et lui tendit un billet de vingt marks.

Le jeune homme replia deux fois le billet et le mit dans la poche de poitrine de sa veste. Même ses dents brillaient d'une blancheur impeccable.

« Vous avez tout ça en double ? », demanda Norbert Paulini en prenant la main que lui tendait son visiteur.

« Un héritage, le cousin de mon grand-père, un communiste indécrottable. Il voulait toujours que je lise… »

Il dégagea à nouveau son front et s'en alla, raccompagné par Norbert Paulini, qui essaya de le saluer encore une fois lorsque l'autre atteignit le palier sans toutefois lever les yeux vers lui.

Chapitre XXIV

Peu de semaines après l'entrée de la RDA dans la République fédérale, Norbert Paulini, à l'occasion d'un passage à la Caisse d'épargne, demanda à voir sa vieille connaissance, M. Adameck, le directeur de la filiale. Il se retrouva peu après face à lui, dans son bureau, là où il avait obtenu le prêt pour la transformation des combles. La tête de M. Adameck, avec ses cicatrices aux joues et sa moustache de marin, émergeait comme d'habitude d'un col blanc et cravate rouge, au-dessus de ses épaules gris foncé.

« Vous êtes endimanché. Vous allez à un concert ? », demanda Norbert Paulini qui, comme il faisait assez froid, avait passé une veste de laine sur sa blouse.

M. Adameck s'examina et vérifia le nœud de sa cravate.

« Vous devriez voir les autres ! Ah, de vrais canaris. Quand on n'a pas de costume, on est ici le concierge. » Il offrit un siège à son visiteur. « Je voulais justement vous téléphoner… »

« Transmission de pensée ! » s'écria Norbert Paulini tout réjoui.

M. Adameck incarnait le nouvel esprit d'amabilité et de prévenance qui s'installait dans le pays.

« Et le visage toujours tourné vers le client », plaisanta Norbert Paulini en se rapprochant de son interlocuteur. « Je manque de potentiel, j'ai besoin de plus de place », commença-t-il sans être interrogé. « Je rate tellement d'occasions ! Je ne sais plus où les mettre. Je crois que je suis à nouveau mûr pour un emprunt. »

M. Adameck posa son regard sur un espace indéterminé entre son bureau et le coude droit de Norbert Paulini.

« C'est maintenant qu'il faut investir ! », poursuivit-il. « Je viens vous voir parce que vous m'avez aidé autrefois. Je ne l'ai pas oublié ! »

M. Adameck le regarda.

« Qu'achetez-vous donc ? » Son regard se détourna à nouveau.

« Ce que les gens sortent de chez eux maintenant. Je fais un tri sévère, rien que de la qualité, je suis plus exigeant qu'auparavant. »

« Et c'est… » M. Adameck fit comme s'il attrapait soudain quelque chose pour l'avaler. S'étranglait-il ?

« Ce qui en vaut la peine », dit Norbert Paulini, tentant de lui venir en aide.

« De la production de RDA ? », demanda M. Adameck après un bref raclement de gorge.

« J'ai une première édition d'*Être et Temps* de Heidegger, une liquidation, le tout pour cinquante marks. Cela en vaut déjà mille, peut-être même deux mille, faut voir. Ou Nietzsche, la deuxième édition du *Gai Savoir*, autant dire une édition originale… »

« Et c'est pour ça que vous voulez… Pour des livres ? »

« Et un loyer. Je vais louer encore autre chose, une baraque ou un entrepôt. Peut-être une extension. »

M. Adameck plissa ses lèvres, fit la moue et aspira à nouveau.

« Cela fait huit mois que vous n'avez fait aucun versement. Ni à titre commercial, ni à titre personnel. Vous savez bien qu'au-dessus de quatre mille, on divise par deux[1]... »

« Les dettes aussi sont divisées par deux ! », l'interrompit Norbert Paulini.

« Et de votre femme... » dit M. Adameck, s'interrompant brusquement à nouveau, croisant les mains comme pour la prière et s'appuyant vers l'avant. Norbert Paulini l'interrogea du regard.

« Ne me causez pas de soucis, monsieur Paulini, je vous en prie. Ce que vous faites avec vos rentrées ne me regarde pas, nous ne sommes pas l'administration fiscale, mais... »

« Je n'ai pas de rentrées », dit Norbert Paulini pour balayer tout soupçon, « ou si peu ».

« Je vais vous dire quelque chose : vous n'achetez plus rien, plus rien du tout ! Même pas le timbre bleu de l'île Maurice pour dix marks. Vous comprenez ? Pas de timbre bleu ! Il y en a trop. Et vendez tout ce que vous pouvez. Baissez vos prix, soyez offensif, faites un pas-de-porte, que sais-je ! Soyez combatif ! Paulini, combatif ! Et jetez de temps en temps un coup d'œil sur vos relevés, sur votre compte ! » M. Adameck se cala au fond de son siège. « Je ne peux malheureusement rien faire de plus pour vous ! »

Norbert Paulini s'en alla, sidéré. Les paroles du directeur de la Caisse d'épargne résonnaient dans sa tête comme les

1. Lors de l'unification allemande, une parité de 1:1 entre le Mark Est et le Deutsche Mark était valable jusqu'à 4000. Au-delà, un Deutsche Mark valait deux Marks Est.

battants d'une cloche, son crâne bourdonnait. C'était peut-être le son d'une ère nouvelle.

Dans la Brucknerstrasse, peu avant la « Villa Kate », il fit une pause. Qu'était-il arrivé ? Est-ce que le lendemain matin il se lèverait comme chaque jour, pénétrerait dans sa librairie pour attendre à partir de dix heures les clients et le courrier ?

En fait, rien ne s'était passé. Il devait changer ses plans, faire marche arrière, donc, au fond, moins travailler. Désormais, il pouvait dire, la conscience tranquille : je n'achète plus rien ! Et ils devaient rester à la maison et moins dépenser. Qu'y avait-il de mal à cela ? Ils ne renonceraient pas aux liquidations, surtout si le pasteur John lui donnait un tuyau. Mais sinon ? M. Adameck était de bon conseil. M. Adameck l'avait libéré de toute spéculation et concentré sur l'essentiel. M. Adameck avait effectivement percé à jour ses pensées, ses plus secrètes pensées que lui-même n'avait pas devinées.

Chapitre XXV

« Tout est pour le mieux », dit Viola, après que Norbert Paulini lui eut expliqué la situation. « L'offre et la demande, sous peine de disparition, c'est bien ça qui est écrit, non ? »

Dans la nouvelle année, Viola eut non seulement un nouveau travail, mais peu après on lui proposa de reprendre le salon Buntschuh à Tolkewitz. Les Buntschuh, arrivant tous deux à l'âge de la retraite, l'avaient toujours appréciée. Après son apprentissage, elle les avait aidés pendant les vacances.

« Et qu'est-ce qu'ils demandent ? »

« Pas grand-chose. Il faut que ça continue. »

« Tu peux devenir la patronne du jour au lendemain ? Et tout t'appartient ? »

« On dirait, oui. Je vais aller voir Kate. »

« Qu'a-t-elle à voir là-dedans ? »

« Ça ne peut pas faire de mal d'interroger les cartes, un peu d'encouragement – cela te ferait du bien aussi. »

Norbert Paulini se tapota le front avec son index, comme s'il pressentait déjà que le succès en perspective se ferait à ses dépens.

Tout le temps qu'il passait avec Julian le minait. Cela ne le gênait pas de conduire le gamin avant huit heures à la crèche. Mais pour pouvoir aller chercher Julian à dix-sept heures, il devait déjà fermer son magasin à seize heures quarante-cinq, se privant ainsi du meilleur moment pour la vente. Comme Viola n'arrivait jamais avant vingt heures, et en règle générale vers vingt et une heures, et encore pas toujours, il ne savait quoi entreprendre avec l'enfant une fois qu'ils avaient mangé. Pourquoi n'avait-il jamais songé à tout le temps qu'un enfant exigeait. Jusqu'à présent les enfants avaient grandi comme ça tout seuls, un processus sans histoires qui ne demandait guère d'énergie. Inversement, il ne pouvait s'imaginer ce que cela apportait à Julian quand il s'occupait de lui. Le garçon se rebiffait régulièrement quand il venait le chercher à la crèche. Tandis que Viola trimait pour son salon, le père et le fils se livraient chaque soir des batailles parce que Julian refusait de s'endormir tout seul dans sa chambre. Norbert Paulini n'avait d'autre choix que de s'accroupir près de lui. Julian l'observait en silence avec un regard plein de reproches à travers les barreaux de son lit et restait souvent éveillé jusqu'à l'arrivée de sa mère chérie. Celle-ci désirait avant tout prendre son petit trésor dans ses bras, si bien que le gamin sortait de son lit pour s'endormir bien trop tard dans le lit conjugal. S'il arrivait à Julian de s'assoupir en présence de son père, ses paupières ne se fermaient qu'à moitié. Ce qui au début provoquait la panique de Norbert, qui le tirait de son lit. Plus tard encore, il ne supporta que difficilement le regard mi-présent mi-absent de son fils endormi. D'autant qu'il ne pouvait se défaire de cette impression : Julian portait sur lui un jugement définitif. Aucune amélioration n'était en vue. Viola payait aux Buntschuh la moitié de ses bénéfices et avec le reste, elle réglait les mensualités de l'emprunt et prenait en charge les dépenses de la petite famille. Une fois ses frais déduits, Norbert Paulini ne pouvait que rarement apporter sa contribution.

Il y avait des jours où il affichait des succès de vente, mais c'était quand même difficile de se payer un salaire. Il eut le plus grand mal à trouver une assurance maladie pour travailleur indépendant. D'abord, tous étaient d'accord pour le prendre, mais il n'en était plus question quand il annonçait ses revenus. Il n'en avait besoin en fait qu'en cas d'urgence, comme l'assurance incendie ou en cas de dégât des eaux.

Même Elisabeth et Marion gagnaient nettement plus que lui. En revanche, Norbert Paulini était son propre patron. Il vivait et commerçait exclusivement avec les livres qui l'intéressaient et n'avait pas à s'embêter avec des manuels scolaires, des livres de cuisine, de conseils pour les impôts ou des atlas routiers. Qu'en avait-il à faire ? Il ne voyait aucune raison de prendre des distances vis-à-vis de son métier.

Il lui arriva cependant à lui aussi deux ou trois choses curieuses. Un mercredi après-midi, la sonnette retentit. Norbert Paulini l'ignora. Mais la sonnerie insista. Si j'étais médecin, pensa-t-il, je devrais me rendre à une urgence.

Il alla au-devant des deux hommes qui traînaient chacun un carton et leur barra le chemin avant qu'ils aient atteint le palier devant la porte du magasin.

« C'est fermé, cet après-midi », leur lança-t-il. « Les achats uniquement après examen, par ailleurs… »

« Est-ce que vous savez quel trajet on a fait, d'où est-ce que nous… ? »

Norbert Paulini l'interrompit, disant qu'il était désolé, mais même s'ils étaient venus pendant les périodes d'ouverture…

Ils insistèrent pour lui vendre leurs livres. C'était à cause de lui qu'ils étaient venus, les articles dans le journal, ils pensaient que chez lui, c'était la bonne adresse.

« Je n'achète rien en ce moment », finit par lâcher Norbert Paulini sur le ton de l'aveu.

En voilà un culot, c'était donc du baratin, ce que racontait le journal, on pouvait se torcher le cul avec ! Est-ce qu'il n'avait pas encore compris qu'ils vivaient dans une économie de marché ?

Norbert Paulini se détourna, remonta et claqua la porte derrière lui.

Au bout d'un moment, les braillements dans l'escalier s'apaisèrent comme un orage qui s'éloigne. Mais soudain une voix de femme comme une sirène. Qui s'interrompit aussi brusquement qu'elle avait retenti. Quelqu'un montait dans l'escalier. Il connaissait le rythme des talons. Norbert Paulini ouvrit la porte.

« Viens, vite, viens voir ça ! »

Mme Kate redescendit et, lorsqu'il eut atteint le dernier palier, elle tendit son bras en direction de la porte de la maison.

Bien que Norbert Paulini reconnût tous les détails, il parut ne pas comprendre ce qu'il voyait, comme si son esprit n'était pas en mesure de rassembler en une image plausible les signaux captés par sa rétine. Mme Kate l'observait descendre une marche après l'autre, dans l'attente d'un sourire. Il se baissa et ramassa un des livres, comme s'il devait vérifier si c'étaient bien des livres qui s'amoncelaient sur le seuil de la porte d'entrée et dans la cage d'escalier.

« *Crime et Châtiment* », lut-il à haute voix. « Pourquoi les ont-ils déversés ici ? »

« Ils avaient besoin des cartons, pardi ! » répondit Mme Kate. « Mais ne les mets pas dans ma poubelle », lui lança-t-elle. « Je ne veux pas en plus casquer pour des types comme ça ! »

Norbert Paulini ne l'avait peut-être pas entendue ou ne savait pas ce qu'elle avait voulu dire par là. Il resta debout et ne bougea pas non plus quand Mme Kate disparut dans son appartement et revint avec deux verres dans une main et une bouteille de schnaps. Elle avait du mal à tenir droit les deux verres, c'est pourquoi elle en remplit d'abord un qu'elle mit sous le nez de Norbert Paulini en même temps que le vide, tenu à angle aigu. Il le prit précautionneusement des deux mains. Elle ne remplit son propre verre qu'à moitié.

« Eh bien, à la tienne », dit Mme Kate en trinquant avec lui. Elle ne le quittait pas des yeux. « Bois ! », lui intima-t-elle et elle attendit qu'il porte le verre à ses lèvres.

Si elle ne lui avait pas fait prendre ce schnaps, qu'il avala, obéissant, en deux gorgées, on n'aurait jamais pu remarquer le bref et silencieux frisson qui parcourut Norbert Paulini.

Chapitre XXVI

Même si le nombre de ses visiteurs avait considérablement diminué, ces quelques personnes se distinguaient bien plus les unes des autres que son ancienne clientèle.

« Nous aimerions jeter un coup d'œil », lui dit en le saluant une femme qui, en dépit de tout le soin qu'elle avait dû apporter à sa peau et à ses cheveux, ne pouvait dissimuler la différence d'âge avec l'homme à ses côtés. Son sac à main pendait au creux de son bras. Quelque chose que Norbert Paulini ne connaissait que chez Mme Kate. Quant à l'homme, avec sa veste démodée et la pochette sortant de sa poche de poitrine, il semblait espérer pouvoir se vieillir de quelques années.

Norbert Paulini retourna à sa table. Depuis le Nouvel An déjà, il étudiait cette trilogie en quatre volumes dont il ne connaissait que le premier, publié naguère chez Gustav Kiepenheuer. Ces derniers jours, il s'était plusieurs fois demandé comment il réagirait si quelqu'un, remarquant ce qu'il était en train de lire, souhaitait acheter cette édition. Heureusement, ce n'était pas une édition originale, mais elle était quand même rare, surtout dans cet état. Mais personne ne s'intéressait à Hans Henny Jahnn.

La présence de la clientèle ne l'avait jamais particulièrement gêné dans sa lecture. Mais ce couple le dérangeait. À peine étaient-ils allés dans une pièce qu'ils reparaissaient à nouveau. Ils examinaient tout très attentivement, mais plutôt comme les visiteurs d'une galerie. S'attendaient-ils à trouver des œuvres d'art, ici ? Et qui leur avait donc donné son adresse ? Étaient-ils passés ici par hasard et avaient vu la plaque ? Avant d'entrer dans le détail, se faisaient-ils une impression d'ensemble ? Vu la vitesse avec laquelle ils inspectaient les livres, ils devaient avoir renoncé à en sortir un seul. Il avait du mal à imaginer qu'il s'agissait de lecteurs.

« En quoi puis-je vous aider ? », demanda-t-il finalement, et il se serait volontiers approché plus près d'eux, tellement ils sentaient bon.

Après une brève hésitation pendant laquelle la femme se retourna vers l'homme, ce dernier indiqua qu'il ne cherchait rien de particulier.

« C'est l'atmosphère des livres qui nous intéresse », expliqua-t-il. « Une amie de longue date est photographe, une professionnelle. Il y a déjà de nombreuses librairies qu'elle a... »

Norbert Paulini lui expliqua qu'une librairie et un magasin de livres anciens étaient des mondes différents, voire opposés. Il voyait des continents entiers se détachant et eut volontiers recours au terme de « dérive des continents ». Mais il ne fallait pas qu'ils s'imaginent qu'il était insatisfait de l'époque nouvelle. Et il s'en tint aussitôt à cette remarque : chez lui, chaque livre était examiné.

« Examiné ? » La femme le fixa avec un air d'incompréhension. Sur quoi il lui donna cette réponse que j'avais souvent entendue dans sa bouche :

« Je ne vends que de la qualité. »

Une brève pause s'ensuivit. Puis la dame fit un mouvement en direction de la caisse et, sur un ton que Norbert Paulini trouva familier, demanda depuis quand il tenait ce respectable commerce. Norbert Paulini indiqua la date de 1977. Et toujours dans cette maison ? Ces deux-là étaient peut-être des journalistes ?

« Il y a ici encore des livres sur lesquels j'ai dormi quand j'étais un enfant, un tout petit enfant, et ma grand-mère et mon père aussi. »

« Comment devons-nous comprendre cela ? » L'homme avança machinalement la tête.

« Au sens propre », expliqua Norbert Paulini en commençant à raconter l'histoire de son enfance et de sa jeunesse avant d'arriver à ses débuts dans le métier de libraire d'ancien.

« Remarquable », dit la femme à plusieurs reprises, comme si elle ordonnait les chapitres du discours qu'il tenait. En ponctuant chaque fois d'un hochement de tête.

« Vous voudriez peut-être un thé ? »

Les deux visiteurs inspectèrent en même temps leur montre-bracelet. Il y eut quelques secondes de silence.

« Et ensuite vous vous êtes installé en haut ? »

Norbert Paulini attendit que la femme le regarde.

« Vous ne voulez pas au moins vous asseoir ? » demanda-t-il, en faisant le tour de sa table sur laquelle les quatre volumes avec leurs jaquettes en excellent état étaient exposés à leurs regards et en proposant une chaise à la dame.

« Et cette Mme Kate, elle est comment ? »

Maintenant, c'était clair ! C'étaient deux clients de la « Pension Kate » ! Peut-être de ceux qui attribuaient anonymement des étoiles ou des notes. Il n'eut aucune peine à dire le plus grand bien de Mme Kate. Tandis qu'il parlait, l'homme fit un pas vers le rayonnage le plus proche et, après une brève hésitation, en tira un livre.

Mais avant que Norbert Paulini n'eût le temps de lui faire remarquer qu'il ne vendait pas séparément un livre appartenant à une édition complète, mais que s'il s'agissait d'Egon Erwin Kisch, il pourrait lui proposer quelque chose, même des éditions originales, la femme posa sa main sur l'avant-bras de l'homme d'une façon si familière qu'il crut ressentir sur lui-même ce geste apaisant.

L'homme replaça aussitôt le livre, et les deux prirent congé.

Chapitre XXVII

Bien que Norbert eût déclaré qu'il ne s'assiérait jamais dans l'Opel Kadett de Viola, c'est dans cette même voiture que la famille Paulini fit en ce 1er Mai une sortie jusqu'à Plottendorf, à la maison de retraite de la grand-mère de Viola. La vieille dame, dont le troisième prénom était Violetta, et que Viola appelait ainsi, n'avait durant toute sa vie jamais quitté Haselbach, son lieu de naissance, que pour aller au théâtre à Altenburg ou à Leipzig, mais assez régulièrement. Violetta avait insisté pour voir Norbert Paulini parce qu'elle avait quelque chose de très important à lui communiquer et à lui montrer, qui pouvait être d'une importance décisive pour sa carrière professionnelle. Dès leur première rencontre, tous deux avaient déjà constaté qu'ils partageaient les mêmes points de vue. Bien que jusqu'à sa retraite Violetta n'eût le temps de lire que tard le soir, elle pouvait tenir tête à Norbert Paulini, même dans la littérature du XIXe siècle. Son auteur préféré était Karl Gutzkow, dont elle connaissait tous les livres, et en citait volontiers des passages entiers.

Violetta attendait déjà ses visiteurs de Dresde dans le vestibule du foyer, levant sa canne pour qu'on la repère plus vite. Elle était pressée. Après un bref regard sur Julian, elle insista pour qu'on se mette tout de suite en route.

« J'ai fait appeler la police ! » s'écria-t-elle, « et le journal ! » Elle déclina le bras que Viola lui tendait pour avancer plus vite. « L'échec programmé, les mêmes enfoirés qu'avant ! »

Norbert Paulini, épuisé par les prouesses de conduite de Viola, se proposa pour aller pousser le landau dans le bois voisin.

« C'est toi que cela concerne ! » lui lança Violetta en s'appuyant sur son bras pour se diriger vers le parking.

Au bout du bref trajet, elle n'aurait pas eu besoin de dire quoi que ce soit, elle n'aurait même pas eu à mentionner les hangars vidés de l'entrepôt central de Leipzig. Ce qui s'offrait au regard de Norbert ne nécessitait aucune explication. Au moment où ils arrivèrent, même Viola parut ne pas entendre les braillements de Julian à la vue de ce spectacle. Les doigts de Norbert Paulini restèrent accrochés au grillage, comme s'il avait besoin de cet appui. On avait dû vider des camions entiers, des palettes, c'était la seule explication pour l'entassement de cette montagne de livres. Dont la richesse de couleurs faisait un effet joyeux.

À côté de l'entrée pour véhicules, il y avait des caisses et à peu près le même nombre de l'autre côté de la clôture, mais là déjà rangées dans un certain ordre. Norbert Paulini n'avait encore jamais escaladé une clôture. Violetta applaudit et demanda à sa petite-fille d'aider son mari.

Violetta se tenait toute droite, appuyée sur sa canne légèrement en biais, ne quittant pas des yeux Norbert Paulini. Parfois elle examinait le butin qu'il tendait pardessus la clôture à sa petite-fille et que celle-ci entassait dans le coffre de la voiture. C'était tout un chargement de la « Bibliothèque des classiques » éditée en RDA, reliure toile, avec notes et commentaires, cinq marks le livre, cinq volumes de Grimmelshausen, cinq de Gottfried Keller, cinq de Schiller…

Norbert Paulini était un infirmier, très loin de son hôpital. Il parcourait toujours d'autres chemins sur le champ de bataille. Partout on avait besoin de lui, tous l'appelaient, tous imploraient qu'on les emporte. Il se taisait, mais ne fermait pas les yeux. De temps en temps, il s'agenouillait, sans savoir pourquoi justement ici et pas un mètre plus loin, pourquoi pas bien plus tôt ? Était-ce la beauté ou l'état intact qui guidait ses choix ? Ou les noms ? Tout critère était un sacrilège. S'il avait déjà huit ou dix livres en main, il s'avérait nécessaire de ramasser les autres qui se trouvaient au même endroit. Pourquoi la chance tombait-elle sur tel livre et pas sur tel autre ? Il dit à Viola d'entasser les livres sous et devant le siège du passager, de les coincer sous le sac du landau, ce qu'elle refusa aussitôt, on pouvait encore mettre une rangée devant son siège sans que cela la gêne. « Avanti ! », lançait Violetta en lui faisant signe. Il devait s'activer, pas parler !

Pour finir, il marcha sur d'autres livres pour récupérer le coffret avec la reproduction de la Bible aux éditions Reclam ainsi que quelques livres emballés dont il s'efforça de ne pas lire le titre qui semblait être tamponné.

Au retour dans la maison de retraite, Violetta servit à ses invités du café avec un gâteau que venait de faire une ancienne collègue. Viola interrompit une fois le silence. Tout ça n'était pas vraiment réjouissant, mais il fallait voir le bon côté de la chose. C'était comme les montagnes de beurre ou bien le lait que l'on déversait dans le bassin du port, ils avaient appris ça à l'école. De telles actions augmentaient finalement la valeur des livres, ils deviendraient plus rares, donc plus chers. Violetta frappa avec sa canne d'un air renfrogné et dit aux jeunes qu'il était temps de partir. Ils se reverraient sûrement le week-end suivant.

Chapitre XXVIII

Le lendemain, un jeudi, arriva à dix heures pile un des clients habituels que l'on croyait perdu, un homme de petite taille avec les cheveux peignés sur sa calvitie et une voix toujours un peu enrouée, qui avait une passion particulière pour les éditions originales de Döblin et Stefan George. C'était pour lui que Norbert Paulini avait mis de côté un des rares exemplaires du *Combat de Wadzek avec la turbine à vapeur*, puis remis en place peu de temps auparavant, mais il n'était pas encore vendu.

« Uwe Kesselsdorf ! », lança Norbert Paulini. « Je vous salue, monsieur Kesselsdorf ! »

Celui-ci répondit à cet exubérant salut d'un signe de tête étonné et entra.

« Vous m'avez manqué, monsieur Kesselsdorf, vraiment manqué ! » Norbert Paulini se précipita vers le rayonnage, en tira le Döblin et montra avec le livre la pile qui s'entassait sur son bureau et que M. Kesselsdorf était déjà en train d'examiner.

« Savez-vous d'où viennent ces livres ? Une honte, vraiment... Puis-je vous offrir quelque chose ? Thé ? Café ? »

M. Kesselsdorf eut un hochement de tête et prit un des livres encore emballés.

« D'où est-ce qu'il peut bien venir ? », demanda-t-il. « Hermann Kant, *Le Séjour* », lut-il sur la couverture, avant de le jeter avec une moue dédaigneuse.

« J'ai pensé qu'il fallait sauver quelques exemplaires encore empaquetés, dans un esprit de justice, j'ai ramassé au hasard, vous comprenez ? Le tombeau du Soldat inconnu, c'est à ça que j'ai pensé. »

Norbert Paulini ramassa le livre que l'autre venait de balancer, déplia l'emballage et le sortit avec précaution.

« Vous voyez ? Tout neuf, je suis le premier à avoir cet exemplaire en main. Pas un mauvais livre, d'après ce qu'on m'a dit. »

M. Kesselsdorf haussa les épaules.

« Si je vous disais maintenant où je l'ai trouvé, vous me prendriez pour un fou, mais c'est vrai ! Je parle trop, mais hier, c'était trop, aussi. »

Les rides profondes entre les sourcils de M. Kesselsdorf exprimaient mauvaise humeur et scepticisme.

« Une décharge ! », s'écria Norbert Paulini. « Une gigantesque décharge de livres, des tas de livres ! En plein air ! »

« Je suis venu », répondit M. Kesselsdorf, « parce que je voulais vous demander si vous aviez quelque chose à me dire. » Il se racla discrètement la gorge.

L'expression d'indignation qui avait accompagné les dernières paroles de Norbert Paulini s'effaça, soudain il voyait de quoi il retournait.

« La liste d'attente pour le salon ! »

M. Kesselsdorf se redressa.

« Vous n'allez pas me faire croire que vous ignorez où je veux en venir ? »

Quelque chose s'annonça au loin chez Norbert Paulini, mais il ignorait ce que c'était et ce que cela avait à voir avec lui. C'était comme un bruit dont manquait encore l'origine. Une réflexion parcourut son visage d'une tempe à l'autre.

« Eh bien, vous y êtes », constata M. Kesselsdorf. Un sourire malicieux déforma légèrement ses lèvres. « Et si je puis me permettre de vous éclairer un peu, renseignez-vous sur "tresse blonde". C'est le nom de l'informatrice qui a découvert que je m'intéressais aux livres parus avant 1945. Et bien sûr dans une librairie de livres anciens, des livres parus avant 1945. Et d'autre part "quelqu'un qui aime se faire valoir" et pas "un homme à femmes". » Il balaya l'air d'un geste de la main et hocha la tête. « Pour moi, ça suffit... »

Il contourna la table et prit place sur la chaise de Norbert Paulini, penché en avant, les coudes sur les genoux, comme s'il devait réfléchir ou avait un accès de faiblesse.

« Cela me fiche en l'air », fit-il à voix basse, sans lever les yeux.

Norbert Paulini se tenait devant lui, les bras ballants. Un mécanisme compliqué fermait ses lèvres.

« Quel souvenir dois-je avoir de vous, de votre ouverture, quand quelqu'un lança : À la santé du libraire ! Et comme vous étiez fier que je vous appelle ainsi, vous vous en souvenez ? Alors, quand je regarde mon Stefan George, tous les volumes, mes Döblin... Maintenant je ne peux que penser : s'intéresse à la littérature d'avant 1945. J'étais sur le point de vous les balancer tous par terre. Tous les livres que j'ai obtenus ici. »

M. Kesselsdorf se racla la gorge. Il fixa la silhouette du libraire. Il hocha à nouveau légèrement la tête et repoussa devant lui *Le Combat de Wadzek avec la turbine à vapeur*.

« Et vous ne trouvez rien à dire ? » demanda-t-il.
« Pitoyable, vraiment pitoyable. »

M. Kesselsdorf se leva et se dirigea d'un pas traînant vers la porte. Il l'ouvrit et la referma aussitôt derrière lui. Norbert Paulini s'effondra sur sa chaise – et ce fut pendant un long moment le dernier mouvement dans cette pièce.

Chapitre XXIX

Norbert Paulini ne comprenait pas pourquoi il avait pu classer sans suite ce qui lui avait été révélé sur Viola. Il ne comprenait pas pourquoi il n'avait pas prié M. Kesselsdorf de rester, pourquoi il ne lui avait posé aucune question, pourquoi il ne lui avait pas demandé pardon. Il ne savait pas pourquoi ses lèvres s'obstinaient à rester fermées, pourquoi il était incapable de prendre une inspiration et de parler, comme si chaque nouvelle journée lui posait un poids supplémentaire sur la poitrine. Ou était-ce l'inverse ? La pression venant de l'intérieur n'était-elle pas bien plus grande que celle de l'extérieur ? Il exploserait comme un poisson des mers profondes remontant à la surface. Ou bien attiré vers le fond de l'océan et ratatiné. Peut-être était-il rétréci, insecte dans l'ambre, exposé aux observations et aux commentaires de toute sorte.

« Pourquoi tresse blonde ? », demanda-t-il à Viola lorsque le dimanche suivant elle et lui allèrent en voiture au mont de la Bastei en Suisse saxonne plutôt qu'à Plottendorf. « Pourquoi tresse blonde ? »

Viola prenait toujours les virages au ralenti.

« Qui a posé la question ? »

« Peu importe. »

« Je voudrais le savoir »

« Uwe Kesselsdorf », dit Norbert Paulini.

« Ah, cette vieille chouette ! »

Après un bref éclat de rire, Viola commença à raconter comment elle avait aligné des broutilles et des futilités sur les conversations dans la librairie. Elle ne voyait pas en quoi cela pouvait mécontenter. Tout le monde savait bien comment ça marchait. Et elle n'avait jamais livré de secrets. Vers la fin, elle avait peut-être fait état d'un certain mécontentement, mais c'était bien, car comme ça, elle avait fait comprendre à ceux d'en haut que les choses ne pouvaient pas continuer ainsi.

« Je vous ai toujours protégés, vous autres rats de bibliothèque. Avec moi, ils pensaient avoir le contrôle sur tout, tout savoir. C'est pourquoi ils t'ont laissé faire, toi et les autres ! Au lieu de me faire des reproches, vous devriez m'être reconnaissants ! »

La voix de Viola prenait des accents de cantatrice. Norbert Paulini regardait à travers le pare-brise. Il ne connaissait pas cet itinéraire. Avec son père il était toujours monté à la Bastei à partir de Rathen le long du lac Amsel, parfois avec un crochet par les gorges des Trous suédois. Il espérait que Viola roulerait trop à droite, pour au moins enfoncer un marquage routier et se retrouver dans le fossé, ou bien déboîter trop à gauche. Qu'au moins le rétroviseur se brise. Et même sur le parking où on la dirigea vers un emplacement et où son chant se mit à bégayer, il espérait un carambolage.

Par ailleurs, dit Viola, il avait pu lui-même constater qu'il n'y avait rien qu'on dût dissimuler. C'était lui-même qui avait dit que sans la peur et sans le suivisme tout aurait été plus vite.

Ils se promenèrent en franchissant le pont de la Bastei jusqu'au point de vue où ils se retrouvèrent entre les rochers, l'Elbe en contrebas, la forteresse de Königstein en face et à gauche, le Lilienstein. En se retournant, il voyait les alpinistes. Si on commençait à compter, on en voyait toujours plus, comme si on les avait fait venir pour offrir aux touristes un spectacle au risque mortel. Comme autrefois, une sensation de vertige parcourut ses parties génitales, redescendit dans les orteils et remonta au cerveau, un bref clignotement des yeux, à ce qui lui semblait. Il fallait qu'il punisse Viola et qu'il se punisse. À cette hauteur, on ne reconnaîtrait même pas les cadavres en bas. Et Julian ? Il dormait dans ses bras.

Sur le chemin du retour, Norbert Paulini s'efforça de dominer son mal au cœur. Arrivé à la maison, il se réfugia dans les livres. Il s'enferma – et comprit que c'en était fini entre Viola et lui.

Chapitre XXX

Le matin, on sonna plusieurs fois chez Mme Kate, puis au magasin. Le facteur voulait lui remettre une lettre recommandée. Comme il savait que les deux étaient en très bons termes, il remit la lettre, contre signature, à Norbert Paulini. Une lettre du tribunal. Un petit carton était déjà collé sur sa porte à elle.

À peine une heure plus tard, Mme Kate, debout face à lui, fendit l'enveloppe de ses ongles pointus. Elle lut, son visage se décomposa, elle mit une main devant sa bouche, s'inclina vers l'avant, genoux pliés. Norbert Paulini plaça aussitôt une chaise derrière elle. Croyant qu'elle allait vomir, il fila dans le placard à balais, écarta la serpillière figée et plaça le seau devant Mme Kate.

Elle était affalée sur la chaise, une main tenait le document, l'agitant d'un air las, il fallait enfin qu'il le lise !

Un instant plus tard, la pointe de son pied heurta le seau. Il roula plus loin, décrivant un demi-cercle vers la droite, puis un quart de cercle vers la gauche avant de s'immobiliser.

« Tu n'as toujours pas compris ? », demanda Mme Kate. Norbert Paulini retourna le document.

« Mais dis quelque chose ! »

« Je ne comprends pas », répondit-il calmement. « La maison t'appartient ? Et je suis ton héritier. »

« C'est aussi ce que je pensais ! »

« Ce qu'ils écrivent, n'importe qui peut le dire. »

« Ou bien tout est foutu », résuma Mme Kate, « ou bien des chicanes à n'en plus finir. »

Cet après-midi-là, Mme Kate ne quitta pas la chaise de Norbert Paulini. Il fit le concierge à sa place, se dépêchait de descendre en fonction des coups de sonnette, remontait pour prendre des consignes et redescendait à toute vitesse. Et de temps à autre, il faisait entrer des clients. Ceux-ci regardaient la dame au haut chignon qui trônait avec son large postérieur sur la chaise fragile au milieu de la pièce comme une œuvre d'art moderne. La bouteille de schnaps était posée à côté du pied avant gauche de la chaise, son sac à côté du pied avant droit, le verre tenu par ses deux mains posées sur ses genoux. Ce fut un après-midi où Norbert Paulini fit de bonnes ventes.

« Je te porte chance », dit Mme Kate d'une voix pâteuse. Répétant cette phrase chaque fois que retentissait la sonnette.

Mme Kate et Norbert Paulini se plongèrent dans leur conversation, tous deux s'exprimèrent franchement et librement, leurs phrases balançant entre aveu et confession. Norbert Paulini reçut à plusieurs reprises des baisers sur ses joues. Il pouvait enfin soulager son cœur. Elle pouvait enfin révéler le fond de son âme. Cette femme l'avait rendu aveugle, l'avait carrément ensorcelé ! Personne n'avait osé lui dire ce qu'on pensait de Viola.

On ne doit pas barrer le chemin à l'avenir, insista Norbert Paulini, il faut lutter. Oui, toujours lutter, dit Mme Kate d'un ton las. Ils examinèrent longuement la proposition qu'elle fit à Norbert Paulini de reprendre la « Pension Kate ». On voyait aujourd'hui qu'il était apte à combiner les deux activités. Ou mieux encore ! « Nous déclarons la librairie de livres rares et anciens comme ta bibliothèque incessible et tu gagnes ton pain avec la pension ! »

Et même si tout cela ne suffisait pas, ce n'était pas la fin du monde. Car, insista Norbert Paulini, l'expropriation de la maison faciliterait considérablement la solution d'autres problèmes. Mais, en aucun cas, il ne continuerait à rembourser l'emprunt, en aucun cas. Il n'allait pas être une poire, un pantin, un polichinelle. Mme Kate l'approuva en lui déposant un baiser sur la bouche.

Peu après quatre heures et demie, Norbert Paulini se brossa les dents, fit un bain de bouche, essuya les traces de rouge à lèvres de Mme Kate et se rendit à la crèche. Lorsque les Paulini revinrent, Julian poussa des cris de joie à la vue de Mme Kate, dont les bras pendaient. La tête penchée de côté, un mince filet de salive avait séché à la commissure gauche de ses lèvres. Julian joua avec les bras et les mains de la poupée de taille humaine, pleura un peu lorsqu'il effleura ses ongles puis se tourna vers le seau qu'il s'acharna à faire rouler dans tous les sens, jusqu'à ce que Norbert Paulini comprenne que Helene Kate, elle aussi, l'avait abandonné.

Chapitre XXXI

Un an plus tard fut prononcé le divorce par consentement mutuel, et la société de Norbert Paulini fut déclarée insolvable. M. Adameck, le responsable de la filiale de la Caisse d'épargne, critiqua Norbert Paulini parce que celui-ci persistait dans ses exigences.

Ce que Norbert Paulini réfuta énergiquement. Il n'avait aucune exigence particulière, cela faisait longtemps qu'il n'assistait plus à un concert, à un opéra, à un spectacle, il n'allait même pas au cinéma, sans parler du restaurant ! Il renonçait à tout et, depuis un an et demi, il n'allait même plus au Toscana. Il ne demandait rien, sauf le strict nécessaire pour vivre. En revanche, le Prince Vogelfrei soulignait qu'il rendait beaucoup à la société. Son magasin était ouvert à tous ceux qui s'intéressaient à la littérature, à la vie intellectuelle. Il avait rassemblé l'essence de la littérature des cinq derniers siècles, au moins celle en allemand, ainsi que l'essentiel dans quelques autres langues, et sa section sur l'Antiquité, l'histoire et la philosophie était à la hauteur, il avait fallu renoncer à compléter par l'histoire de l'art à la suite du verdict du directeur de la Caisse d'épargne. Il pouvait donner des informations sur ses livres, il savait quels ouvrages se complétaient, il se tenait à l'entière disposition de ses clients.

M. Adameck balaya ces propos d'un geste. Norbert Paulini tressaillit. Il connaissait ce geste.

« Vous n'avez jamais entendu parler des bibliothèques ? », demanda le directeur de la Caisse d'épargne.

Norbert Paulini prit une profonde inspiration.

« Il y a des livres », expliqua-t-il, « dont on a besoin personnellement, on les a avec soi, on ne s'en sépare pas. Dans une bibliothèque, on ne souligne pas, on n'écrit pas de commentaires. Du reste, les bibliothèques m'achètent aussi des livres. »

« Achetaient », corrigea M. Adameck en croisant à nouveau ses mains. « Si ce n'était pas moi qui étais ici – et va savoir combien de temps encore j'y resterai –, vous ne pourriez même pas accéder à mon bureau. Dans cette maison, vos livres n'intéressent personne, on ne vous comprendrait même pas ! »

« Ce n'est pas logique », s'entêta Norbert Paulini. « Les musées touchent des millions et des millions, partout on restaure, on rénove, on construit, la culture de notre patrie connaît un prodigieux essor, vit un nouvel apogée. Et cela ne concernerait pas les livres ? Au pays des poètes et des penseurs ? Seulement les livres ? Vous ne le pensez pas sérieusement, cher monsieur Adameck, et vous ne le souhaitez pas non plus… »

« Souhaiter ? » explosa M. Adameck. « Mon souhait ? » Il tint ses bras écartés, ce qui ne correspondait pas vraiment à ce qu'il disait. « Vous croyez que ce que je souhaite peut intéresser qui que ce soit ? »

Norbert Paulini ne répondit pas tout de suite, par respect pour cette crise émotionnelle de M. Adameck. Il se cala dans son siège et croisa les jambes.

« Vous voulez donc dire », récapitula Norbert Paulini, « maintenant qu'enfin règnent la démocratie et la liberté, que je devrais à présent fermer ma librairie de livres rares et anciens, et les livres – oui, que faire des livres ? –, les balancer dans l'Elbe ? Ou les rapporter sur la décharge de Plottendorf ? Et que je cherche un appartement d'une pièce dans le quartier de Johannstadt pour attendre, assis devant la télévision, que le bureau de l'emploi m'écrive ? Tout en continuant bien sûr à rembourser gentiment mon emprunt pendant les dix prochaines années, sans oublier la pension mensuelle pour Julian qui m'incombera. » Norbert Paulini arbora un sourire. « C'est cela que vous voulez me recommander, sérieusement ? »

« Oui », dit M. Adameck, avec un soulagement qui détendit tout son corps. « C'est à peu près ça. »

Chapitre XXXII

Norbert Paulini n'était pas prêt à disparaître dans l'invisibilité.

À peine trois semaines plus tard, le responsable de la filiale du supermarché Netto près de la place Schiller découvrit un quadragénaire intelligent et très motivé qui était prêt à accepter toutes les directives et, dès que possible, c'est-à-dire après le stage de formation et pour l'ouverture de la filiale, à prendre place à une caisse. Par sa signature, Norbert Paulini s'engagea à accepter de pouvoir être à tout moment affecté à la récupération des bouteilles consignées ou au réapprovisionnement des rayons.

Pour le jour de l'ouverture, des annonces d'offres spéciales avaient été publiées dans les suppléments de différents journaux et, outre la future clientèle régulière, on s'attendait à un afflux de toute la région.

Pendant un instant, un sentiment de fierté s'empara de lui, causé par cette atmosphère de première dans laquelle il s'était laissé embarquer avec ses collègues féminines de la caisse (qu'il connaissait pour la plupart de l'époque du supermarché Konsum), les vendeuses spécialisées des rayons viande et fromage ainsi que la direction de la filiale en la personne d'un monsieur haut placé de Maxhütte-Haidhof. Ce sentiment qu'il jugeait indigne, Norbert Paulini le réprima : le monde allait voir comment il traitait un libraire de livres rares et anciens !

Norbert Paulini accomplit sa première journée de travail sans s'attirer la moindre critique. Parfois quelqu'un avait oublié de peser ses fruits et légumes. Il profitait de ces oublis pour aller rapidement jusqu'aux rayons des fruits et légumes, il avait retenu les chiffres de 1 (banane) à 50 (fenouil). Ce qui l'énervait, c'étaient les injonctions répétées du directeur de la filiale : il fallait sourire. Au fond, il s'attendait à ce que chaque cliente et client qu'il devait saluer personnellement d'un « bonjour » lui présentât ses condoléances. Mais pas plus le premier jour que les jours suivants, on ne reconnaissait à la caisse le libraire d'ancien. Il croyait bien reconnaître certaines clientes ou certains clients, mais ce flot humain qui s'engouffrait dans l'entrée pour se déverser ensuite dans le delta des caisses lui était totalement inconnu. En outre, son épaule gauche lui faisait mal.

Sur son siège pivotant, présentant de la main gauche les marchandises au scanner, tapant de la main droite le numéro des produits qui ne pouvaient être scannés, il n'était pas à la hauteur de ses collègues féminines. La norme fixée était de trente produits la minute. Lui, dont la seule occupation régulière, en dehors des livres, avait été de faire des tractions chaque matin, fixait les fluettes épaules de ses collègues féminines qui accomplissaient si facilement ce qu'il ne parvenait pas à faire, fût-ce au prix de douleurs.

Parfois, il avait l'impression de se rendre au travail dans une ville inconnue : on avait installé le supermarché dans un bâtiment provisoire sur ce parking qu'il traversait naguère pour se rendre en tram dans le centre-ville. En début d'après-midi, il y avait souvent des écoliers qui faisaient du patin à roulettes entre les rayonnages sur ce sol de béton étonnamment lisse. Quand le directeur de la filiale les guettait – il n'en chopait toujours qu'un, deux au maximum –, les autres s'enfuyaient en poussant des cris, et Norbert Paulini se sentait littéralement paralysé.

Au bout de la deuxième semaine, il crut reconnaître en une cliente à la caisse voisine cette visiteuse qui portait son sac à main au creux du coude, cette fois sans son mari.

« Vous revenez en visite ? », lui dit-il. Mais la dame, occupée à vérifier son bon de caisse, ne lui prêta pas attention et continua d'examiner les chiffres sur son ticket.

Il y avait des clientes qu'il était content de voir, notamment celles qui répondaient à son salut puis, comme après une virgule, ajoutaient un « M. Paulini », ainsi qu'on pouvait le lire sur son badge, lettres blanches sur fond noir. Il avait été prêt à serrer les dents et à tenir le coup jusqu'à ce que son corps s'habitue à ce travail. Mais, pire que l'épaule douloureuse, était cette fatigue croissante devenant chaque jour plus insupportable qui l'empêchait de lire. Il avait espéré pouvoir s'adonner entièrement à la lecture après le travail, au moins pendant deux ou trois heures. Mais comment ? Ticket de caisse après ticket de caisse, il avait sacrifié son élan et sa vitalité pour, le soir venu, battre en retraite, vaincu. Les premiers jours, il avait encore pris un livre en se persuadant que le lendemain, oui, le lendemain, ce serait différent. Ses yeux s'accrochaient aux lignes, mais il ne tenait jamais plus longtemps que quelques minutes, alors il dégringolait comme un alpiniste dont les doigts et les orteils avaient vainement cherché une saillie dans la paroi lisse. Comme si ce qu'il lisait n'avait plus rien à voir avec lui, en tout cas avec l'existence dans laquelle il était reclus. Lorsqu'il pénétrait dans son petit appartement, les murs de livres l'entouraient comme si, pendant son absence, ils s'étaient desséchés, étaient morts, fossiles d'eux-mêmes. Julian le privait de son dernier espoir, car c'était à lui qu'il devait sacrifier ses journées où il pouvait rentrer chez lui dès dix-sept heures, ou même les samedis libres, et en général les week-ends. Dans le jardin Schiller, ils mangeaient tous les deux une saucisse, qu'il découpait pour le garçon en petites tranches après avoir enlevé la peau, accompagnée d'une limonade. Pendant ces séances sur le terrain de jeux, Norbert Paulini s'ennuyait à mourir, si on lui adressait la parole, il répondait par monosyllabes, écouter ce qu'on lui disait lui tapait sur les nerfs. Il ne pouvait s'empêcher de bâiller tout le temps.

Au bout de la quatrième semaine, il ne supporta plus sa condition de caissier et demanda à être chargé de l'approvisionnement des rayons. Il espérait une sorte de compensation sportive. Mais ce travail, tout comme le transport des palettes avec le chariot élévateur, n'était pas fait pour apaiser ses douleurs. Quoi qu'il fît, il ne semblait pas y avoir de soulagement à son épaule gauche. La nuit, il ne savait comment s'allonger. L'attente de la sonnerie du réveil achevait de raccourcir son sommeil. Plus question de faire des tractions. À la récupération des bouteilles consignées travaillaient des étudiants, une troupe bien soudée, se répartissant le service, et qu'on avait intérêt à ne pas déranger. En plus, il ne pouvait vraiment pas supporter d'avoir les mains poisseuses.

« Norbert ? »

Il connaissait cette voix. Il finit de ranger les paquets de riz basmati Uncle Ben's avant de se redresser et de se retourner.

« Eh bien, Dieu soit loué ! », dit Klaus Paulini en faisant un pas vers lui.

« Quelque chose est arrivé ? », demanda-t-il à son père.

« Tu ne décroches jamais le téléphone, ne réponds pas aux lettres, que se passe-t-il ? »

« Il faut que je gagne un peu d'argent », dit Norbert Paulini en se redressant, les mains appuyées sur le bas du dos.

« Travailler, ça fait mal », dit Klaus Paulini en s'approchant, comme s'il voulait embrasser son fils, mais il le saisit et le retint un moment par le haut des bras.

Chapitre XXXIII

Grâce à l'argent que lui prêta son père, Norbert Paulini put, après un combat acharné de sept semaines, obtenir une rupture à l'amiable. Pour la première fois, Norbert Paulini en voulut au destin. Helene Kate n'avait laissé aucun testament. Dans la masse des reçus de paiement qu'elle avait conservés depuis 1938, il n'y avait aucun document prouvant ou seulement laissant entendre que Helene Kate était effectivement propriétaire de la « Villa Kate ». Il pouvait s'épargner les frais d'un avocat. Et acheter la maison était une idée ridicule.

Elisabeth et Marion, tracassées par la constante dégradation de leur idole, insistaient de temps à autre auprès de Norbert Paulini pour qu'il se fasse embaucher dans d'autres librairies d'ancien, voire des librairies tout court. Elles n'en avaient pas moins peu à peu cessé de croire en leurs propositions et étaient soulagées quand il s'écriait « Non, non. » en agitant son index : « Je me fais une autre idée de ma vie professionnelle ! Je viens d'autres temps et j'espère parvenir en d'autres temps. »

Lorsque le délai de la mise en demeure d'évacuation fut déjà dépassé, et que l'huissier, un homme aimable du voisinage, lui en eut remis une deuxième et que Norbert Paulini s'attendait à être mis à la rue avec tous ses livres, Elisabeth lui montra une annonce.

« Elle est comme taillée sur mesure », dit-elle. « Prellerstrasse », une pension récemment ouverte, cherchait un portier de nuit. Norbert Paulini sauta sur son vélo et eut la chance de rencontrer la propriétaire.

« Ah ! », s'écria-t-elle, « Monsieur le libraire de livres rares et anciens ! » Tout fut facile après ce salut. Ils parlèrent de la défunte Mme Kate, de la librairie Paulini et des temps nouveaux. Norbert Paulini, l'air sérieux, donna son accord à toutes les conditions et remercia pour la proposition d'avoir droit au petit déjeuner. Les trois marks qu'on lui facturerait pour cela, il les considéra comme une obole symbolique.

Ce fut encore Elisabeth qui dénicha dans le quartier de Niederpoyritz une petite grange vide dont le toit était encore en parfait état et dont Norbert Paulini disposerait jusqu'à nouvel ordre pour cinquante marks par mois. Il n'eut même pas à s'occuper du transport de ses livres, de ses étagères et de la caisse enregistreuse, il dut juste surveiller l'emballage et le déballage des cartons de livres. Tout à côté, il y avait, au rez-de-chaussée d'une vieille maison à colombages, un logement de deux pièces pour lui. Les plafonds étaient bas et les fenêtres petites, mais les poêles tiraient bien, rien n'était détérioré, il y avait un w.-c. neuf et une cabine de douche. Il aménagea la plus petite pièce pour Julian. Elisabeth promit de s'occuper du jardin, en fait il s'agissait de deux jardins, un petit donnant sur la route de Pillnitz et un grand morceau de terrain broussailleux qui s'étendait le long de la pente derrière la maison. Il se souvint du manuel de jardinage qu'il avait acheté pour presque rien avec un ensemble d'éditions originales de Rudolf Borchardt. Mais ces livres avaient été revendus trop vite, si bien qu'il n'en avait pu lire que les premières pages.

Pour rejoindre ses livres, Norbert Paulini n'avait qu'à aller jusqu'à la rue et continuer sur l'autre côté par le chemin qui descendait tout droit. Il longeait à gauche un restaurant fermé, à droite un entrepôt quelconque. Au bout d'une grande haie, il était arrivé. Sur le pignon sud de la grange, donnant vers le fleuve, il y avait un cadran solaire. Derrière s'étendait une prairie que les gens appelaient « plantation ». Un sentier menait à travers l'herbe jusqu'à une rangée d'arbres et de buissons. Puis quelques pas encore et soudain l'Elbe qui s'écoulait, comme si on l'avait déposée à vos pieds. En amont, de l'autre côté, à croire qu'elles avaient été alignées pour lui, paradaient les maisons de la rive de Laubegast. En aval, le chemin bordant la rive menait au bac, et la tour de télévision se dressait derrière comme un repère.

Pour Norbert Paulini, c'était comme si l'énergie de ses rêves avait provoqué ce tournant. Certes le nouveau présent était différent de ce qu'il avait espéré, mais au fond, il répondait à tous ses vœux. Il fut bientôt entiché de son nouveau logis où, par la fenêtre de la cuisine, il pouvait apercevoir le fleuve. Dès que les arbres perdraient leur feuillage, la vue serait dégagée. La proximité de la terre de sa nouvelle vie lui plaisait. Un pas, et il était dehors. Il n'avait besoin que de moustiquaires et pourrait entendre gazouiller et bourdonner toute la journée.

N'est-ce pas un travail d'esclave, lui avait demandé Viola, de huit heures du soir à huit heures du matin ? Et elle, est-ce qu'elle ne travaillait pas aussi de huit heures du matin à huit heures du soir, même si c'était à son compte ? En revanche, il était libre. Personne ne le dérangeait dans sa lecture.

Il adorait attendre le bac, la traversée l'enchantait. La présence de tous les éléments – le passeur fumant sa pipe et le teuf-teuf du moteur en guise de feu – faisait de son chemin au travail une sorte de scène mythique. Il avait franchi toutes les épreuves. Il était resté fidèle à ses livres. Il était resté fidèle à lui-même. Qui d'autre que lui pouvait encore le prétendre ?

Chapitre XXXIV

Norbert Paulini était-il en mesure d'aimer ? Je ne peux répondre à la question. Il faudrait demander à Hana Semerova.

Hana était nettement plus jeune que lui, blonde et d'un type semblable à celui de Viola. Elle venait de Slovaquie et faisait à chaque séjour trois mois de ménage dans la pension « Prellerstrasse ». Personne d'autre que Norbert Paulini ne lui avait jamais témoigné autant de considération pour son travail. Jamais quelqu'un ne l'avait traitée avec plus d'attention, de politesse, de prévenance ou ne lui avait manifesté son soutien. On dit qu'il avait même obtenu pour elle, alors qu'elle ne le souhaitait pas, la même disposition pour le petit déjeuner, et tenu à prendre les trois marks à sa charge.

Lorsque Hana Semerova avait terminé son travail l'après-midi, elle allait en tram ou à vélo à Niederpoyritz et lui préparait ce qu'elle appelait son « petit déjeuner ». Ils revenaient le soir ensemble à la pension. Dans sa chambre sous le toit, il lui parlait du livre qu'il avait choisi pour la nuit, disant pourquoi il l'avait choisi et quelle lacune il comblait. Lorsque ensuite il était assis à la réception, il était comblé à l'idée de veiller sur son sommeil. Le matin, il posait son index devant sa bouche quand la cuisinière le saluait d'une voix trop forte à cinq heures du matin.

Viola, devant laquelle il cachait son bonheur, voyait surtout dans son ardeur au travail une fuite devant les devoirs d'un père.

L'année qui suivit son déménagement fut sans doute une des plus heureuses de sa vie. Elle s'acheva avec la disparition de Hana qui, après un de ses séjours de plusieurs semaines en Slovaquie, ne revint plus. Norbert Paulini alla à Košice, mais juste pour constater que son adresse et apparemment tout ce dont elle lui avait parlé ne se trouvaient pas dans ce monde, en tout cas pas à Košice.

Pour la première fois, il demanda un congé. Il rechercha un autre poste de portier de nuit mais n'en trouva aucun d'acceptable.

Pendant cette période douloureuse se produisit quelque chose qui ne mériterait pas d'être mentionné, le genre de broutille à laquelle n'importe quel réceptionniste peut être confronté chaque jour sous une forme ou une autre.

Peu après minuit, deux clients, des hommes d'affaires de la Hesse et du Bade-Wurtemberg, rentrèrent à la pension, chacun content d'avoir trouvé dans l'autre quelqu'un qui le comprenne, le comprenne vraiment. La méconnaissance des procédures commerciales et les habitudes locales étaient toujours grotesques ! « Grotesques ! » répétait l'un. Il y eut peut-être des mots comme « prime pour la jungle » et « indigènes ». L'un d'eux utilisa le terme « en chaleur » pour les femmes de l'Est, ce qui enthousiasma l'autre. Tout en indiquant leurs numéros de chambre, sans tenir compte de la demande que leur faisait Norbert Paulini de parler moins fort. Les clés en main, il attendit la fin de leur conversation. Au lieu de se tourner enfin vers lui, l'un des deux hommes d'affaires tendit sa main gauche par-dessus le comptoir sans quitter son collègue des yeux.

Mais Norbert Paulini avait déjà raccroché les clés au tableau et repris place, le livre ouvert devant lui.

« Et alors ? », fit celui qui tendait la main.

« Qu'est-ce qui se passe ? », demanda l'autre.

Norbert Paulini ne réagit pas.

« Les clés », dit le premier en ricanant.

Norbert Paulini releva la tête et leur fit remarquer qu'il leur avait demandé de parler moins fort, il était responsable du repos des clients. S'ils se conformaient à ses instructions et s'ils lui redemandaient convenablement leurs clés rien ne s'opposerait à ce qu'ils dorment dans la pension. Dans le cas contraire, il devrait considérer leur comportement comme une violation de domicile et les prier de chercher une autre auberge.

Malheureusement, celui qui avait dit « Et alors ? » enjoignit à Norbert Paulini de lui remettre immédiatement les clés et de s'excuser pour son arrogance. « Sinon vous ne ferez pas de vieux os ici ! »

Cela se termina effectivement par une bagarre et un procès-verbal de la police dans lequel Norbert Paulini insista pour qu'on enregistre comme sienne la phrase : « Lorsque les vainqueurs respecteront les temples et les dieux des vaincus, ils ne succomberont pas à leur propre victoire. »

Norbert Paulini conserva son emploi, mais en sursis, c'est ainsi qu'il résuma la réprimande de sa patronne.

Chapitre XXXV

Pour se reposer de sa lecture nocturne, Norbert Paulini, quand le temps le permettait, s'asseyait après la traversée en bac sur un banc de bois en dessous du restaurant Erbgericht, étendait ses bras sur le dossier et observait le fleuve qui flânait comme un pacifique Léviathan.

Norbert Paulini n'avait aucun désir d'ailleurs, ne voulait aller nulle part. La nuit, il ne cessait de voyager, il était partout dans le monde, et à toutes les époques. Et il avait survécu dans son lieu et dans son temps. Il avait survécu comme un homme de l'esprit, ne s'était pas incliné et avait montré à tous comment ne pas se désavouer, ne pas renier les livres. Nul n'avait le droit de se lamenter en sa présence. Qui donc prétendait qu'on ne devait faire aucun sacrifice ?

La communiste l'avait trahi. Et l'Ouest lui avait dérobé sa demeure pour les livres et sa famille, croyant ainsi faire expier l'injustice commise par les communistes. Mais n'étaient-ce pas au fond les mêmes qui étaient restés en haut, déjà là auparavant ? Les artistes ne se comportaient-ils pas plus mal que jamais, comme des gens de gauche, ceux de l'Ouest encore plus que ceux de l'Est ? N'avaient-ils donc rien appris ?

On avait beau tourner cela dans tous les sens : de même qu'il avait ignoré l'État auparavant et mené l'existence d'un dissident, il était à présent un vrai dissident. Sauf que l'Ouest punissait par d'autres moyens l'entêtement et l'indépendance. Nulle part on n'avait prévu un Prince Vogelfrei. Il luttait toujours seul. N'empêche, il récupérerait son magasin de livres rares et anciens, viendrait à bout de son insolvabilité et redonnerait une nouvelle vie à son salon, une toute nouvelle vie, se répétait-il.

Si quelque chose lui causait des soucis, c'était Julian. Il avait hâte de revoir le gamin. Mais lorsque Julian débarquait de l'Opel Kadett de Viola avec ses affaires, il ne savait quoi entreprendre avec lui. Pour être honnête, le garçon le dérangeait. En plus, il luttait contre l'absence de culture de Julian, contre ses coudes sur la table, contre la rapidité gloutonne avec laquelle il avalait ses corn-flakes. Quand il lui tendait une tranche de pain ou le sel, c'était comme si le gamin lui arrachait les choses. Il parlait la bouche pleine, et quand il ne comprenait pas quelque chose, il ne demandait pas : Pardon ? Mais tout simplement : Quoi ? Oui, c'était surtout ce parler relâché qui blessait Norbert Paulini, lui faisait honte et le laissait perplexe. Il ne pouvait quand même pas le critiquer pour tout ce qu'il faisait ou omettait de faire. Mais endurer tout cela était au-dessus de ses forces et heurtait ses convictions.

« Chez moi, il mange normalement », c'est ce que Viola lui répondait d'habitude.

C'est alors que se produisit une sorte de miracle. Elisabeth Samten revint de Berlin. Elle s'était séparée d'Ilia Gräbendorf et avait laissé tomber ses études peu après. Berlin n'était pas fait pour elle.

Les jours où Julian dormait chez son père, c'était elle qui jouait avec lui, qui faisait la cuisine pour les Paulini et restait avec le garçon quand Norbert était de service. Elle le conduisait le matin à l'école. Elisabeth avait sa manière à elle d'occuper Julian, si bien que ce dernier participa bientôt activement à tout, ménage, cuisine, jardin, courses. Mais surtout elle expédiait le père et le fils pendant les week-ends, ou bien dans la Suisse saxonne ou bien, s'il avait neigé, pour faire du ski de fond à Altenberg et Zinnwald. Norbert Paulini ne comprenait pas pourquoi il n'avait pas eu lui-même cette idée. Bientôt Julian fut attaché à Elisabeth plus qu'à toute autre personne.

Norbert Paulini tentait de se comporter avec son fils en s'inspirant de l'exemple d'Elisabeth. Mais il suffisait qu'il exprime une demande masquée en jeu pour s'apercevoir que son ton le trahissait déjà. C'était comme avec des professeurs. Ou comme avec la poésie. Soit les gens avaient une voix, et peu importait ce dont ils parlaient. Soit ils n'en avaient pas, et l'idée la plus intelligente n'était d'aucun secours.

Quand Elisabeth était partie, Norbert Paulini remarquait chez son fils cette incertitude, voire cette peur qu'il avait éprouvée lui-même vis-à-vis de son père. Il était reconnaissant à Elisabeth, il l'admirait, mais la jalousie le rongeait également.

Non, dit Norbert Paulini lors d'une sortie avec Julian jusqu'au café Toscana, il ne cherchait pas une femme. Il avait, à deux reprises, fait totalement confiance à des femmes. Mais elles n'avaient eu que faire de son amour. Un jour, il lui en dirait plus. Après le Toscana, ils débouchèrent comme par erreur dans la Brucknerstrasse. La « Villa Kate » était entourée de palissades de chantier. Mais ce fut facile de les écarter un peu là où elles n'étaient pas maintenues par des chaînes.

« C'était notre maison », dit Norbert Paulini. « C'est sous ce toit que tu avançais à quatre pattes et que tu as appris à marcher. »

Norbert Paulini dut faire le compte. Cela faisait sept ans qu'il n'était pas revenu dans la Brucknerstrasse. Combien de fois avait-il dû s'entendre dire qu'il avait quitté pour rien la « Villa Kate ». Mais avoir maintenant cela sous les yeux, l'herbe et la broussaille poussant dans la gouttière et émergeant des tuiles près de la cheminée, comme si la maison voulait se camoufler, le remplit de hargne et le mit en rage, lui procura une satisfaction – et libéra en lui une mélancolie contre laquelle il était impuissant. Aucune vitre du premier étage n'était intacte, au rez-de-chaussée les fenêtres étaient barricadées avec des panneaux de contreplaqué. En plus, il avait dû y avoir un incendie, car en deux endroits les embrasements supérieurs des fenêtres avaient des traces de suie. Même le marronnier de la cour étendait une branche par-dessus un angle du toit, une autre branche griffait le mur.

Il entendit un bruit de casse.

« Ce n'était pas moi », dit Julian en laissant tomber les marrons.

« Pourquoi tu mens ? »

« Ce n'est pas ma maison », expliqua Julian.

« Viens par ici », lui ordonna Norbert Paulini. Ils allèrent à la porte d'entrée barricadée par des planches. La sonnette avec son bouton blanc branlant était encore là. Depuis combien de temps ne l'avait-il plus senti sous le bout de son doigt.

« Lis ! », dit-il.

« Li-brai-rie et liv-res ra-res et an-ciens », épela Julian.

« Arrête de coasser comme une grenouille », maugréa Norbert Paulini. « Encore une fois ! »

« Li-brai-rie et liv-res ra-res et an-ciens », répéta le garçon.

« Et ici ? »

« Notre nom », murmura Julian

« Tu me crois ? »

« Et pourquoi ? »

« Pourquoi on n'habite plus ici ? »

Julian fit oui de la tête.

« Parce que cela ne nous appartenait pas. Pas non plus à la femme qui voulait me le léguer. »

« Et le propriétaire nous a mis à la porte ? »

« C'était une famille, ils avaient dû s'enfuir après la Seconde Guerre mondiale. »

« Et c'est nous qui avons dû nous enfuir, après ? »

« Ils sont venus me voir un jour et ont regardé chez nous. Je pensais qu'ils cherchaient des tableaux ou qu'ils voulaient écrire quelque chose sur moi ou que c'étaient des clients de Mme Kate, là en bas, c'était la pension. Je pense que c'étaient eux. » Il passa la main dans les cheveux de Julian. « Sans doute y a-t-il encore quelqu'un d'autre qui dit que la maison lui appartient. Et maintenant ils se disputent. »

Norbert Paulini fit demi-tour, se glissa par un espace entre les palissades, attendit que Julian, qui actionnait encore la sonnette, se faufile pour sortir, et il bloqua à nouveau le passage avec le bloc de béton. Dans le soleil couchant, les trous dans les vitres semblaient encore plus noirs. On pouvait distinguer, comme des ombres chinoises, les contours d'une tête de fillette et, à côté, un oiseau. C'était d'ailleurs bien vrai. Là, il y avait la chambre des demoiselles et l'autre était la chambre des oiseaux. Mais expliquer ça eût mené trop loin.

Chapitre XXXVI

Elisabeth retenait Julian. Il s'essuyait en passant son avant-bras sur son front, étalant encore plus la boue. Il aurait pu se dégager, il venait juste d'avoir treize ans. Ou bien était-ce Elisabeth qui s'appuyait sur lui ? Ces lumineuses dernières journées d'août, un comble ! Cela puait la boue que le flot avait laissée. D'ici, on ne pouvait pas voir le toit de la grange. Mais là où Norbert Paulini pataugeait dans la gadoue et lançait des pierres dans l'eau, il l'apercevait. On l'entendait crier et rugir, geindre aussi, comme s'il accompagnait chaque jet de pierre d'une malédiction contre l'eau. Les angles vifs de la pierraille que les cantonniers avaient déchargée ici deux semaines plus tôt devaient blesser l'eau, l'Elbe devait gémir de douleur.

Un soir – cela faisait combien de temps, trois jours, trois mois, un an ? –, il était allé au bac.

« On ferme, il y a une grande vague qui arrive, déménage ton bazar, et vite ! » cria le passeur lorsque Norbert Paulini arriva sur le ponton. Le tuyau de la pipe du passeur avait oscillé comme l'aiguille d'un compteur. Et où allait disparaître le bac ?

Norbert Paulini connaissait les repères des plus hauts niveaux des eaux inscrits sur les maisons. Combien de fois avait-il souhaité une inondation de la Saxe comme celle de 1845. Que tout le pays se noie corps et biens à l'exception de quelques justes dans une arche.

Norbert Paulini téléphona à Elisabeth, puis à Marion. Puis il avertit la « Prellerstrasse ».

« Je ne peux pas venir », dit-il, quand il eut la patronne au bout du fil. « On doit sauver ce qui peut être sauvé. »

« Bon », fit-elle après un bref silence. « Mais demain vous devez être là. »

Elle ne le croyait pas. Avait-il exagéré ? S'était-il ridiculisé ? Elisabeth et Marion firent ce qu'il disait. Marion transporta quatre chargements avec sa Passat, la place étant réduite pour le premier chargement à cause des deux sièges enfant à l'arrière.

Elle arrêta à minuit. Elisabeth continua de faire des allers-retours avec sa vieille Golf entre le quartier de Niederpoyritz et celui du Weisser Hirsch. Norbert Paulini n'eut pas de meilleure idée que de transporter les livres dans une charrette à bras jusqu'à sa maison à colombages. Les éditions originales, qui constituaient son assurance retraite, d'abord, les œuvres graphiques, les éditions rares et anciennes, les livres d'artiste, puis les œuvres complètes, ensuite il débarrasserait les rayonnages de bas en haut. Le ciel s'était dégagé. Il aurait pu voir des étoiles filantes s'il avait pris le temps d'observer le firmament. La météo annonçait une chaude fin d'été jusqu'à courant septembre. Norbert Paulini avait un peu honte de sa panique. Cependant, on lui pardonnerait bien cela. Son inquiétude au sujet des livres faisait partie de l'image que les autres avaient de lui. Que lui restait-il, sinon ? Les nouvelles avaient effectivement de quoi inquiéter. La rivière Weisseritz s'était déversée dans son ancien lit à Dresde-Plauen et avait inondé la gare.

Norbert Paulini continua, car Elisabeth s'activait comme un mouvement d'horlogerie. Elle récupère un peu pendant les allers-retours, pensait-il pour se rassurer. Lui n'était pas fatigué. Cela faisait presque dix ans que son corps était habitué au travail de nuit.

Quand il fit jour et qu'Elisabeth prépara un pique-nique sur la table basse de la grange – elle avait pensé à apporter le sel, le poivre et les coquetiers –, Norbert Paulini s'affala dans un vieux fauteuil de cuir et dit : ça y est. Il était fier qu'en dépit des difficultés d'une nuit entière son stock fût à peine décimé.

Tous deux flânèrent ensuite jusqu'à l'Elbe et se retrouvèrent dans l'eau jusqu'aux chevilles. Avant même les arbres et les buissons derrière lesquels on descendait vers l'ancien chemin de rive, ils mirent les pieds dans une flaque. Norbert Paulini continua d'avancer en rouspétant et s'immobilisa si brusquement qu'Elisabeth se heurta contre lui. Une demi-coudée à peine plus bas, la masse noire se répandait en remous et gargouillis. En face, à Laubegast, devant la maison du peuple, où la rive était haute et consolidée, il vit la montée des eaux. Mais derrière lui s'étendait seulement la prairie, la « plantation ». Avec un peu de chance, ça faisait encore une hauteur d'un mètre. Et puis la grange.

« Oh mon Dieu ! », dit Elisabeth, « oh mon Dieu ! »

Ils reculèrent en pataugeant et s'arrêtèrent un moment dans leurs chaussures boueuses devant la porte de la grange. Elisabeth entra la première, débrancha l'écran et alla le porter dans la voiture. Il la suivit avec l'ordinateur et le clavier, regarda Elisabeth entasser les affaires, mais il ne bougea pas d'un pas lorsqu'elle disparut à nouveau dans la grange. À moins d'un miracle, il le comprit à présent, ce n'était plus qu'une question d'heures avant que l'eau atteigne les livres.

Le temps qu'il dut passer seul après qu'Elisabeth fut partie en vitesse lui parut sans fin. Comme c'était ridicule de remplir sa charrette et de la pousser plus haut. C'était comme s'il voulait vider le fleuve avec une casserole. Lorsque Elisabeth revint enfin, il l'enguirlanda, lui montrant ses chaussures propres. Comment avait-elle pu le laisser tomber !

« J'ai passé des coups de téléphone », lui répondit-elle sur le même ton. « Le Zwinger[1] est noyé, l'Opéra aussi, tout. »

À peine une demi-heure plus tard, Julian bondit de la petite BMW noire de sa mère. Au milieu des klaxons des voitures qui la suivaient et de celles qui venaient vers elle, Viola fit demi-tour et s'engagea dans l'autre caravane qui prenait la direction de la ville.

Le visage de Norbert Paulini exprima un bref instant de bonheur quand il aperçut Julian. Mais à peine l'avait-il pressé contre lui qu'il s'en prit au garçon, avait-il perdu la raison pour vouloir prendre son petit déjeuner maintenant ? Julian lâcha aussitôt le couteau et le petit pain.

Vers midi, lorsque la police arriva, on avait évacué quelques rangées de maisons supplémentaires, mais seulement une partie avait été vidée. Si Marion et Elisabeth n'avaient pas négocié avec les policiers, il aurait fallu déjà s'en arrêter là. Peut-être ignorèrent-ils tout simplement les consignes. Nombre de riverains étaient déjà évacués, et la rue avait été barrée, il ne restait plus que la maison à colombages de Paulini et son jardin pour sauver les livres. Mais le pire, c'était le silence.

1. Ancien lieu de festivités des rois de Saxe, devenu un musée.

« Passez-les-moi », dit une femme qui venait d'arriver avec un sac à dos et un sac Ikea bleu. Norbert Paulini ne la connaissait même pas de vue.

« Prenez ce que vous pouvez porter », dit-il. Les gens qui habitaient sur la pente s'engagèrent comme pilleurs, et Norbert Paulini fourra ses livres dans leurs sacs, cabas et sacs à dos.

« Prenez, servez-vous ! » cria-t-il quand ils commencèrent à s'aligner devant lui.

« Vous les avez tous lus ? » s'étonna un homme.

Vers le crépuscule, les policiers n'eurent plus aucune pitié. Ils menacèrent d'emmener Julian parce qu'il leur avait échappé pour la deuxième fois. La caisse qu'il sortait était la dernière. L'obscurité épargna à Norbert Paulini le spectacle de l'eau envahissant la grange.

Norbert Paulini jeta encore de la pierraille dans les vagues qui affluaient, mais il avait cessé de les maudire. Elisabeth lâcha Julian. Elle appuya son bras droit sur sa hanche. Dans la nuit, elle avait eu des moments d'hallucination. Elle se demandait où elle avait garé sa voiture. Ou bien tout cela n'était-il qu'un rêve ? Un bâillement déforma sa bouche. Et si la police arrivait et la trouvait, elle et les Paulini en train de jeter des pierres, elle ne discuterait plus, ne se défendrait plus, ne se cacherait plus. Elle irait même au-devant d'eux dans l'espoir d'être arrêtée. Ce serait le moyen le plus rapide de trouver un endroit où il serait à nouveau possible de dormir.

Chapitre XXXVII

On n'aurait pas eu besoin du style tordu du cadran solaire, où restaient accrochés des chiffons et des ordures, ni de son ombre égarée cherchant en vain repères et chiffres, pour savoir que le temps de Norbert Paulini à Niederpoyritz était écoulé.

Peu après, il avait pris la décision de se retirer en Suisse saxonne avec les livres qu'il avait sauvés. Le fleuve l'avait trompé tout comme les femmes, peut-être plus gravement encore. Il voulut relire dès que possible ce qu'il était advenu à Noé après l'ouverture de l'arche. Sûrement que dans la Bible il n'était pas question de boue et de bric-à-brac, de déchets et de puanteur, de cadavres et de tout ce qu'un déluge laissait derrière lui.

Si les livres avaient été brûlés, il l'aurait mieux supporté. Mais se trouver à même pas deux cents mètres et savoir qu'aucun pouvoir au monde n'était en mesure d'empêcher le flot de boue de s'engouffrer dans sa bibliothèque, de monter dans chaque rayon jusqu'à souiller les livres une rangée après l'autre, c'était inhumain, c'était une torture. Seuls les rayons supérieurs avaient été épargnés. Les autres étaient plongés et noyés dans l'eau et la boue.

Il aurait préféré envoyer un bulldozer, s'il n'y avait pas eu les rayonnages. C'étaient eux qui décidaient de son avenir comme libraire d'ancien. Ils avaient résisté, étaient restés debout grâce à leur fixation dans le mur. Trois jours durant, ils avaient défié l'eau et la boue. Ils étaient à présent des êtres défigurés. Mais s'il les traitait rapidement de façon appropriée, ils conserveraient leur valeur d'usage. Il serait seul avec eux. Il n'avait plus besoin de clients, d'espace de vente, de caisse enregistreuse – et c'étaient justement elle et le fauteuil en cuir qui avaient été sauvés – ou d'horaires d'ouverture. Il y avait Internet. Il lui fallait seulement l'autorisation d'écrire des factures, rien de plus.

Depuis deux ans, pas un seul jour sans coucher ses stocks par écrit. Les références bibliographiques complétées par l'état du livre et, le cas échéant, une remarque personnelle, fruits de ses lectures, qui renvoyaient à d'autres livres, donc exactement comme il avait autrefois indiqué des lectures à ses clients pour pousser plus loin. En cas de doute, ce n'était pas seulement le prix qui décidait mais le soin et la réputation du marchand qui conféraient au livre sa place dans le monde. Mais après l'inondation, des milliers de références ne renvoyaient plus à aucun livre.

Après deux jours de repos dans l'appartement d'Elisabeth à Weisser Hirsch, Julian et lui étaient retournés dans leur maison à colombages où, presque comme Norbert Paulini dans son enfance, ils dormaient sur et entre les livres.

Les gens lui laissaient des mots et des enveloppes dans la boîte aux lettres pour qu'il sache où se trouvaient ses livres.

« Ils vont bien », écrivit une femme.

Norbert Paulini ne pouvait espérer un dédommagement de la part de l'État. Il ne possédait aucun contrat officiel de location, aucune assurance, au registre du commerce, il était toujours déclaré insolvable. Et l'appartement qu'il louait n'avait subi aucun dommage.

Mais il reçut de l'argent de collectes. Son père, Elisabeth et Marion rassemblèrent de l'argent pour lui. De fidèles clients – donc ceux qui n'avaient pas besoin de factures – achetaient des livres ou lui avançaient de l'argent. Et Viola le tira de l'insolvabilité. Norbert Paulini n'eut plus alors qu'à donner sa démission de la Prellerstrasse et à rassembler ses livres. Une ferme désaffectée et équipée de l'essentiel l'attendait, lui et ses livres, à Sonnenhain, dans le district d'Osterzgebirge en Suisse saxonne.

Le bruit courut vite que le libraire, qui « avait presque tout perdu », ou, comme on disait aussi, « à qui on avait tout pris », n'avait plus d'autre choix que de quitter la ville. Et ceux qui voulaient l'aider accoururent à nouveau. À peine le camion de déménagement arrivé que, des maisons voisines, plus tard de Niederpoyritz, finalement aussi de Wachwitz, Pappritz, Rockau et d'autres quartiers surgirent ceux qui avaient été présents au moment du désastre. Ils lui rapportèrent ses livres. Norbert Paulini vit bien que s'y ajoutaient d'autres livres que lui-même n'eût pas tolérés dans son magasin. Mais qu'importait. Les jeunes serveurs du restaurant Erbgericht vinrent en portant sur leurs têtes des petites tables rondes sur lesquelles flottaient des nappes blanches comme des baldaquins et dressèrent un buffet avec pâtisserie et crème fouettée, café, vin, salades et gâteaux secs, soupe de pommes de terre et chili con carne, si bien que le départ fut retardé de plusieurs heures, au grand dépit du chauffeur. Pour le second chargement, qui avait été annoncé pour le premier samedi d'octobre, Norbert Paulini remercia avec un service plus sommaire. Presque tous ceux qui lui adressaient la parole lui parlèrent d'un fils ou d'une fille, d'un parent ou d'un ami ou même du mari ou de la femme qui comme lui avaient dû quitter la ville parce qu'ils n'y trouvaient pas de travail ou pas de logement. Rien d'étonnant d'ailleurs, si ce n'étaient plus eux qui décidaient mais les chefs venus de l'Ouest. Pas vrai ? Finalement, Norbert Paulini grimpa sur le siège à côté du chauffeur du camion de déménagement, le moteur démarra, et le véhicule se mit lentement en marche. Norbert Paulini eut assez de temps pour adresser des signes du haut de son siège à ceux qui restaient. Il souriait, et ses mains semblèrent vouloir calmer leur enthousiasme quand quelqu'un cria « Vive le Prince Vogelfrei », mais ses yeux brillaient.

Pendant le trajet, en passant par Lohmen et Hohenstein, lui revint cet épisode qu'il avait recopié pendant l'été, tiré des *Humoristes* de 1849, intitulé « Humboldt dans la cohue » et qui décrivait comment des ouvriers et autres citoyens berlinois demandèrent en mars 1848 qu'on ouvre les maisons afin de pouvoir se défendre contre l'avancée des troupes. Lorsqu'ils pénétrèrent dans une maison de la Oranienburgerstrasse, ils ne trouvèrent aucun nom sur la porte de l'appartement du premier étage. Personne n'ouvrit quand ils frappèrent, alors ils enfoncèrent la porte. C'est alors qu'un vieux monsieur vint à leur rencontre, tout attristé de voir qu'ils voulaient utiliser à d'autres fins la demeure d'un homme qui ne vivait que pour la science. Quand on lui demanda son nom, il répondit : Humboldt. Comment ? Était-il l'homme célèbre qui portait ce nom ? Il répéta qu'il s'appelait Alexander von Humboldt. Alors ils retirèrent leur casquette et leur chapeau et, se confondant en excuses, déplorèrent que ni une plaque ni un voisin ne leur avait signalé qui habitait ici. Sinon ce ne serait jamais arrivé. Et pour le protéger, ils montèrent la garde devant la porte de la maison.

Ceux qui attendaient Norbert Paulini à Sonnenhain veillaient sur sa nouvelle demeure depuis plusieurs jours. Norbert Paulini s'étonna que ses doigts de la main droite effleurent sa tempe, comme si cela allait de soi, pour adresser un salut aux gens devant sa porte. Mais la plupart, il le constata du haut de son siège, ne le remarquèrent même pas.

Chapitre XXXVIII

« Je ne m'attendais pas à des visites », dit Norbert Paulini en s'inclinant légèrement. « En tout cas pas pour un interrogatoire – je sais bien », et il fit un geste apaisant, « que vous appellerez ça autrement. Puis-je vous demander votre rang ? »

« Commissaire divisionnaire de la police judiciaire et commissaire de la police judiciaire », dit le plus âgé sans se retourner vers l'homme grand et mince en costume qui passa à nouveau sa main dans sa chevelure noire et brillante.

« Vous devez être occupé », dit Norbert Paulini, tourné vers lui, « vous ne trouvez pas le temps de vous raser correctement. À moins que ce soit ne délibéré. »

Celui auquel il s'adressait ne réagit pas, son collègue plus âgé non plus. Ils semblaient très occupés à examiner la pièce.

« Sapristi ! » Le plus vieux inspira à travers ses dents, « Vous en avez rassemblé un sacré tas. »

« Nul besoin de vous forcer », dit Norbert Paulini en les invitant d'un geste. « Vous ne trouverez rien d'autre ici. »

« Une seule pièce ? » demanda le plus jeune.

« Pièce si l'on veut. » Norbert Paulini enjamba les deux marches menant de l'entrée à l'intérieur. Les précédant, il longea l'alignement de livres qui montait jusqu'à la charpente du toit et s'étendait sur toute la longueur de la maison. C'est seulement devant la grande fenêtre au bout de la pièce qu'il s'arrêta.

« Au sud-ouest, le soir, le monde est presque toujours en flammes », dit-il. « Dans le ciel du couchant, les tours pointent délicatement et sans pesanteur, protégeant les rives qui dorment au sein des ombres fraîches, à présent la nuit flotte sur une sombre galère, avec une voile noire, silencieusement, vers le port sillonné de lumières. »

« C'est vous qui avez écrit ça ? » demanda le plus jeune en lissant ses cheveux. Norbert Paulini lui jeta un bref coup d'œil.

« D'ici, ça descend vers la vallée de Kirnitzsch, puis ça remonte », dit-il. « Ce que vous voyez, ces roches, ce sont les Affensteine. Savez-vous qui était Kirnitzsch ? Sa tombe… »

Le commissaire plus âgé leva la main.

« Pourrions-nous nous asseoir ? »

Deux transats repliés étaient rangés contre le mur, leurs rayures rouges et blanches avaient une couleur passée.

« Kirnitzsch était un jeune homme décédé ici dans un accident il y a longtemps », expliqua Norbert Paulini en revenant sur ses pas. « Les causes de sa mort n'ont jamais été éclaircies. On ne connaît que des rumeurs. Il en est de même aujourd'hui, une demi-vérité chasse l'autre. »

Les commissaires le suivirent et regardèrent dans les ravins partant à angle droit que formaient les rayons de livres.

Le plus jeune commissaire demanda s'il pouvait approcher la seule chaise disponible qui se trouvait près d'une table avec deux écrans. Il la poussa vers son collègue et tira un tabouret de dessous la table recouverte d'enveloppes, de cartons, de ruban adhésif et autres ustensiles pour le courrier. Norbert Paulini s'affala dans le vieux fauteuil en cuir et observa les deux autres se mettre en place devant lui.

« Impressionnante, votre collection », fit le plus jeune en souriant. « Vraiment impressionnante. »

Norbert Paulini, les bras appuyés sur les accoudoirs, remercia d'un geste, accompagné d'un bref hochement de tête.

« Ce n'est sans doute pas pour me faire ce compliment que vous avez pris la peine de venir jusqu'ici. Peut-être s'agit-il d'un de mes clients ? »

« Depuis quand avez-vous cette activité à Sonnenhain ? », demanda le plus âgé.

Norbert Paulini croisa ses jambes, il joignit ses mains en un toit au-dessus de sa poitrine.

« Vous refusez de répondre à ma question ? Bon, que puis-je faire alors, c'est vous qui posez les questions. Je peux vous dire que j'ai débarqué ici en l'an 2002, en novembre, mais à l'époque cette pièce était un chantier, je pourrais vous montrer des photos. C'est seulement à partir de l'été 2003 que j'ai pu me consacrer totalement à mon travail, cet été de la canicule dont vous vous souvenez peut-être. La énième réouverture de la librairie de livres rares et anciens Dorothea Paulini, propriétaire Norbert Paulini », il sourit en se désignant, « eut lieu le 1er juillet 2003. Enregistré sous le numéro fiscal 525… »

« Bon, ces détails… »

« Je ne veux rien vous cacher. Vous voyez, je dispose de toilettes qui fonctionnent, d'un lavabo avec eau courante froide et chaude. Bon, c'est tout. Autrefois, j'étais également propriétaire de deux lits de camping, production de RDA. Qui ont d'ailleurs passé l'arme à gauche. J'ai encore oublié de mentionner une plaque chauffante, des spaghettis ou des œufs au plat, et un réfrigérateur, qui est de l'autre côté, deux chambres louées, l'une pour mon fils Julian, l'autre pour moi. Vous pouvez les visiter ! Vous serez étonnés de voir comment on vit, je veux dire comment vit quelqu'un qui voua son existence à la littérature, disons à la culture allemande, ou, comme on dit maintenant, à la culture de référence. »

« Votre fils ? Lui... »

« Et puis ça, encore, et excusez-moi de vous interrompre. Mais je ne dispose d'aucune voiture. Je n'ai jamais été à l'auto-école. Mettre une voiture en marche et la conduire, c'est trop technique pour moi. Je ne le regrette pas. Mais si, un beau jour, le commerce d'alimentation en face venait à fermer, et je vous le dis, la dame ne fait aucun bénéfice avec ses saucisses en conserve, le pain noir, les toasts et le lait longue conservation, c'est un pur amour du prochain qui la motive, bien des anciens d'ici sont mûrs pour la tombe, et moi-même, je ne suis pas non plus le plus jeune. Mais c'est nous, la clientèle. Nous aurons été la clientèle. Si notre petit magasin vient à fermer, j'aurai besoin d'un vélo pour aller à Sebnitz ou à Bad Schandau, si tant est que j'en sois capable, avec la force de mes muscles... »

« M. Paulini ! » l'interrompit le plus âgé. « Votre fils, il vit chez vous. Depuis quand ? »

Norbert Paulini gonfla ses joues et expira lentement.

« Depuis quand, depuis quand... Tout dépend comment vous voulez compter. Au fond, il a toujours habité chez moi, chez moi aussi, nous nous étions mis d'accord sur la garde partagée. Mais seulement c'est devenu soudain compliqué, du jour au lendemain. Je ne pouvais pas aller le chercher, et Viola, cette vipère – elle est sur le point d'ouvrir un troisième magasin, la troisième mine d'or, une coiffeuse. L'argent ne m'intéresse pas – ou plutôt, non, j'aurais certes bien aimé avoir de l'argent, car de nos jours, les éditions originales… »

« Depuis quand, M. Paulini, votre fils vit-il… »

« Une chose après l'autre. Viola, dont chacun connaît les liens avec la Stasi, possède maintenant son troisième magasin. Et le plus inadmissible, c'est que les dames distinguées ne veulent être coiffées que par elle. Soignées par le médecin-chef, vous comprenez ? Elle court d'un magasin à l'autre parce qu'ici il y a cette dame-ci, là cette dame-là qui ne veulent se confier qu'à son rasoir, que dis-je, à ses ciseaux, on pourrait même dire à son casque, pour sécher les cheveux, vous connaissez sans doute, non ? »

Les deux commissaires demeuraient impassibles.

« Le pire en cette affaire, ce n'est pas l'argent, qu'elle se crève au travail si ça lui chante. Elle a le droit de faire ce qu'elle veut. Et que veut quelqu'un comme Viola ? Cancaner, et toute la journée entendre des cancans et cancaner soi-même. Et parce qu'elle a le droit de cancaner autant – je crois que celle qui fut ma femme et est la mère de mon fils était par passion à la Sécurité d'État, elle voulait cancaner, des gens comme elle conviennent à n'importe quel service secret, et qui sait – c'est donc pour ça, me semble-t-il, que je dois me taire. Vous comprenez ? De tout temps, il n'en fut pas autrement : les uns doivent se taire pour que les autres puissent cancaner, j'avancerais cette constatation empirique. »

« Allez-vous maintenant répondre à notre question, monsieur Paulini ? »

Norbert Paulini cogna ses poings l'un contre l'autre.

« Viola l'amenait parfois chez moi. Mais la plupart du temps, c'était Lisa qui l'amenait et venait le chercher.

Depuis que Julian est majeur, sa résidence principale est ici. Il a ici plus d'amis qu'à Dresde. Et sa mère n'existe pas en tant que mère. C'est pourquoi il a emménagé ici. »

« Et comment décririez-vous votre relation à votre fils ? Pourriez-vous arrêter de tambouriner ? »

Norbert Paulini l'interrogea du regard. Pendant un moment on n'entendit que le choc de ses phalanges. Puis il déplia ses doigts et les croisa à nouveau sur sa poitrine.

« J'aurais aimé avoir plus d'enfants. Mais pour cela je n'ai pas trouvé la femme qu'il fallait. Julian, c'est un garçon bizarre, aimable, très aimable, mais pas avec tout le monde. Et pas toujours, non plus. Mais on peut compter sur lui. De nos jours, c'est important de pouvoir compter sur quelqu'un. Vous n'avez sans doute pas de questions ? », dit Norbert Paulini en s'adressant au plus jeune, resté assis tout le temps en haussant les sourcils.

« Et votre relation à votre fils ? »

« Très bonne, dans la mesure où je dois répondre à cette question. Qu'a-t-il donc fait ? Quand quelqu'un a fait une fois un pas de travers, on lui met sur le dos ce que d'autres ont commis. C'est malheureusement comme ça, il n'y a pas prescription. »

« Le plus simple serait que vous répondiez à mes questions. »

Le commissaire divisionnaire ôta ses lunettes, essuya avec le pouce droit qui tenait ses lunettes la sueur perlant à une narine puis l'autre narine avec les doigts de la main gauche avant de remettre ses lunettes.

« Savez-vous où était votre fils le 20 avril[1], c'était un vendredi, il y a trois semaines ? »

---

1. Anniversaire d'Adolf Hitler.

« Il était ici », répondit Norbert Paulini. Le plus jeune regarda son collègue, mais ce dernier fixait le sol, comme s'il cherchait les traces de ses gouttes de sueur. La première journée de chaleur de l'année l'avait visiblement pris de court.

« Vous le savez aussi précisément sans avoir besoin de consulter le calendrier ? »

Norbert Paulini se mit à rire.

« À quoi bon un calendrier ? Je suis ici tous les jours. Je dois parfois me rendre à Sebnitz, une ou deux fois par mois. Mais vous parlez du soir, je suppose ? Le soir, je suis toujours ici. Et la nuit aussi, si cela peut vous rassurer. »

« Et votre fils ? », demanda le plus âgé en le fixant par-dessus ses lunettes.

« Je vous l'ai déjà dit. Julian était bien sûr ici aussi. Julian est toujours ici comme moi. On ne veut de nous nulle part ailleurs. Vous croyez peut-être que je pourrais payer le loyer pour les livres à Leipzig ou à Dresde ? Nous devenons invisibles. Le soir, Julian est devant son ordinateur. Que ferait-il d'autre ? Maintenant, encore, mais en hiver ? Traîner au coin des rues ? Rester assis au troquet ? Le troquet est devenu un restaurant, ce n'est plus pour nous. On ne peut même plus y prendre une bière. Vous croyez peut-être que les jeunes gars ont autant d'argent ? »

« À quelle heure est-il rentré le 20 avril ? »

« À la tombée de la nuit. »

« Quelle heure ? »

« Quand la nuit tombe. Il y a trois semaines, il faisait nuit vers huit heures du soir. La lampe de son vélo ne fonctionne pas, c'est pourquoi il doit rentrer quand il fait encore jour. Il est un peu paresseux, j'en conviens. Mais je ne vais pas réparer son phare. C'est à lui de le faire. »

« Mais le 20 avril, on l'a vu après vingt-deux heures à Bad Schandau. Il faisait déjà nuit. »

« On a dû confondre. Il était ici. Sinon je le saurais. »

« Il a vingt-trois ans. Ne mène-t-il pas sa propre vie ? »

Le commissaire divisionnaire se leva soudain. Norbert Paulini le fixa, attendant la suite. Il retira sa veste. De grandes taches de sueur apparaissaient sous ses aisselles.

« L'homme doit obéir, c'est la première chose, sinon il ne vaut rien », dit Norbert Paulini. « Mais ensuite il ne doit pas obéir, sinon il ne vaut rien non plus. Celui qui obéit toujours n'est qu'un valet sans désir ni amour et sans force ni courage. Mais qui a un vrai désir et un vrai amour a aussi une volonté. Et qui a une volonté veut aussi autre chose que ce que veulent les autres. On peut certes lire cela chez Fontane, mais cela convient tout à fait pour Julian comme pour tout autre être humain qui, selon vous, aurait commis quelque chose. Pensez-vous que chez les Tchèques on en fait une telle histoire ? »

« Il ne s'agit pas des Tchèques. »

« De quoi s'agit-il alors ? Je déclare que le 20 avril à la tombée de la nuit Julian Paulini se trouvait chez moi, ici-même à Sonnenhain. »

« Il y a toutefois plusieurs témoins. Et également quelqu'un qui l'a vu sur une moto. Avec un casque, un casque de la Wehrmacht et un T-shirt orné d'une tête de mort. »

Pour toute réaction, Norbert Paulini laissa pendre ses bras par-dessus les accoudoirs et étendit ses jambes. La blouse grise se tendit sur la petite boule que formait son ventre. Avec sa tête ronde, ses joues rebondies et son nez pointu, il avait l'air d'une marionnette remisée.

« Comment concilier tout ça, monsieur Paulini ? », demanda le plus jeune qui, à peine avait-il posé sa question, haussa à nouveau les sourcils.

« Que dois-je faire à présent, d'après vous ? Vous ne me croyez pas, mais je suis prêt à témoigner sous serment », dit Norbert Paulini en souriant. « Je pourrais facilement vous donner le nom du jeune avec le casque, qui a la manie de patrouiller sur nos chemins. Le garçon au casque, tout le monde le connaît. Il habite deux villages plus loin, du côté de Bad Schandau. Mais c'est à vous de le trouver. Et une fois que vous l'avez identifié, vous pouvez aussi vérifier son alibi, s'il en a un. Ou bien voyez-vous les choses autrement ? »

Le plus jeune commissaire opina et haussa les épaules quand l'autre le regarda. Puis il lui demanda d'un ton détaché :

« Et vous, où étiez-vous le 20 avril ? »

Le corps de Norbert Paulini s'anima à nouveau. Il leva les bras, fit claquer ses phalanges.

« Old Shatterhand[1] ose une incartade ! Vous posez des questions sur Julian, mais c'est après le vieux que vous en avez. Les choses étant ce qu'elles sont, vous n'allez pas prêter foi à mes paroles, mais je vous assure que je me réjouis de voir que notre père l'État s'intéresse pour une fois à moi et envoie quelqu'un pour voir si tout va bien. C'est à peine croyable, mais c'est la première fois que notre père l'État me rend visite. Sinon il vous accable continuellement de formulaires qui laissent supposer que je vivrais aux frais de la société. Mais je vois bien que je ne vous intéresse pas. » Il s'assit bien droit, leva brièvement les mains et les

1. Personnage des romans d'aventures de Karl May (1842-1912).

posa sur les accoudoirs. « J'étais ici, où voulez-vous que je sois ? Comment pourrais-je témoigner aussi pour Julian sans avoir été effectivement ici ? Si je peux vous donner un conseil, considérez ces histoires avec les étrangers comme s'ils étaient un autre club de football, en quelque sorte les loubards ou les voyous du village d'à côté. C'est comme ça. Que ce soient les Tchèques, les Polonais, les Turcs ou que sais-je, c'est toujours la même chose. Cela ne vous tracasse pas que je sois obligé de crécher par ici pendant que des milliers, des dizaines de milliers de jeunes gens fraîchement débarqués ont le droit de choisir dans quelle ville ils ont la bonté de s'installer sur les coussins de nos aides sociales, pour se mettre à faire des gosses entre les moments où ils frottent leur front sur le tapis de la mosquée ? Vous trouvez ça juste ? Je n'ai rien contre les étrangers, je vais même en embaucher un. Ils ne sont pas tous pareils. Et ceux auxquels je pense, ils sont cultivés et modestes. Je les préfère à la plupart des Allemands, parce qu'ils veulent encore travailler pour la bonne cause et sont contents d'avoir le droit de vivre ici. Donc Yougo Livniak, Yougo c'est son prénom, je vais l'embaucher. Il n'a pas de revendications excessives. Mais sinon, c'est évident, on veut rester entre nous. S'ils transforment chaque ancienne cheminée en minaret, ce n'est tout de même pas possible ! »

« M. Paulini, nous devons vous dire qu'il y a plusieurs témoignages concordants qui vous

Deuxième partie

La première fois que j'ai rencontré Paulini, c'était un soir de fin d'été, en septembre. J'avais dix-sept ans et pendant les vacances j'avais travaillé trois semaines en août à la Collection des sculptures de Dresde. Ma première tâche avait consisté, en suivant les indications de l'archéologue Scheffel, à faire pivoter et tourner millimètre par millimètre, dans une petite caisse remplie de sable, deux têtes de statue d'Athéna parce qu'il voulait prouver en les photographiant les similitudes caractéristiques des deux têtes de ces statues. Pendant la pause de midi à la cantine de l'Albertinum, Scheffel m'avait suggéré d'étudier les langues anciennes, donc le latin et le grec, car c'était au fond indispensable pour quelqu'un qui, comme moi, s'intéressait à la littérature. J'ai fréquenté la classe langues anciennes de l'École de la Croix – qui connaît les conditions de l'époque sait qu'on avait décidé à ma place plutôt que de me laisser exprimer mon choix.

Scheffel parlait les yeux mi-clos, ce qui accentuait le battement nerveux de ses paupières. « Ce serait quand même fantastique ! » s'exclamait-il après chaque argument qu'il avançait. Chaque mot qui sortait de ses lèvres charnues prenait alors une valeur insistante, presque imagée.

Au début de ma deuxième semaine de travail, Scheffel me réquisitionna pour une mise à jour de la bibliothèque. Avec devant lui l'un de ces longs tiroirs étroits du catalogue en fichiers, il me donnait l'auteur et le titre et, pour des tirages modifiés du même titre, également le sigle. Debout sur une échelle, je devais signaler l'exemplaire présent ou bien en prêt, alors il y avait un bristol à la place, ou bien la mention absent. Nous avancions très lentement parce que Scheffel ne cessait de me donner des explications sur les auteurs et les livres qu'un spécialiste des langues anciennes devrait connaître. Pour lui, il ne faisait aucun doute que je candidaterais à Iéna et que je commencerais des études après le baccalauréat et le service militaire. Je ne cessais de lui tendre des exemplaires et la pile des livres que je devais emprunter ne cessait de croître.

Lors de ma dernière journée de travail, Scheffel me proposa le tutoiement et m'invita à la conférence d'un philosophe et spécialiste des langues anciennes célèbre en ce pays pour sa traduction de Sophocle parue dans la « Bibliothèque de l'Antiquité » aux éditions Aufbau à Weimar, par ailleurs rarement éditée chez nous. « L'antisémitisme chez Luther, Nietzsche et Marx » était le titre de la conférence, rien de secret, mais pas non plus public, un cadre plutôt familial, dit-il, et ses lèvres esquissèrent un joyeux sourire. Il me tendit le papier sur lequel étaient indiquées la date et l'adresse, me le redemanda pour y noter : « Premier étage ! Livres rares et anciens ! », ajoutant chaque fois un point d'exclamation.

Le dernier bout de mon chemin d'écolier, de la station Schillerplatz du tram 6 jusqu'à l'École de la Croix était parallèle à cette Brucknerstrasse où me conduisait le papier. Je connaissais la « Villa Kate » à cause de l'inscription en lettres gothiques délavées de la façade qui annonçait son nom. J'étais effectivement surpris de trouver au rez-de-chaussée une « Pension He. Kate ». Une tuile maintenait la porte d'entrée ouverte. Je suis monté au premier étage et j'ai actionné la sonnette. Une jeune femme, un peu plus âgée que moi, me tendit la main.

« Lisa », dit-elle en me priant d'entrer.

Comme si elle avait prononcé un « Sésame, ouvre-toi », je pénétrai dans un univers de livres, de murs de livres ! Ils formaient une haie dans le grand vestibule. Un gardien en blouse bleu gris était justement en train d'aligner des chaises dépareillées. J'avais l'impression que ces grandes et hautes pièces étaient totalement revêtues de livres, tellement les rayonnages étaient parfaitement ajustés. Mis à part dans la salle de lecture de la bibliothèque de la Saxe, je n'avais jamais vu autant de livres. Mais ils étaient plus beaux, ici. Étaient-ils mieux conservés, avec des couvertures plus colorées ? Était-ce l'absence de poussière qui donnait cette impression de familiarité ou chaque livre avait-il ici un lecteur ?

Il régnait la même odeur qu'avant un concert symphonique. À celle de parfum et de café s'ajoutait celle de peinture à l'huile, comme si on avait accroché un tableau fraîchement achevé. Dans la cuisine, où se pressaient la plupart des gens, on avait le droit de fumer.

Un homme d'un certain âge sortit d'une pièce qui avait certainement été une chambre à coucher. Une énorme vieille caisse enregistreuse semblait là plutôt pour la décoration. Et lorsque j'ai demandé où étaient les toilettes, je me suis retrouvé dans une salle de bains avec brosses à dents, rasoir et toutes sortes de tubes. Aucune serviette n'avait apparemment été prévue pour les invités, en tout cas rien ne le laissait supposer. Je me suis demandé si je me trouvais vraiment dans une librairie de livres rares et anciens.

Sans leur adresser la parole, j'ai essayé de me tenir à proximité d'Elisabeth et de son amie Marion. Plus que la différence d'âge, c'est la familiarité qu'elles avaient avec chacun qui me distinguait d'elles. On les saluait comme des filles ou petites-filles, mais elles semblaient être les maîtresses incontestées de ces lieux. C'étaient elles qui donnaient des consignes à l'homme en blouse.

Je finis par apercevoir Scheffel à côté du savant, et il avait ajusté son pas à la démarche lente de l'autre. Scheffel me fit signe d'approcher.

Le savant prit place et disposa son manuscrit devant lui sur la table, les pages étaient légèrement repliées au coin supérieur droit. Il alluma et éteignit la liseuse et la poussa un peu plus loin. Les invités se hâtèrent de trouver une place, comme dans un jeu de chaises musicales. Entre-temps, Scheffel avait commencé à me présenter au savant comme un futur étudiant en langues anciennes, faisant l'éloge de notre collaboration. Scheffel ne racontait pas vraiment des mensonges, mais son récit me mettait sous les feux de la rampe d'un roman d'apprentissage. Comme je n'avais pas de questions à poser et ne savais quoi dire, je voulus, comme me l'avait conseillé mon père, faire signer par le savant mon exemplaire du Sophocle, mais la couverture collait tellement à ma paume gauche qu'il me fallut lentement détacher le papier couleur ivoire à la manière d'un pansement. La trace de cette gêne ressentie alors, qui ne suscita aucun commentaire, est encore visible aujourd'hui, ondulation ovale au milieu de la couleur ivoire bordée de rouge.

Sans le savoir, je n'étais alors qu'à une portée de main de Jaspers et Heidegger, de Viktor Klemperer et de Günther Anders. Proust aussi, pour la première fois dans sa traduction allemande, avant que Benjamin et Hessel se chargent du second volume.

Je me retournai, le livre signé à la couverture abîmée sous le bras et regardai vers le public où un homme aux cheveux longs et en courte veste de cuir venait de se faufiler au deuxième rang pour se laisser choir sur le dernier siège libre.

Le gardien était perché sur l'échelle de la bibliothèque au-dessus de tout le monde, penché en avant, la tête entre les épaules, comme s'il craignait de se cogner au plafond. Il me fit signe et m'indiqua la caisse avec force gestes, se retrouva soudain à côté de moi et me montra la table sur laquelle je devais m'asseoir. Entre les joues rebondies de sa tête ronde pointait un nez étroit.

Deux heures plus tard, quand les premières personnes commençaient à partir, il me tendit un livre.

« Dans ce pays », dit-il, « c'est seulement d'occasion qu'on trouve la grammaire de Kaegi. C'est pourquoi je vous conseille d'acquérir cet exemplaire en assez bon état – si vous ne le possédez pas encore. »

En dehors de ma carte mensuelle, je n'avais que de la petite monnaie sur moi.

« Montrez-moi ! »

Je versai les pièces dans sa main gauche tendue, de l'autre, il en récupéra quelques-unes, referma son poing et, de son index tendu, il tapa le montant de trois marks et soixante-deux pfennigs sur l'énorme caisse. Puis il actionna la manivelle, le tiroir-caisse s'ouvrit, et il répartit son gain dans les différentes cases, comme une oiselle nourrissant sa progéniture. Toujours debout, il remplit un reçu, mit un coup de tampon et me tendit la feuille calligraphiée. C'était à un certain « étudiant en lettres » accompagnant mon nom et mon prénom qu'appartenait, selon ce document, le *Précis de grammaire scolaire grecque* d'Adolf Kaegi, de l'année 1896, sixième édition. C'est ainsi que je fus promu à l'état de client de la « librairie de livres rares anciens Dorothea Paulini, propriétaire Norbert Paulini » qui me remerciait sous forme imprimée pour mon achat.

J'avais été alors persuadé que la meilleure façon d'exprimer mon estime et ma reconnaissance au propriétaire de cette librairie était de ne pas aussitôt l'importuner, de ne pas abuser de son obligeance et de le laisser tranquille.

Au lycée, le lundi avant les vacances d'automne, lors d'un contrôle de ce que nous avions dans nos poches, notre professeur principal fit une trouvaille. D'un air triomphant, il brandit mon « Kaegi ».

Lui qui ne pouvait s'empêcher de souligner sans cesse la différence entre un établissement de second cycle socialiste et un lycée bourgeois, un « bahut », comme il disait avec tout le dédain dont il pouvait faire preuve, ouvrit le livre. « 1896 – L'Empire ! »

Sommé de m'expliquer, en me fiant aux paroles de Paulini, je lui répondis que malheureusement il n'existait pas encore de grammaire socialiste de grec ancien. Ce qui mit en rage mon professeur principal. Le « b » de bahut explosa à deux reprises de ses lèvres. J'espérais qu'il reposerait mon « Kaegi » ou qu'au moins il cesserait de frapper sa paume gauche avec.

Le surlendemain, le « Kaegi » me fut remis par notre professeur de latin et de grec, devant toute la classe, comme une décoration. J'ai attendu quinze heures pour actionner la sonnette de la librairie de livres rares et anciens – en vain, c'était un mercredi. C'est pourquoi je ne pus raconter que le lendemain à Paulini l'histoire que m'avait attirée sa grammaire. Mais il conclut mon récit d'un geste. En présence de deux autres clients, cette histoire ne l'intéressait pas.

Un jour plus tard, je décidai de provoquer Paulini. Il ouvrit, me demanda ce que je désirais, comme si c'était la première fois que je venais, mais me laissa ensuite entrer avec une extrême amabilité et fit précéder mon nom, dont il se souvenait apparemment, d'un « monsieur », ce qui ne m'était arrivé jusque-là qu'à l'école de danse Graf.

« Mes plus chers désirs », lançai-je en lui tendant une liste de cinq titres de livres. Paulini esquissa un mouvement des lèvres. On ne pouvait deviner son imperceptible acquiescement qu'en fixant le bout de son nez. Vingt-quatre heures auparavant, j'aurais trouvé mon comportement insolent. Il m'était impossible de posséder ces précieux livres que j'avais empruntés contre signature chez Scheffel et dans lesquels j'avais recopié de très nombreux passages.

Il me rendit mon papier.

« J'en ai un ici », dit-il, « pour les autres, ça peut prendre du temps. » Puis il se dirigea vers le rayonnage à droite de sa caisse, s'accroupit et, l'instant d'après, je les eus effectivement sous les yeux : *La Stoa* de Max Pohlenz, la jaquette, sur l'étendue monochrome de laquelle se détachaient le nom de l'auteur et le titre, était parfaitement lisse, tachée d'aucune trace de sueur ou d'autocollant de bibliothèque.

« Il y en a deux ? » demandai-je, interloqué.

« Le volume de commentaires, dit Paulini, en levant le livre un peu plus haut. « Exemplaire impeccable. »

La situation était tellement irréelle, comme si j'avais pu soudain voyager à l'Ouest. Posséder *La Stoa* n'était plus qu'une question d'argent.

Une situation analogue à celle de ma première acquisition. Sauf que j'avais par hasard un billet de vingt marks sur moi. Paulini s'assit à son bureau. Les deux volumes étaient posés entre nous.

« Un acompte », fis-je.

« Vous en avez besoin maintenant ? », demanda-t-il. Est-ce que cet élève de terminale de lycée avait besoin de *La Stoa* un vendredi précédant les vacances d'automne ?

J'opinai aussi prudemment que lui auparavant.

Et puis j'attendis qu'il termine sa procédure, me donne le reçu des vingt marks et note sur une fiche les autres titres que je désirais.

« Nous n'avons encore jamais eu le Wilamowitz. Pour le Schadewaldt, cela peut durer. Les dictionnaires de grec ne présentent aucun problème, mais il n'y en a pas en stock. Il faudra passer de temps en temps. »

À l'époque, je ne savais pas encore que Paulini, si jamais il emballait les livres qu'il vendait, ne les enveloppait que dans du papier journal. Le papier d'emballage était considéré comme une distinction. Sa couleur était à peine moins sombre que les jaquettes. Il le pliait lentement et consciencieusement.

Je ne m'autorisais à aller sonner dans la Brucknerstrasse que lorsque j'avais le temps, et la conscience tranquille. Les visites chez Paulini ne devaient pas être troublées par les misères et querelles quotidiennes. Son magasin avait pour moi un statut d'extraterritorialité, une île des bienheureux. Les classes du service militaire, qui succédèrent au baccalauréat, limitèrent mes visites chez Paulini à deux par semestre. De plus, je n'étais autorisé à emporter à la caserne que des livres parus en RDA. Ma solde *mensuelle* – cent vingt marks, si je me souviens bien –, je la partageais entre le magasin de Paulini et la librairie du régiment.

Mon père me fit une fois de graves reproches – je m'apprêtais déjà à enfiler mon uniforme pour courir prendre mon train – parce qu'en trois jours de permission je n'avais pas été capable de consacrer vingt minutes à ma mère en restant à glander chez ce Paulini.

Dans cette librairie, l'écrivain que j'avais l'ambition de devenir trouvait tout ce qu'il cherchait. Laquelle ambition s'appuyait sur la citation préférée que Paulini avait trouvée chez Novalis : « La poésie est le réel véritablement absolu. Plus c'est poétique, plus c'est vrai. » C'est par lui et dans son cercle que j'ai ressenti ce que veut dire se vouer à la littérature. Et j'étais convaincu : qui s'imposait face à Paulini s'imposerait partout.

Ilia Gräbendorf en était la preuve. Paulini avait fait sa connaissance pendant son service militaire. Ilia Gräbendorf, le précoce, en faveur des pièces duquel même Franz Fühmann et Christa Wolf et plus tard aussi Heiner Müller s'étaient engagés, dont rien ne fut joué à l'Est, mais dont deux pièces en un acte furent malgré tout publiées dans la revue *Sinn und Form*. Gräbendorf, qui pouvait déjà montrer deux livres de lui, publiés aux éditions Rotbuch à Berlin-Ouest, Gräbendorf, cet Adonis dont la longue chevelure d'un roux clair n'était que la preuve extérieure de son exceptionnel talent. Même son nom de famille avait une signification plus profonde, car renvoyant indirectement – et tout ce qui est poétique est indirect ! – au maître Tinius, le symbole du collectionneur de livres qui a, paraît-il, commis un meurtre pour voler des livres. Arrêté en 1813 à Leipzig, puis mis en accusation et condamné, mais gracié bon nombre d'années plus tard, il avait passé les dernières années de sa vie ruiné et sans ressources dans une bourgade au sud-est de Berlin entre Bestensee et Prieros.

Le comportement de soumission de Gräbendorf à l'égard de Paulini resta toujours marqué par le fait qu'il avait été appelé au service militaire deux semestres après lui.

Pour Gräbendorf, j'étais l'étudiant en lettres classiques. Lorsque nous nous rencontrions chez Paulini, il m'assaillait aussitôt de questions auxquelles je pouvais rarement répondre sur-le-champ. Une fois, il fit la remarque que nous sortions tous les deux de la même écurie. Ce qui était bien sûr une allusion à Paulini. On ne pouvait imaginer plus grande déclaration de sympathie.

Gräbendorf et Lisa, le bras droit de Paulini, étaient devenus un couple dans la seconde moitié des années quatre-vingt. On aurait pu prendre Gräbendorf pour le frère aîné de Lisa. Le père de Lisa, un physicien, travaillait alors dans le légendaire institut de Manfred von Ardenne et habitait avec sa famille sur la colline du Weisser Hirsch dans une maison avec jardin. Lisa et Gräbendorf vivaient dans trois petites pièces sous les combles.

C'est de la bouche de Gräbendorf que j'ai entendu les noms des post-structuralistes français qu'on ne trouvait pas chez Paulini. Il prononçait leurs noms avec une incroyable précision et insistance, ce qui m'incitait chaque fois à répéter leur nom après lui. Mais c'était un sacrilège. Ces Français lui appartenaient, et pas seulement leurs livres. En raison des notes et des remarques qu'il y avait portées, il me demandait de comprendre pourquoi il ne souhaitait jamais s'en séparer.

En compagnie de quelques habitués du cercle de Paulini, je fus invité deux fois chez Lisa et Gräbendorf. Les parents de Lisa lui manifestaient amitié et respect. Mais à l'égard de Paulini, c'était de la déférence. Ils s'estimaient heureux de l'avoir comme hôte.

Lorsque j'eus rassemblé une trentaine de poèmes que j'estimais montrables, je les fis lire en premier à Ilia Gräbendorf. Il me paraissait prématuré de m'adresser déjà à Paulini. J'espérais par ailleurs pouvoir profiter des contacts que Gräbendorf avait dans le milieu de l'édition. La déception de Gräbendorf n'était pas feinte. Elle concernait moins les poèmes que le fait que moi aussi – comme tout le monde – je me révélais être quelqu'un qui écrit. Gräbendorf se comporta comme si je m'étais arrogé sa confiance en recourant à de fausses raisons. Lisa apprécia en revanche ce qu'elle nomma mes « juvenilia ». Et quand elle étaya également son jugement de façon détaillée et flatteuse pour moi, je finis par sortir du trou où le rejet de Gräbendorf m'avait plongé.

La relation particulière entre Paulini et moi n'avait rien à voir avec mon ambition d'écrivain. Il ne s'intéressait au fond qu'à l'imprimé, rechignait à lire les manuscrits. Paulini m'avait procuré sous le manteau quelques éditions de Nietzsche, bien que Nietzsche ne figurât pas sur la liste des livres que je recherchais. Il me les imposa presque. Et j'ai commencé à dévorer Nietzsche. Il fait partie de ces penseurs qu'on ne lit jamais jusqu'au bout, qui vous surprennent à nouveau chaque fois, même lorsqu'on croit connaître tel ou tel de leurs livres après la deuxième ou troisième lecture.

Parmi les livres, il y avait aussi *Le Gai Savoir*, dans l'annexe duquel se trouvaient les *Chansons du Prince Vogelfrei*. Un bon nombre de ses poèmes sont insupportables en tant que poèmes, d'autres superbes, mais il ne s'agissait pas de cela. Je m'étais laissé entraîner à dire à Lisa que « Prince

Vogelfrei » irait bien à Paulini. C'est seulement au nom que je pensais.

Quelques semaines plus tard, je reçus une invitation à l'une des conférences chez Paulini. À ma grande surprise, elle figurait sous l'intitulé « Salon Prince Vogelfrei ». À l'époque, les invitations n'étaient pas imprimées mais écrites à la main ou tapées à la machine en trois ou quatre copies carbone. C'est pourquoi j'ai tout d'abord cru à une plaisanterie de Paulini à mon égard. Mais l'ironie et l'humour n'étaient pas son fort.

Lorsque je suis arrivé dans son magasin la fois suivante, il m'accueillit avec une chaude cordialité que je ne connaissais pas chez lui ou dont il ne m'avait au moins jamais gratifié auparavant. Vis-à-vis de Paulini, je n'ai jamais été tout à fait à l'aise. Bien sûr nous nous voussoyions, et son trésor de citations avait toujours quelque chose d'intimidant. Mais cette fois-là, il s'adressa à moi par mon prénom et me remercia sans ambages pour ma suggestion. Car c'était justement avec ce livre dont le nom était tiré qu'il avait une relation particulière. Enfant, il avait en quelque sorte dormi sur ce livre, sur cette « nouvelle édition », la deuxième édition de 1887, publiée chez Fritzsch à Leipzig. Paulini m'a parlé de la librairie de sa mère et comment son père et son collègue avaient charrié les livres dans la Brucknerstrasse et à quoi ça ressemblait ici à l'époque. Cet exemplaire, il le conservait encore précieusement. Sur quoi il disparut dans une des pièces fermées et revint avec *Le Gai Savoir*. J'ai pensé qu'il voulait me montrer le livre. J'examinai la page de titre et feuilletai l'ouvrage avec précaution. Nous avons parlé de la relation entre la poésie et la philosophie et combien les frontières entre les deux sont mouvantes chez Nietzsche. Paulini disait que maints philosophes n'avaient que le désir d'écrire. Mais faute de don poétique, ils écrivaient alors d'autres sortes de textes.

« Non, non, c'est pour toi, le Prince Vogelfrei te fait l'honneur de ce cadeau », dit-il lorsque je voulus lui rendre l'exemplaire.

Je ne me sentais pas à l'aise, non seulement il m'offrait une fortune, mais il révélait à mes yeux une vanité quasiment pubertaire. De plus, je ne savais plus comment je devais m'adresser à lui.

Lisa et Marion, auxquelles je me suis confié, ne voulurent voir qu'une bonne chose dans le cadeau de Paulini. En outre, ce n'était pas à lui, mais à son salon qu'il donnait ce nom. Je n'ai rien dit. L'invitation suivante était déjà signée « Prince Vogelfrei ».

Lisa travaillait alors presque quotidiennement chez Paulini, faisant un deuxième service, sans être payée. Dans le meilleur des cas, Paulini lui glissait toutes les trois ou quatre semaines un billet de cinquante marks. Elle ne considérait pas cela comme un travail, bien qu'elle se chargeât de la plus grande partie des envois et reçût la clientèle lorsque Paulini était plongé dans ses lectures.

Vers la fin des années quatre-vingt, je vins de plus en plus rarement à Dresde. En revanche, j'envoyais à Paulini mes commandes et mes recherches. Ce qui entraîna un constant échange de courrier avec Lisa, qui se chargeait de la majeure partie de la correspondance. C'est à elle que je devais finalement de recevoir tous les livres que je commandais. Si ce que je désirais n'arrivait pas chez Paulini, car les livraisons pour lui étaient rares ou parfois inexistantes, Lisa faisait discrètement passer mes demandes par sa librairie d'État. J'étais en outre abonné chez Paulini à la collection Insel, à Spektrum et à la Collection blanche. Parfois, j'ai dû demander qu'on me les pose en ardoise. L'offre de Paulini en livres récemment publiés ne remplissait jamais plus que quelques étagères. La marge commerciale pour les livres anciens était nettement plus importante et ses comptes difficiles à contrôler.

Grâce à Lisa, j'étais tenu au courant de ce qui concernait Gräbendorf. On lui avait finalement permis d'aller à l'Ouest pour la création d'une de ses pièces. Les réactions du public m'intéressaient, après tout la pièce avait été écrite pour un tout autre public, pour celui d'ici. Ce fut un grand succès, pas seulement dans la salle, mais aussi dans la presse, même la ZDF, deuxième chaîne de télévision nationale, avait diffusé une interview avec lui, dit Lisa. Mais le voyage l'avait, semblait-il, changé, rendu plus intransigeant.

« À l'Ouest, le temps avance, pas ici », résuma-t-elle.

« Et il finira un beau jour par nous démontrer pourquoi et à quelles fins ses selles se génèrent mieux à l'Ouest ou subissent une impasse temporaire », dit Paulini qui avait écouté, sans quitter son livre des yeux. J'ai sans doute écarquillé les miens, comme me l'avoua Lisa plus tard, en découvrant chez Paulini pareil agacement teinté de jalousie.

Lisa répliqua que ce n'était pas à exclure, car même les repas étaient différents à l'Ouest. Paulini ignora sa remarque. L'expérience de l'Ouest, poursuivit-elle en se tournant vers moi, le met ici en décalage vis-à-vis de beaucoup d'autres. Ce serait moins un problème à Berlin qu'à Dresde. Et son passeport pour son prochain voyage, cette fois en France et en Italie, était déjà prêt.

J'ai appris par Marion que Paulini, à la surprise générale, s'était laissé embobiner par une coiffeuse. Elle m'a demandé si je connaissais déjà Viola.

Deux ou trois ans plus tard, je travaillais déjà au musée, Lisa et moi parlions des prochaines élections municipales de mai 1989. Lorsque Paulini est entré – ils habitaient déjà sous les combles –, nous nous sommes tus.

« Une cage à la recherche d'un oiseau », fit-il en guise de salut. Nous ne devrions pas faire de politique, c'est gaspiller son temps. Ce n'est qu'ensuite qu'il me tendit la main.

Nous avions lu Bloch dans les anciennes éditions que Paulini nous avait procurées et également Adorno et Herbert Marcuse qui se trouvaient dans la bibliothèque. Et un ami nous avait même prêté *L'Alternative* de Rudolf Bahro[1]. Il aurait toutefois fallu que je me force pour prononcer le nom de Gorbatchev en présence de Paulini. Pour lui, tout ce qui nous éloignait des choses essentielles, donc des livres, était superflu et inutile. Quelques années auparavant, il m'avait traité d'andouille parce que j'avais refusé de signer l'accord pour devenir officier de réserve. « On ne met pas en jeu ses études pour pareilles formalités ! », avait-il maugréé, et il se trouva conforté dans son point de vue lorsqu'on me refusa d'être associé à un échange universitaire avec l'université de Tbilissi parce que je n'avais pas participé à la manifestation du 1er Mai. C'était bien fait pour moi.

« Je vais voter », déclara Paulini sans qu'on lui eût demandé, « plie le bulletin de vote devant tout le monde sans le regarder, mets-le dans l'urne et c'est fini. Je ne vais pas me jeter dans la gueule du loup ! »

1. Rudof Bahro (1935-1997) fut un des principaux intellectuels dissidents en RDA. Il publia en 1977 son livre *Die Alternative*, ce qui lui valut d'être arrêté. Amnistié en octobre 1979, il quitta la RDA pour la RFA quelques jours plus tard.

Paulini se trompa totalement sur la signification de l'automne 1989. Il devait être déjà trop profondément plongé dans ce pays pour pouvoir encore imaginer que quelque chose pourrait changer. Durant ces semaines, Paulini a dû remâcher souvent la phrase de Kafka de la cage qui cherche un oiseau.

À ce moment-là, Gräbendorf se trouvait dans un collège aux États-Unis et avait du mal à accepter son destin.

Lorsque, peu avant Noël 1989, j'ai sonné à la porte de Paulini, une pile considérable de livres m'attendait. J'avais beau gagner sept cents marks net au musée, mon argent ne suffisait pas pour tout acheter. Pour la première fois, Paulini ne me fit pas crédit, je dus donc laisser quelques livres chez lui. Il était visiblement vexé par ma longue absence. Il m'a dit avoir attendu la veille la venue de Helmut Kohl à la ruine de l'église Notre-Dame mais que, agacé par les slogans scandés, il était vite reparti.

J'avais confié à Paulini que j'étais sur le point de créer avec des amis un journal local pour accompagner la démocratisation du pays. Paulini considéra que c'était une foutaise et me sermonna pour que je revienne immédiatement sur ma démission du musée. En général, je ne le contredisais pas. Mais cette fois, je lui opposai que la démocratisation demanderait des années. Et que chacun devait y contribuer à la place qu'il occupait.

« Ta place, elle est au musée, ta place, ce sont les livres ! », me mit-il en garde. Il refusa d'en discuter. Cette visite fut, comme je dois l'avouer, ma dernière dans la Brucknerstrasse. Durant les trois années suivantes, je me consacrai d'abord totalement à lancer mon journal d'Altenburg, puis à le sauver après l'unité monétaire et finalement à le maintenir en vie semaine après semaine et à résister à la concurrence des grands groupes. Nous étions un bateau en papier sur la haute mer.

En effet, cette période a fait de moi un non-lecteur. Je n'aurais même pas su dire quel livre j'aurais aimé avoir chez Paulini. Et si un souhait avait effectivement surgi, n'importe quelle librairie eût vraisemblablement pu le combler dès le lendemain.

J'appris avec un certain retard la faillite de Paulini et sa tentative de gagner sa vie comme caissier. Pour être honnête, j'en éprouvai aussi quelque satisfaction.

Après avoir emménagé à Berlin en septembre 1993, je suis allé voir Ilia Gräbendorf. Il était désormais une personne « très demandée », comme disaient mes parents. Lisa faisait des études de littérature allemande et d'histoire de l'art à l'université Humboldt, j'étais dans l'écriture de mon premier roman et vivais de l'argent que me procurait mon journal.

Ilia Gräbendorf m'invita dans un restaurant japonais de Kreuzberg et m'expliqua comment on devait tenir les baguettes. Je ne lui dis pas que j'avais déjà appris cela d'un Vietnamien à Iéna, et il fut épaté de voir comme je me débrouillais vite, ce qui lui plut énormément. Il dit à Lisa de prendre exemple sur moi.

« Notre cher Norbert », déclama Gräbendorf en calant son dos contre son siège lorsque je lui demandai des nouvelles de Paulini. Lisa demanda une fourchette et énuméra les épisodes dramatiques auxquels le Prince Vogelfrei avait été confronté : Viola démasquée, puis leur séparation, la mort de Mme Kate, la perte de la maison avec un prêt à rembourser, sa faillite et ses tentatives de travailler comme caissier. Finalement, le soulagement d'avoir trouvé un job de gardien de nuit. Et à présent, comme une fabuleuse récompense, Hana, la Slovaque, avec laquelle il vivait.

Nous avons tous dû payer pour apprendre, pensai-je, pourquoi en serait-il autrement avec lui ?

Lisa raconta sa dernière visite chez Paulini. Gräbendorf l'interrompit : « On n'est pas obligé de raconter partout ces bêtises ! » Apparemment Paulini l'avait vexé. Lisa et Gräbendorf n'étaient pas d'accord : Paulini avait-il agi intentionnellement ou bien était-ce lui, Gräbendorf, qui ne supportait pas la critique ? Tous deux tentèrent à plusieurs reprises de mettre un terme à leur dispute, mais ni elle ni lui ne purent s'abstenir de répliquer. Gräbendorf reprochait à Paulini de ne s'être jamais excusé pour la conduite de sa femme. Lisa n'en démordait pas : c'était Paulini la principale victime et il en avait tiré les conséquences, malgré l'enfant.

« Ou bien justement pour lui », dis-je, pour rappeler ma présence.

« On peut tout apprendre ! », dit Ilia Gräbendorf en montrant mon bol vide, et il demanda l'addition.

Après la séparation de Lisa et Gräbendorf, je perdis Lisa de vue pendant plusieurs années. En revanche, je voyais souvent Gräbendorf. Après la parution de mon premier livre, en tant que membre d'un jury, il m'a même permis d'avoir une bourse de six mois à New York, m'a prodigué des conseils sur la vie là-bas et m'a donné quelques adresses qui m'ouvrirent effectivement plusieurs portes. Difficile d'être un confrère plus attentionné.

Lors de mes premières lectures en public à Dresde, je m'attendais à voir Lisa ou Paulini. Mais vinrent plutôt des gens auxquels je n'avais plus du tout songé.

Vers le tournant du millénaire, j'ai pris prétexte d'une de ces invitations pour me rendre l'après-midi précédant la lecture dans la Brucknerstrasse. J'avais alors en tête une nouvelle sur Paulini, sans vraiment savoir sur quelle trame la bâtir. Oui, cela fait un bout de temps que je traîne cette idée. Cela vous étonne ? C'était plutôt une certaine tonalité qui me trottait dans la tête. Je voulais évoquer l'univers de la librairie d'ancien de Paulini qui avait jadis tant compté pour moi et qui semblait à présent déjà plongé dans une mythique préhistoire. Je n'ai toutefois à l'époque jamais dépassé le début de ma légende de Paulini.

Bien que presque aucune rue de Dresde me fût plus familière que la Brucknerstrasse, je passai devant le lieu sans le remarquer. Là où se trouvait naguère la « Villa Kate » se dressait à présent un ensemble qui semblait constitué de blocs blancs de différentes tailles imbriqués les uns dans les autres. Les vitres des petites et grandes fenêtres étaient teintes. C'est alors seulement que me revint à l'esprit ce que je savais déjà en fait : Paulini avait depuis longtemps planté ses tentes ailleurs. Mais je l'imaginais encore dans ses anciens locaux. Et c'est là que je voulais qu'il reste. Et où donc aurais-je dû le chercher sur l'autre rive de l'Elbe ? Je ne possédais pas son adresse privée, et aucune librairie de livres anciens Paulini n'existait alors.

Je le revis pour la première fois, en double en quelque sorte, lors de la semaine du documentaire et du court métrage à Leipzig. C'était à propos d'un film sur le commerce des livres neufs ou anciens avant et après 1989, dont Paulini était l'un des protagonistes. Au début, j'eus vraiment du mal à le reconnaître sur l'écran, comme s'il s'était fait opérer le visage, tellement son menton sautait aux yeux. Avant la discussion qui succéda au film, la modératrice demanda en anglais si quelqu'un ne comprenait pas l'anglais. Lorsqu'elle formula alors sa première question en anglais, un homme se leva dans le public et demanda qu'on parle allemand, il ne comprenait pas l'anglais et il ne voyait pas pour quelle raison on ne pouvait pas parler allemand en Allemagne à propos d'un film allemand. Dans la pénombre de la salle, j'ai reconnu Paulini à sa voix. Quelques sifflets retentirent, mais, moi aussi, je l'applaudis. Après la séance, je suis allé remercier Paulini. Je ne savais comment l'aborder. Le tutoiement me paraissait, après un si long temps, présomptueux. Cependant, je craignais de le vexer avec un « vous ». Il me demanda si on ne pourrait pas aller dîner ensemble et me proposa la Cave d'Auerbach, car il ne connaissait plus rien d'autre ici. Par chance, nous trouvâmes vite une table libre. Je l'invitai, il fixa longuement le menu et me demanda si je pouvais commander pour lui quelque chose avec des spaghettis très minces et beaucoup de crevettes dans une belle sauce. Mais il n'y avait rien avec des crevettes. Je commandai une grande bière et une paupiette avec des boulettes de pomme de terre. Paulini dit qu'il voulait la même chose. Et, comme entrée, un petit ragoût. À la fin du repas, il avait encore faim. Il avala également un tiramisu avec grand appétit. Nous ne parlâmes guère. Chacune de mes questions déclenchait une réponse sans appel. Il gagnait le minimum vital, les prix des livres, même ceux des premières éditions, ne connaissaient plus, à cause d'Internet, qu'un seul chemin : celui qui mène au précipice. Il ne me posa aucune question. Ne laissa pas deviner s'il avait jamais lu quelque chose de moi ou ce qu'il en pensait. Il avait conservé cette allure athlétique, et son menton me parut à nouveau normal. Mais sa tête me faisait maintenant penser à un oiseau. J'ai voulu savoir ce qu'il pensait du film.

Mais il semblait avoir perdu toute envie de parler. Quand je lui ai demandé où il dormirait cette nuit, il répondit : à la maison. On ne l'avait pas invité à la première du film, pas proposé une chambre d'hôtel ? Il dit qu'il voyageait à ses frais et devait aller prendre son train.

Pour le quarantième anniversaire – Paulini parlait toujours de « réouverture » – de la « librairie de livres anciens Dorothea Paulini, propriétaire Norbert Paulini », je reçus, via mon éditeur, une invitation de Lisa. Elle me demanda de contribuer à une publication en hommage à Paulini qui lui serait remise le 23 mars de l'année suivante. Lisa ajoutait que ce serait bien sûr chouette si je trouvais le temps de venir pour lire mon texte. Ce serait une fête somptueuse, elle s'en portait garante.

Je donnai immédiatement mon accord. J'avais beau être persuadé que je ne devais pas avoir mauvaise conscience, je ressentais malgré tout un malaise ou une insuffisance de ma part en pensant à Paulini. Pour le dire d'une manière quelque peu ampoulée : j'espérais faire le lien entre ma vie actuelle et ma vie ancienne, en fin de compte, si vous voulez, me compléter moi-même.

Toutefois, je risquais justement de rater ce texte sur Paulini. Je ne savais pas pourquoi je me torturais à ce point. Tout avait une tonalité fausse et laborieuse. L'interdiction d'inventer des personnages me paralysait-elle ? Était-ce l'idée de devoir en faire la lecture en présence de Paulini ? Pour chacun de mes livres, n'était-ce pas lui que j'avais toujours eu en tête comme un de mes lecteurs imaginaires ? Au fond, c'était en tant que ce lecteur-là que Paulini n'avait jamais quitté mon existence.

Lisa dut me rappeler à l'ordre : « Écris donc comment c'était, ce que tu éprouvais quand tu étais encore lycéen, et lui, le grand Paulini ! » Elle évoqua l'univers d'alors, les passionnés de livres qui venaient de loin, se présentaient à dix heures pile à la porte, montaient et descendaient de l'échelle, inspectaient tous les rayonnages et salissaient leurs pantalons aux genoux. Et comment on croyait toujours devoir connaître le mot de passe pour être introduit chez lui. « N'aie aucune inhibition ! »

J'ai cherché dans mon ordinateur et effectivement retrouvé le vieux document sur Paulini. On pouvait y lire le début de la légende, comme si j'avais déjà répondu à l'incitation de Lisa au moins quinze ans auparavant. Sans avoir grand-chose à changer, j'avais mon texte sur Paulini.

J'eus beau arriver à Sonnenhain avant l'heure fixée, j'eus du mal à trouver une place pour me garer dans la rue principale. À la lueur des lampadaires, j'ai regardé les immatriculations des voitures. La plupart venaient de Dresde et des environs, quelques-unes de Hambourg, Rügen, Cologne et Rosenheim, deux camping-cars immatriculés en Hollande et une 2 CV rouge venant de Suisse. Dans le groupe devant la maison, il n'y avait presque que des fumeurs. À l'intérieur, on pouvait à peine bouger, une bousculade pire que ce que j'avais connu dans les clubs pour étudiants.

Lisa me sauta au cou.

« Alors, je n'avais pas exagéré, hein ? »

Il y a peu de femmes qui, comme Lisa, deviennent plus attirantes chaque année, si je puis dire. Elle me donna du vin et me fraya un chemin. Toute la librairie de livres anciens tient en une seule pièce, expliqua-t-elle. Là, à gauche, c'est le mur royal, un haut rayonnage ininterrompu. Les autres, à angle droit, sont les troupes de secours. Mais quelle idée de faire une fête dans pareil espace ?

Lorsque je risquai d'être séparé de Lisa – la plupart des invités ne se connaissaient pas mais tous connaissaient Lisa –, elle attrapa ma main et m'entraîna. J'ai pensé qu'elle me conduisait vers Paulini. Mais c'était pour aller vers une grande fenêtre d'où l'on pouvait voir, paraît-il, le coucher de soleil. Les contours des rochers se détachaient des traînées plus claires dans le ciel. Je n'aurais su dire à quelle distance ils étaient.

« Il faut venir quand il fait jour ! Ou le soir. Et en été ! »

Elle me dit tellement de belles choses à propos de mon texte sur Paulini, en parlant si près de mon oreille, que je dus me dominer pour ne pas l'enlacer. Les décennies n'avaient rien pu diminuer à notre connivence.

« Tiens donc », entendis-je résonner dans mon autre oreille, « nous nous connaissons, je crois ? » Paulini me tendait sa main gauche tout en croquant un morceau de gâteau posé sur sa main droite. Avant que je pusse répondre, il demanda tout en mâchant où Lisa avait caché cette eau-de-vie hollandaise.

« Dans une demi-heure, pas avant », répliqua-t-elle avant de se tourner à nouveau vers mon oreille. Paulini resta à côté de nous à manger son gâteau. J'écoutais Lisa et observais Paulini qui, à chaque bouchée, découvrait ses dents comme un cheval en inclinant la tête de côté. De minuscules rides gagnaient ses joues à partir des commissures des lèvres. En prenant un peu de distance, on pouvait cependant croire qu'il n'avait pas changé, juste sa chevelure grisonnait. Je tentai de lui faire un compliment pour la librairie de livres anciens en disant que ce qu'il avait accompli était considérable. Mais il n'interrompit pas son repas, et Lisa continua de parler.

Même lorsqu'il semblait répondre à mon regard, je ne savais pas s'il fixait en fait un nulle part, le hasard voulant que je lui barre la vue.

Il s'en est fallu de peu, dit Lisa, qu'il – et il, c'était toujours Paulini – mette encore aujourd'hui sa blouse bleu gris. La publication en son honneur rassemblait quinze contributions, et la mienne était la première et, si cela dépendait d'elle, ce serait à moi de parler en premier, est-ce que je ferais ça pour elle ?

« Pour toi, je ferais tout ! » Je le pensais sérieusement. Paulini se lécha les doigts à tour de rôle et les essuya avec un mouchoir à carreaux.

Quelqu'un avait pu discrètement installer un petit pupitre et un micro. Lisa prit la parole d'une estrade. Paulini, éberlué, n'en revenait pas lorsque Lisa commença ; il avait un sourire presque gêné. C'était nouveau pour moi.

Lisa lui demanda de s'asseoir sur la chaise placée devant le pupitre. Sur lequel elle posa les feuilles après avoir ôté le trombone. En fait, elle parlait sans regarder le texte, tournait régulièrement les pages, ce qui était chaque fois le seul moment où ses doigts interrompaient leur jeu avec le trombone.

J'avais déjà souvent observé cette manière de triturer les trombones pendant un discours. Mais c'est seulement avec Lisa que j'ai compris quelle attitude et quelle gestuelle peut permettre un trombone entre les doigts.

« Ne te laisse pas terrasser par le mal », cita-t-elle, « mais terrasse le mal par le bien. » Et ce fut déjà à mon tour.

Tout en parlant, j'eus le sentiment que j'imitais l'intonation de Lisa. Ou bien n'était-ce que le dialecte de Dresde qui m'entourait et me transformait sans le vouloir ? J'étais troublé par le regard sérieux avec lequel Paulini suivait mon discours. Sa joue appuyée sur sa paume, il fixait ses chaussures. Mais ensuite il applaudit brièvement, se leva et me tendit la main, comme pour m'aider à descendre de l'estrade.

Amical applaudissement prolongé, ce qui est une particularité saxonne. Les autres qui parlèrent après moi eurent droit à la même faveur.

Pour conclure, j'attendais une brève prise de parole de Paulini, au moins quelques phrases, un geste de remerciement – mais rien, rien du tout ! Paulini semble tout autant réclamer des hommages qu'il souhaite en être rapidement débarrassé. Il revint aussi à Lisa de convier au buffet.

J'étais soulagé d'en avoir fini et j'aurais préféré m'asseoir quelque part avec Lisa pour parler avec elle. Je m'attendais aussi à être abordé et entendre quelque compliment sur mon texte. Mais personne ne jugea nécessaire de le faire. Je croyais connaître quelques visages, parfois un nom ou un prénom me revenait, mais jamais une conversation ne s'engagea.

Je n'étais pas mal à l'aise entre les rayonnages de livres. Au bout des rangées étaient accrochées de vagues images, le n'importe quoi qu'on peut trouver lors d'achats de livres. Contrairement à autrefois, c'était poussiéreux. Peut-être que Paulini considérait comme superflu d'essuyer la poussière dans une librairie d'ancien sans public, dédiée à l'expédition des commandes.

Soudain, je me retrouvai devant Scheffel. Il trônait, ou plus exactement il était étendu dans un fauteuil de cuir, les bras sur les larges accoudoirs, le seul siège en dehors de deux chaises. Il lui fallut un moment pour me reconnaître. Il dit avoir entendu mon discours mais n'avait pu me voir. Pointant son index sur moi, il commença, à nouveau les yeux mi-clos, à parler de l'inventaire de la bibliothèque et de la comparaison des têtes d'Athéna.

« J'ai entendu dire que tu écris, maintenant ? »

« Oui », répondis-je.

Scheffel me demanda pourquoi j'avais délaissé ma belle spécialité. Par chance, une femme au visage en forme de cœur et à la chevelure blanche s'intercala entre nous et offrit à Scheffel une assiette garnie d'un assortiment du buffet. Scheffel lui demanda s'il y avait du céleri là-dedans car il ne devait en manger sous aucun prétexte. « Sous peine de disparition ! », s'écria-t-il en riant.

C'était gênant de ne pas avoir reconnu Marion. Ses traits qui m'étaient naguère si familiers s'étaient perdus dans la plénitude de son visage.

Devant le buffet, je croisai Paulini.

« Je n'ai jamais porté de lunettes, soit dit en passant », fit-il. « Et où est Gräbendorf ? »

« Nous nous sommes perdus de vue », lui dis-je.

« Pourtant vous allez bien ensemble », répondit-il avec un sourire malicieux. « Je dirais même que vous vous complétez à merveille ! »

Il se dégageait de Paulini une légère odeur de transpiration que ne recouvrait pas totalement le parfum de sa chemise propre, apparemment restée longtemps dans l'armoire. En tout cas, il sentait le vieil homme. Une peau de fruit ridée, sauf aux pommettes, et autour des yeux où il paraissait également plus jeune.

« Il aurait au moins pu dire merci », me plaignis-je auprès de Lisa, qui me fit des reproches parce que j'avais voulu m'éclipser.

« Ne sois pas si égoïste », fit-elle pour me rassurer. « Rien ne lui fait plus plaisir que ta venue. Et ton discours, bien sûr, je le connais ! » Paulini, selon Lisa, s'était senti abandonné et trahi par tous. « Pour vous, tout va pour le mieux ! », fit-elle en voyant ma mine sceptique. « Tout va pour le mieux pour vous, alors que pour lui... Tu ne comprends pas ça ? »

« Que veux-tu dire par “pour vous” ? » lui demandai-je.

« Eh bien, Ilia et toi ! »

« Il y a quelqu'un qui t'embête ? » Un jeune homme s'interposa presque entre nous. Il ne m'accorda pas le moindre regard.

« Laisse-nous parler », dit Lisa en lui passant la main dans ses courts cheveux blonds. Il sourit, comme si c'était exactement cela qu'il attendait.

« Je vous ai à l'œil », dit-il en tapotant mon épaule.

« C'est Julian, un vrai gamin », fit Lisa pour me tranquilliser. « Il aime jouer les protecteurs. »

Lisa me présenta un petit homme d'une soixantaine d'années, moustache, yeux marron foncé et à moitié chauve, grandes lunettes sur le front. Lorsqu'il me tendit la main, il eut un mouvement de recul, comme pour mieux me voir.

« Je suis ravi », dit-il en me serrant fermement et longuement la main, « de pouvoir saluer un rhéteur tel que vous dans nos modestes lieux. Votre texte était grandiose ! »

Lisa qualifia de génie et de collaborateur de Paulini ce Juso Podžan Livniak qui se tenait devant moi. Elle ne connaissait personne maîtrisant autant de langues et en sachant autant sur les livres que Juso. Bien entendu, il protesta. Pourquoi était-il donc devenu l'employé de Paulini ? Je ne posai pas cette question qui me brûlait les lèvres, mais Livniak remarqua sans doute mes réserves.

« Et qui a installé tout ça ici ? » lui demandai-je pour faire plaisir à Lisa.

« Un maçon – un maître maçon ! » précisa Livniak en levant son index droit. « Il a fait la surprise à sa seconde femme en lui préparant un atelier, elle peint. Mais la fenêtre était du mauvais côté. Et maintenant ils sont divorcés, et nous avons la vue sur le sud. »

Sa façon permanente et délibérée de changer sa gestuelle et sa mimique expressive me firent spontanément penser au théâtre japonais.

Sur l'insistance de Lisa, et sans cesse interrompu par elle, il fallut qu'il en dise plus long sur lui-même. Livniak était bosniaque, avait étudié à Sarajevo et était spécialiste en manuscrits, certes en langue bosniaque, donc rédigés dans une langue encore compréhensible, mais en écriture arabe. On appelait cela « Alhamiado ». Le domaine de son travail fut anéanti lorsque la bibliothèque, la Vijećnica – il répéta ce nom à plusieurs reprises, ainsi que la date, le 25 août 1992 –, fut attaquée avec des obus au phosphore et détruite par les flammes. Sa femme et lui purent s'enfuir de Sarajevo pour gagner Graz, Vienne et Bergen en Norvège et, après d'autres étapes, parvinrent en Allemagne, un hasard, à Dresde, un autre hasard.

Est-ce parce que j'ai interrogé Livniak sur Sarajevo ou que j'osai remarquer que pour quelqu'un avec ses compétences, il serait préférable d'enseigner chez lui à l'université ? Ou y avait-il quelque chose qui le dérangeait chez moi, ou bien était-il tout simplement trop fatigué ? L'envie d'avoir une conversation avec moi, qu'il avait commencée dans l'enthousiasme, diminua visiblement avant de disparaître complètement. Après que nous eûmes pris congé l'un de l'autre avec l'aide de Lisa, celle-ci me chuchota dans l'oreille quelque chose à propos de ses parents.

« Il sait qui a tué ses parents, à cause de lui… »

Mais qu'avais-je à faire là-dedans ?

J'ai demandé à Lisa si je pouvais l'emmener faire une promenade, descendre ou remonter un bout de la Dorfstrasse.

« Attends un peu », me fit-elle. « Je ne peux pas le laisser en plan maintenant. »

À cause d'elle, j'ai dû poireauter deux bonnes heures tout en veillant à ne pas me retrouver à proximité de Livniak ni de Scheffel ni encore moins de Paulini. Finalement, j'ai attendu devant la porte. Là non plus, je n'éprouvai aucune envie d'être mêlé à une conversation.

Lorsque Lisa finit par arriver, elle affirma qu'on lui avait déjà demandé plusieurs fois si nous avions une affaire ensemble.

« Je ne le crois pas », dis-je.

« Que nous avons une affaire ensemble ? »

« Non, qu'on t'ait posé cette question », répondis-je.

« C'est pourtant vrai », confirma-t-elle en me prenant par le bras.

Je n'avais aucune envie de lui poser des questions sur Livniak ou sur Paulini. Je n'avais en fait aucune envie de parler. Et elle aussi semblait apprécier le fait de pouvoir enfin se taire.

Devant ma voiture, nous nous sommes enlacés pour prendre congé et soudain nous nous sommes serrés l'un contre l'autre, comme si cela allait de soi. Je tentai de l'embrasser. Elle se déroba. Je renonçai, tandis qu'elle me retenait encore.

« Au fait, où vas-tu coucher ? », me chuchota-t-elle.

Je la suivis en voiture jusqu'à Dresde. Peut-on comprendre d'une seconde à l'autre qu'on aime quelqu'un depuis longtemps déjà sans l'avoir su jusqu'à cet instant ? C'est une question rhétorique. Vous n'êtes pas obligé de répondre. J'avais l'impression que Lisa m'avait seulement rappelé mon amour pour elle, attiré mon attention sur lui. Dans son appartement, sous les combles de la villa, ce fut alors comme si nous avions désiré toute une vie prendre enfin possession l'un de l'autre.

Lisa fut, pour dire les choses objectivement, passionnée. Je n'aurais pas cru possible cette métamorphose d'une amie attentionnée en une femme non seulement exigeante mais sans aucune retenue dans son désir. En dépit de deux mariages et de quelques liaisons, je n'avais jamais connu quelque chose de semblable.

Les rêves aussi, on peut les sentir encore sur la peau, les rêves aussi transforment vos propres sensations et désirs. N'est-ce pas ? Je ne prenais pas Lisa pour un rêve, pourtant elle devint pour moi totalement réelle lorsque, quelques heures après mon retour à Berlin, je la vis à nouveau devant moi serrant dans ses bras une petite valise démodée et entrant sans dire un mot.

En ce qui concerne Lisa et moi, je ne veux raconter que ce qui a une signification en rapport avec Paulini. Ce n'est certes qu'une restriction mineure. Même si, pendant longtemps, je ne l'ai pas compris ou n'ai pas voulu le voir, ce fut dès le début un ménage à trois – et cela le devint chaque jour un peu plus.

Avec Lisa, je me voyais et voyais le monde autrement. Je m'étonnais de constater combien c'était facile d'avoir une femme à ses côtés qui savait comment on a grandi, vis-à-vis de laquelle on ne devait pas s'excuser d'avoir aussi connu le bonheur auparavant, qui savait ce que signifiait n'avoir fait que dix-huit mois d'armée, qui savait ce qu'était un subotnik[1]

1. Travail volontaire et non rétribué.

et pourquoi on a toujours porté un pull sur sa chemise de l'organisation de jeunesse FDJ, etc., etc. Mais ça n'en dit pas assez long. Je devrais dire : une qui était dépourvue de ce mépris naturel des gens de l'Ouest pour ceux de l'Est. Ce mépris, qu'on pourrait appeler sentiment de supériorité des gens de l'Ouest, je m'y étais habitué au fil du temps sans le remarquer moi-même. C'était une tonalité permanente, quelque chose qui allait de soi. Et pour celui qui l'éprouvait, peu importait qu'il ne fût qu'un maillon dans la chaîne du mépris persistant à l'égard de l'Est ou du Sud. Formulé d'une façon plus abstraite, je pourrais dire : le sol sur lequel je me déplaçais perdait son dénivelé, grâce à Lisa. Je me remis debout.

Lisa, en revanche, se retrouvait à nouveau avec un écrivain qui, par-dessus le marché, habitait à Berlin. Elle disait n'avoir rien contre la ville, mais n'avait plus supporté Gräbendorf et sa peur panique d'être catalogué comme quelqu'un de l'Est.

Il avait payé son dû à l'Ouest en déclarant que c'était un pur hasard s'il ne s'était pas retrouvé au Goulag, c'est pourquoi il savait apprécier la liberté plus que les gens de son âge à l'Ouest, pour qui elle allait de soi, comme le cornet de friandises. Lisa disposait de toute une palette d'adjectifs pour décrire les efforts de Gräbendorf pour être reconnu à l'Ouest : « zélé » et « empressé » étant les moins sévères. Une fois, elle qualifia de « gymnique » son orgueil, avec lequel il cherchait à acquérir des manières devant prouver sa connaissance du monde. Et selon elle, notre quasi-dissident ne redoutait rien tant que de dire quelque chose qui ne fût garanti de tous côtés.

Elle dit ne plus pouvoir le supporter sur le plan physique. Parfois, ajoutait Lisa, elle avait craint – et Paulini comme elle – que moi aussi, je pousserais trop loin mon renoncement à mes caractéristiques de l'Est.

« Pousser trop loin ? », lui demandai-je.

« Tu veux aussi avoir du succès à l'Ouest, tu dois donc faire des concessions, non ? », demanda-t-elle.

Faisais-je des concessions ? Ou bien ne m'en apercevais-je déjà plus ? Étais-je pour Lisa un de ces pantins dont elle parlait, qui étaient toujours et partout disponibles, s'ils pouvaient récolter un petit bout de publicité et qui, lorsqu'ils parlaient, s'adressaient automatiquement à un public de l'Ouest ?

À ses yeux, Paulini était celui qui résistait à tout cela, le brave soldat de plomb droit sur sa jambe. Lisa me fit même la lecture du conte d'Andersen où le soldat de plomb, qui n'a qu'une jambe, car il n'y avait plus assez de plomb, s'éprend d'une danseuse en papier, parée d'une jupe de lin. Elle avait levé une jambe si haut que le soldat de plomb crut qu'elle aussi était unijambiste. Le soldat de plomb tomba par la fenêtre, accomplit son odyssée, revint au fond du ventre d'un poisson dans le même appartement, sur la même table, pour finir jeté dans le feu et mourir avec la danseuse.

« Surtout : impossible pour lui d'être autrement ! Et c'est ce qui le rend aussi perdu et solitaire. »

Paulini qui, à la différence de Lisa, m'accusait certainement de m'être défait de ma nature orientale, porterait sur moi un autre regard quand je serais aux côtés de Lisa : c'était une perspective qui me plaisait et me détendait totalement.

Lisa lui rendait à présent visite bien plus rarement qu'auparavant. Après tout, il avait ce Livniak, et Julian était devenu adulte. Elle ne me cacha pas non plus combien

Paulini était parfois mécontent et donc injuste parce qu'elle passait si rarement. J'appris incidemment que Lisa avait autrefois, plusieurs années durant, passé des vacances avec Paulini père et fils. Vous pouvez imaginer le coup au cœur que ça m'a donné.

« Vous étiez ensemble dans la même chambre ? », lui demandai-je.

« Bien sûr », fit Lisa.

« La nuit dans la même chambre ? Vous avez couché ensemble ? »

« Es-tu jaloux ? » demanda-t-elle, et je lus de la satisfaction dans son sourire. Tout le monde, même ses parents, et surtout l'ancienne femme de Paulini et notamment Gräbendorf, lui supposait depuis longtemps une relation avec Paulini.

« Où vont-ils chercher ça », dit-elle. « Cela ne nous fait même plus rire. »

Lisa occupait comme toujours les chambres sous le toit. Ses parents étaient devenus invalides, et la villa attirait toute sorte de gens parce qu'elle était la seule à la ronde qui n'avait pas encore été restaurée. Même ainsi, le loyer mangeait la majeure partie de leur retraite.

« Je pensais que cela vous appartenait », dis-je.

« Je ne suis pas un bon parti », fit Lisa.

« Tu es le meilleur que l'on puisse imaginer », répliquai-je. Je me souviens très bien que j'aurais aimé m'agenouiller devant elle à ce moment-là, me reprochant par la suite de ne pas l'avoir fait.

Lisa et moi passions presque plus de temps ensemble que séparés. Comme elle ne travaillait jamais le lundi et seulement un mardi sur deux, ce qui compensait ses perpétuelles heures supplémentaires, elle venait souvent le samedi soir à Berlin. Et pour moi, elle avait, dans sa plus belle pièce, installé une table directement devant la fenêtre, de sorte que, lorsque je levais les yeux de mon ordinateur portable, j'avais la vue, au-delà de la vallée de l'Elbe, sur l'est des monts Métallifères. Les parents ne me voyaient jamais, car chaque changement les perturbait. Ils ne devaient surtout pas s'imaginer que Lisa pourrait les abandonner en allant à Berlin. Mes filles passèrent même la nuit deux fois chez elle. Elles connaissaient Dresde par le biais de leurs visites chez mes parents, qui étaient revenus de Iéna trois ou quatre ans auparavant pour vivre dans la banlieue sud de la ville. Une villa enchantée comme celle-là, avec la vue sur le monde, elles trouvaient ça cool, et Lisa également. Même mes parents, habitués à se faire du souci à propos de mes expériences féminines, abandonnèrent vite toute réserve à l'égard de Lisa. Ils n'auraient rien eu à redire si je m'étais définitivement installé chez elle sur le Weisser Hirsch. Comme vous le voyez, tout était pour le mieux.

Cela a dû être fin août ou début septembre, avant la première opération de sa mère, que j'ai proposé à Lisa d'aller enfin à Sonnenhain pour rendre visite à Paulini. « Nous l'inviterons à déjeuner ! », ajoutai-je.

« Pourquoi veux-tu lui faire de la peine ? » demanda Lisa en me fixant, comme si j'avais changé la couleur de mes yeux.

Sa réponse et son regard me donnèrent un pincement. Une expression rebattue mais qui décrit très exactement ce que j'ai ressenti. Cela me donna un pincement au cœur. Pourquoi veux-tu lui faire de la peine ? Vous n'imaginez pas l'importance qu'a pu dorénavant avoir cette phrase dans ma vie.

« Pourquoi veux-tu lui faire de la peine ? Est-ce que tu crois que c'est agréable pour lui d'avoir sous les yeux un couple heureux ? »

« Pourquoi ? », demandai-je. « Il ne le sait pas ? »

« Cela mène à quoi ? Tu veux triompher de lui ? »

Voulais-je cela ? Je fus bien obligé de m'avouer une certaine satisfaction à l'idée d'arriver chez Paulini en compagnie de Lisa. Cela m'a troublé.

« Il souhaite donc partir à nouveau en congé avec toi ou vivre complètement avec toi », fis-je en guise de conclusion.

« Qu'est-ce qu'il t'arrive ? » demanda-t-elle.

J'ai senti que je m'effondrais. Sans m'en apercevoir, je m'étais assis à la table de la cuisine.

« Bien sûr, c'est flatteur si tu laisses entendre que tous les hommes voudraient partager leur vie avec une femme de cinquante-cinq ans. Mais, même à une amie solitaire, je n'irais pas faire étalage de mon bonheur. Est-ce si difficile à comprendre ? »

Je ne sais plus ce que nous avons finalement entrepris lors de cette affreuse journée, mais la fois suivante où je vins à Dresde et que ce fut au tour de Lisa de proposer que nous fassions une excursion dans la Suisse saxonne, j'étais persuadé qu'elle avait changé d'avis, qu'elle voulait aller chez Paulini avec moi. Ce n'est qu'en chemin que je compris : il s'agissait d'une marche.

Je n'étais plus habitué aux randonnées que Lisa entreprenait. Une fois par an, je faisais le tour du Stechlin avec mes filles, ou le week-end le tour du Schlachtensee. Cela faisait longtemps que je n'avais plus de chaussures de marche.

Lisa en revanche était parfaitement équipée. L'expression « comme il faut », qu'on entendait souvent chez nous autrefois me revint en la voyant. Elle sautait devant moi de roc en roc comme si elle n'avait pas besoin de regarder ou de reprendre son souffle. Ses chaussures de randonnée, pointure 37, faisaient corps avec elle, comme des sabots de cheval. Les chaussettes étaient retroussées, c'est pourquoi, quand la pente était raide, j'avais juste devant les yeux ses mollets bronzés de jeune fille. Son sac à dos datait de la RDA, son tissu jadis bleu foncé était reprisé en maints endroits. Ma chemise et mon maillot de corps furent vite trempés de sueur, et je frissonnais, j'avais mal au talon droit dans mes baskets Camper pourtant si confortables d'habitude – nous avons dû faire demi-tour.

Peut-être que ma mémoire me joue des tours, mais j'ai l'impression que nous ne sommes jamais allés ailleurs qu'en Suisse saxonne. Il faut que je sorte, disait Lisa, allons-y ! Sinon elle ne supporterait pas d'être enfermée dans la librairie et à la maison avec sa mère.

Elle n'avait pas besoin de cartes de randonnée ou de guide. Ces rochers et ces forêts, c'était son jardin. Si l'on croisait quelqu'un, elle le saluait d'un « ahoi », j'avais connu ça dans le temps, dans les Hautes Tatras. Le plus beau, c'était quand Lisa me passait le bras autour du cou afin que je regarde vers quoi pointait son index. Au milieu de ses explications, elle m'embrassait, sans qu'il me soit permis de tourner la tête. Comme un écolier, je devais répéter après elle les noms des massifs et des plateaux qui, ce que je n'avais jamais remarqué auparavant, formaient une sorte de canyon, sauf qu'il était vert et animé et traversé par l'Elbe, qui semblait étinceler dans le soleil couchant.

Depuis peu, je ne vivais que pour ces îlots de connivence dont on ne pouvait jamais prévoir quand ils surgiraient, quand nous les atteindrions. Alors on ne se demandait plus comment cela continuerait pour nous, si jamais Lisa viendrait à Berlin ou si je retournerais à Dresde.

Comme si c'était un but comme un autre au cours de nos randonnées, elle pouvait pointer le doigt vers Sonnenhain et la maison de Paulini. Sa grande vitre refléta même une fois le soleil, comme si c'était là que flamboyait le centre du monde. Je supportais difficilement ce qu'elle racontait sur Paulini. Cela me serrait la gorge. Ne le remarquait-elle pas ? Devais-je demander à Lisa de porter un regard plus critique sur Paulini ? Voire la mettre devant le choix d'enfin déclarer son attachement à moi en présence de Paulini ou bien de nous séparer ? Dans les heures les plus sombres, je me demandais pourquoi c'était justement dans la Suisse saxonne que nous allions faire nos randonnées. Voulait-elle être proche de Paulini sans pourtant me mener jusque chez lui ?

C'est au cours d'une excursion vers le point de vue du Goldstein par ce que l'on appelle « la Forteresse des brigands » que surgit du tourment et du bonheur le souhait d'écrire sur Paulini. Et que vous le croyiez ou non, j'ai aussitôt ressenti cela dans tout mon corps : voilà le salut ! Il me suffisait déjà de formuler quelques phrases dans la tête pour me sentir léger et libre, mais surtout souverain. Un tel soulagement vous apporte plus ou moins chaque idée pour un livre, mais dans ce cas, ce fut encore autre chose. Pour moi, il était devenu absolument nécessaire d'écrire sur Paulini. C'était pour moi la seule voie possible pour faire la lumière sur lui, sur qui il était et sur sa vision du monde. C'était ma méthode pour comprendre la manie Paulini de Lisa. Je ne voulais pas devoir rester plus longtemps passif. Je renvoyais la balle. J'en tirerais quelque chose ! Et ceci à la façon qui m'est propre. Je m'étonnai de n'y avoir pas songé plus tôt.

Lisa remarqua aussitôt mon revirement, trouvant que j'étais de si bonne humeur d'un seul coup.

« Alors, d'habitude, je suis un grincheux ? »

« Non, pas vraiment, mais tu me plais beaucoup mieux ainsi ! »

Écrire sur Paulini, c'était apparemment ce que je pouvais faire pour Lisa et moi. C'était curieux d'être assis chez elle à la table de travail et d'imaginer un Dresde préexistant à mes premiers souvenirs. Lisa m'avait raconté deux ou trois choses sur la jeunesse de Paulini, sur sa grand-mère, dont il y a encore aujourd'hui une photo sur sa table de nuit... On n'était pas obligé de coucher avec quelqu'un pour connaître sa table de nuit.

Lisa racontait les choses d'une façon si concrète qu'il me semblait n'avoir qu'à en recopier un bon nombre. En même temps, il me fallait inventer, même si je savais tout sur Paulini dans les moindres détails. Sinon tout serait certes exact dans ma tête, mais pas sur le papier. Pour reprendre une des sentences favorites de Paulini : les poètes doivent mentir. Et Platon lui-même a menti, ajoutait toujours Paulini, sinon ses dialogues n'existeraient pas.

Mon récit devait montrer Paulini comme le grand lecteur qui, au-delà des époques et des systèmes, en raison de sa prédisposition et de sa passion, devient un rempart contre ce qui nous menace, nous autres gens des livres et qui, parce qu'il reste fidèle à ses vœux et à ses convictions, se dresse en quelque sorte de façon naturelle contre ce qui nous sape et nous emporte année après année et ne laissera un beau jour plus rien subsister de ce pour quoi nous avons cru vivre. Sans les Paulini de ce monde, ne serions-nous pas perdus ?

Vous pourrez difficilement mesurer ce que cela signifie quand tout devient soudain utilisable, tout devient recherche. Chez Lisa, à Dresde, je vivais dans l'univers sur lequel j'écrivais. Je n'avais provisoirement nul besoin de rencontrer Paulini. Lisa se réjouissait de prendre si facilement l'avantage dans notre intime bras de fer hebdomadaire : qui vient chez qui.

À Berlin, Lisa était différente, plus calme et plutôt taciturne en société, comme si elle avait honte de ses traces d'accent saxon. Là aussi, elle avait envie de voir les environs. Nous appréciions l'Arcadie prussienne des artistes Schinkel et Lenné et du prince Pückler, partions en randonnée à partir de Caputh autour du lac de Schwielow, nous allions même à Paretz. Je m'y retrouvais peu à peu dans la chronologie des princes électeurs et rois prussiens ainsi que dans leurs principaux édifices. Je ne voulais pas rivaliser avec la connaissance qu'avait Lisa de l'art et de l'architecture saxons, des jardins baroques et de l'histoire en général, mais il devait m'être permis à moi aussi de jouer au guide. Une fois, Lisa poussa des cris de joie lorsque, devant le Palais de marbre dans le Nouveau Jardin à Potsdam, nous aperçûmes sur la Havel le château blanc de l'île aux Paons comme un médaillon dans le lointain. Ce qui me donna l'occasion de faire valoir mes connaissances récentes sur Peter Joseph Lenné et ses perspectives.

« Il a toujours envahi la Saxe sans déclaration de guerre », se plaignit plus tard Lisa à propos de Frédéric le Grand.

À Berlin, elle avait aussi un autre rapport avec mes filles. Une inexplicable timidité la tenait à distance, qu'elle n'était pas capable de surmonter, ce qui n'aurait pas été nécessaire non plus si cela ne m'avait pas moi-même inhibé dans les deux directions. Que pouvais-je faire lorsque mes deux filles me prenaient le bras de chaque côté et que Lisa marchait à côté de nous, ce qu'elle faisait sans se plaindre ni faire de reproches. Je ne sais combien de fois j'ai barré et réécrit cette phrase dans mon récit : « Berlin n'était pas fait pour Lisa. »

Nous avions rencontré Gräbendorf au musée, c'était au Gropius-Bau, lors de la soirée annuelle de la Villa Massimo en février. Gräbendorf était presque aussi courtisé qu'un chef d'État. Il nous ignora un bon moment, puis ne sut comment nous saluer, Lisa et moi. Lui et moi ne savions plus d'ailleurs comment nous comporter vis-à-vis l'un de l'autre. On aurait pu croire qu'il se réjouissait de nous voir tous les deux, surtout de nous voir ensemble. Il ne cessait de toucher Lisa ou moi à l'épaule ou au coude.

Lorsque Lisa demanda si elle devait saluer Paulini de sa part, Gräbendorf fit signe que non. Il affirma que Paulini proposait sur sa page Internet les livres qu'il lui avait fait parvenir, des années durant, avec dédicace. Avec la signature et la dédicace, ils coûtaient trois à quatre fois plus cher que neufs.

« Offrir à quelqu'un d'autre ce qu'on a reçu en cadeau, c'est déjà malvenu, le vendre, c'est grave, mais un cadeau que l'on peut encore identifier comme tel, c'est vraiment au-dessous de la ceinture. Et ne me raconte pas, ajouta Gräbendorf tourné vers Lisa, que c'était par erreur. »

« Tu devrais savoir », répliqua Lisa, « que Norbert ne possède plus de livres. Depuis 1990 déjà, il n'a plus de bibliothèque personnelle. Il n'en a pas les moyens. »

Gräbendorf leva les yeux au ciel.

« Je les ai rachetés, et il a eu le toupet de me les expédier », dit-il en s'en allant, après avoir serré la main de Lisa puis la mienne.

« Ne remarquez-vous donc pas tous les deux que vous dites toujours et partout d'abord 'moi' en vous considérant à la troisième personne, comme si vous aviez une statue à votre honneur en perspective ? »

« Quel est le rapport ? » demandai-je. Gräbendorf avait tout de même raison ! Sa sollicitude et sa fidélité me surprenaient, me faisaient honte, même. Je n'avais moi-même jamais envoyé un livre à Paulini !

Ce fut un photographe de Leipzig, que je ne connaissais pas, qui mit un terme à notre différend. Lisa et lui échangèrent des bises, ce qui arrivait rarement à Lisa. Elle se retrancha derrière lui. À plusieurs reprises, je revins vers elle avec quelqu'un pour faire les présentations. Cela semblait plutôt gêner Lisa et le photographe, dont je n'ai pu retenir le nom, et qui chaque fois reculait d'un pas, ce qui ne facilitait pas les choses.

Nous fûmes parmi les premiers à partir. La file de ceux qui attendaient dans le froid dehors avant de pouvoir entrer n'avait presque pas diminué.

« Tout ça est tellement pourri et absurde », dit Lisa tandis que nous attendions notre métro. « On en gave un par-devant et par-derrière, et les autres ignorent comment ils vont s'en sortir. Tout cela n'a rien à voir avec la qualité. »

Comme je savais qu'à ses yeux je faisais partie de ceux que l'on gavait, je me suis tu.

« Pourquoi laisser poireauter les gens dans le froid dehors ? », s'exclama-t-elle.

« À chaque exposition, c'est pareil », répliquai-je. « On ne peut pas en faire entrer plus… »

« C'est lamentable », dit-elle, « pourri et lamentable. »

Nous restâmes silencieux pendant tout le trajet du retour. Moi aussi, je m'étais senti mal à l'aise, mais à cause d'elle. Sauf que je ne pouvais pas demander à Lisa d'avoir une autre impression de la soirée. Je redoutais même que, une fois arrivés à la maison, elle boucle sa vieille valise et monte dans sa voiture.

« Peux-tu t'imaginer Paulini là-bas ? », demanda-t-elle lorsque nous entrâmes dans mon appartement. C'était le « C.Q.F.D. » de Lisa. Après ça, aucune contradiction n'était autorisée.

« C'est possible », ai-je répliqué. « Toujours est-il qu'il ne semble guère supporter que tu sois avec moi. »

Depuis que j'écrivais sur Paulini, je n'étais plus revenu là-dessus, même si cela ne cessait de me travailler et que je m'imaginais souvent ce qu'il arriverait si je le rencontrais par hasard au cours d'une randonnée. Lisa ne releva pas ma remarque.

Comme vous pouvez facilement l'imaginer, mon projet sur Paulini ne me rendait aucunement invulnérable. Parfois, il me semblait même que je me flagellais avec ce sujet. Mais était-ce Paulini qui m'importait ? N'était-il pas plutôt un signe, un code secret, si vous voulez, pour ce qui avait défini notre univers et qui était à présent impitoyablement écrasé ? Je ne parle pas de l'Est, mais des livres en général, de leur valeur et de leur caractère irremplaçable. N'était-il pas vrai que dans les salles de Paulini était rassemblée la littérature universelle, même si c'était en langue allemande ? Et tout un chacun pouvait l'y acquérir. Les plus belles éditions ! Et Paulini, quel qu'il puisse être, mettait son existence au service de cela. Si les lecteurs disparaissaient, il serait le dernier.

Je me sentais pingre et mesquin d'insister pour que Lisa se déclare. Qu'est-ce qui me poussait, me demandais-je, à devoir faire part de notre vie de couple au monde entier ?

Lors d'une de ses visites à Berlin qui se faisaient de plus en plus rares, nous traversâmes le lac Wannsee en bac pour atteindre Kladow et de là, nous rendîmes à Sacrow à l'église du Sauveur qui, sur les reproductions, ressemble toujours à un vapeur du Mississippi à l'ancre. J'aime la vue qu'on a vers Glienicke avec son pont des espions[1], la courbe à droite vers la métairie et les tours du Belvédère. À gauche et à droite de l'entrée de l'église du Sauveur, d'assez longues citations de la Bible sont inscrites dans la pierre. J'avais lu à haute voix le texte du côté gauche en m'arrêtant parfois, car quelques lettres étaient érodées. En revanche, sur le côté droit, le treizième chapitre de l'épître aux Corinthiens, Lisa le lut à haute voix comme un poème. À la lecture, sa voix prenait une autre sonorité, encore plus fervente et plus assurée. Ce fut pour moi comme une mise en garde lorsqu'elle arriva à l'endroit où il est dit : *L'amour use de patience et de bonté, l'amour n'est pas envieux, l'amour ne se vante pas, il ne pense pas le mal, il ne se réjouit pas de l'injustice, mais il se réjouit de la vérité, l'amour supporte tout, croit tout, espère tout, endure tout, l'amour ne cesse jamais.*

Nous nous tenions par la main, et je pouvais sentir comme elle la serrait involontairement plus ou moins fort comme elle le faisait parfois en s'endormant à côté de moi.

En de pareils moments, l'idée que Paulini pouvait nous nuire était tout simplement aberrante. Ou bien au contraire. Car justement elle et moi lui devions beaucoup. Sans lui nous ne nous serions jamais rencontrés.

Curieusement, j'avais du mal à insuffler à mon Paulini ce que j'aurais sans doute attendu le plus de lui en tant que

1. C'était un pont sur la rivière Havel entre l'Est et l'Ouest où avaient lieu les échanges d'espions des deux blocs avant l'unification de l'Allemagne.

lecteur, que chaque livre devienne pour lui un Buisson-ardent. Je savais bien moi-même combien les livres transformaient la réalité, comment leurs personnages entraient dans ma vie, comment je pénétrais dans la vie des personnages. Mais c'est ce que je n'avais jamais perçu chez Paulini. Et lorsque j'ai demandé à Lisa pour quoi Paulini brûlait, quels étaient les livres pour lesquels il se ferait couper en quatre, elle esquiva, comme si c'était une question puérile. Mais elle m'avait compris et j'appréciai qu'apparût soudain une minuscule fêlure qui s'agrandirait, ce n'était qu'une question de temps.

Lorsque j'ai relu les poèmes de Nietzsche du Prince Vogelfrei, je fus animé de sentiments contradictoires. Une grande partie me parut simplement ridicule, et l'instant d'après, je croyais justement y voir quelque chose de génial. Et la même ambiguïté concernait le personnage de Paulini auquel j'avais, il y a longtemps et un peu légèrement, attribué le nom de Prince Vogelfrei. En tant qu'auteur, j'étais effrayé lorsque, en représentant Paulini, je percevais en lui des aspects que je n'avais pas découverts auparavant, ou que je n'avais pas voulu m'avouer. Ils remettaient soudain tout mon projet en question. À moi, l'homme qui luttait pour Lisa, ils étaient bienvenus, car ils contredisaient de façon évidente l'image qu'elle propageait de lui.

Et n'avais-je pas non plus ressenti auparavant une certaine ambivalence ? J'avais rarement abordé Paulini d'une façon calme et détendue. Avec les intervalles de plus en plus importants entre mes visites, j'avais ressenti moins d'assurance, presque de la crainte que j'avais été prêt à réprimer comme un sentiment de culpabilité.

Une fois, j'ai demandé à Lisa si, à part Viola et cette Slovaque, dont j'ignorais tout et que même Lisa n'avait rencontrée qu'une seule fois dans la Pension « Prellerstrasse », il y avait eu d'autres femmes dans la vie de Paulini.

« Norbert est le type d'homme qui plaît aux femmes », prétendit Lisa. Ce que je réfutai. Paulini avait peut-être un buste entretenu par les tractions, mais son visage ressemblait à Burattino, son nez pointu et ses joues bouffies, son menton abrupt et sa chevelure fine et dégarnie.

« C'est un intellectuel, il est charismatique, et si tu l'avais vu au bord de la mer Baltique… »

« Donc il en avait beaucoup ? » Elle ne savait pas. J'appris que la femme d'un officier l'avait déniaisé.

« Pas à l'école des libraires ? » demandai-je. Lisa haussa les épaules. Elle me révéla encore la liaison qu'il avait eue avec la veuve d'un professeur du Weisser Hirsch. Mais aussi bien Hana, la Slovaque, que la veuve du professeur avaient largué Paulini ou au moins pris leurs distances. C'est ce que Lisa avoua indirectement en exprimant son indignation. Alors pourquoi donc Lisa tenait-elle à lui ? Ou était-ce la jalousie qui me faisait voir des fantômes ?

« Quand il était encore à Dresde, il allait régulièrement au bordel. »

« D'où tiens-tu ça ? »

« Parce qu'il me l'a raconté. » Elle avait été la seule à qui il avait pu en parler. Au début, elle n'en avait rien voulu savoir, mais il vivait seul, il ne trompait personne. « Et c'est un type correct », dit-elle. Pendant un certain temps, il a utilisé l'argent qui lui restait encore pour ce genre de visites. Il lui a parlé des femmes qu'il admirait, des femmes qui savaient ce qu'elles voulaient. Il est même arrivé à la convaincre, elle, Lisa, d'y aller une fois.

« Toi ? Chez ces femmes ? »

« Beaucoup d'entre elles sont bi », dit Lisa, « de toute façon, elles le font pour l'argent. » Elle a voulu essayer ça, sans aucune obligation. Mais en fait, elles sont seulement restées allongées l'une à côté de l'autre en se racontant des choses.

Ce soir-là, Lisa et moi nous confessâmes nos amours et nos histoires de lit. Cela faisait quand même presque un an et demi que nous étions ensemble. Malheureusement, je peux aussi devenir jaloux après coup. Chez Lisa, c'était différent. Ses hommes me semblaient plutôt des alliés vis-à-vis de Paulini. Cela vous fait sourire, mais ce n'est pas après coup que j'ai eu cette impression.

Même dans des choses qui n'avaient rien à voir avec Paulini, je percevais son esprit.

Gâter Lisa n'était donc pas chose facile. Au fil du temps, je lui avais offert différents cadeaux, chaussures, draps de lit, deux chemises de nuit, un nécessaire de toilette, des sous-vêtements, des crayons et deux de ces poêles françaises couleur orange qu'elle aimait. Elle ne trouvait pas normal de faire des cadeaux en dehors des grandes occasions. Même à Noël, plus de deux cadeaux, c'était proscrit. Je les avais achetés quand même. Pour Lisa, il me venait toujours une idée.

« J'ai appris avec lui tout ce dont on n'a pas besoin », dit-elle, presque sur un ton de culpabilité, lorsque je lui ai offert une valise pour les voyages à Berlin. Je n'ai pas voulu en faire une histoire, mais mon plaisir fut gâché. C'est seulement lorsque sa Cocotte-Minute a rendu l'âme que j'eus le droit de lui en procurer une autre l'après-midi même.

Lisa ne possédait pas de téléphone portable et refusait d'en avoir un, ce fut en septembre 2018 que j'en ai compris les conséquences. Lorsque nous étions loin l'un de l'autre, nous téléphonions le matin et le soir, parfois même plusieurs fois le soir. Quand elle travaillait tard, elle m'appelait même de la librairie.

Le premier soir où je n'ai pas pu la joindre, j'ai essayé toutes les demi-heures, sans imaginer quoi que ce soit. J'avais préparé une remarque ironique pour montrer que j'étais vexé. À minuit, j'ai commencé à me faire du souci. Je n'arrêtais pas de prendre le portable, comme si j'avais raté un appel, j'ai appelé sans cesse parce que je craignais que Lisa n'osât pas appeler encore si tard. Une vigilance s'était allumée en moi, comme si la vive lumière d'un néon m'éclairait intérieurement.

J'ai dû brièvement m'endormir au matin, mais, quand je me suis réveillé, il n'y avait toujours aucun signe de sa part, rien du tout, aucun courriel. J'ai attendu neuf heures et j'ai téléphoné à la librairie, mais c'était mardi, son jour libre.

Le soir, elle m'a enfin rappelé. Qu'est-ce qui me passait donc par la tête pour traiter de la sorte son répondeur ? Elle avait la visite d'une amie, elle donna un nom, elles avaient passé la soirée ensemble, et ensuite, il était trop tard, elle avait passé la nuit dans l'hôtel où était son amie, et aujourd'hui, elles avaient passé une belle journée. Même en rêve, elle n'aurait jamais imaginé que je fasse un tel cinéma.

Était-ce à moi de m'excuser ? J'étais rassuré et vexé, heureux et désespéré.

Peu après, elle me demanda pour la première fois de ne pas venir, il fallait qu'elle se concentre sur sa mère qui devait bientôt subir une seconde opération, et personne ne savait si elle y survivrait, et dans quel état, le problème était l'anesthésie. Chaque fois que nous avions vu ensemble ses parents, j'avais dû un peu attendre jusqu'à ce que les deux soient à nouveau « d'attaque. » Sa mère m'appelait chaque fois Ilia.

Après sa seconde opération, elle fut prise de crises d'angoisse. C'est pourquoi Lisa couchait dans sa chambre. Elle a pris un congé sans solde lorsque son père a fait une chute et ne put marcher qu'avec une canne. J'ai proposé de l'argent à Lisa. Déjà avec son plein salaire, elle ne pouvait pas faire de folies.

« Arrête de brandir sans cesse ton argent », dit-elle au téléphone, avant de s'excuser aussitôt après, alors nous restâmes silencieux.

En moi crût le désir de déménager à Dresde, malgré mes enfants, pour être près de Lisa. La situation serait clarifiée une fois pour toutes.

Je n'ai pas besoin qu'on se sacrifie, déclara-t-elle.

À Pâques, je fus sans nouvelles d'elle pendant quatre jours. Puis elle sanglota au téléphone. J'ai cru que sa mère était morte. Mais non, elle se faisait plein de reproches. Elle dit s'être sentie au fond d'un trou, incapable de décrocher le téléphone. Elle n'aurait pu, comme elle disait, que se taire dans l'appareil.

Comprenez-moi bien. Quand les choses se gâtaient avec Lisa, l'écriture n'était d'aucun secours. Mais c'est justement en ces jours-là que j'en vins dans ma nouvelle sur Paulini à l'époque, après 1989, où j'avais absolument besoin du concours de Lisa. Et même si je n'étais pas aussi avancé, je savais que j'aurais des difficultés au plus tard pour la période où Paulini était à Sonnenhain. Que restait-il à raconter à son sujet ? Qu'il était assis devant son ordinateur, attendant un client ou une commande ? Et ensuite ? Je ne savais pas ce qu'il lisait, ce qui lui plaisait, de quoi il parlait avec quelqu'un comme Livniak ou si, au fond, il le prenait au sérieux. Et même avant, j'avais des blancs. Surtout, je cherchais des épisodes pour ne pas décrire la RDA comme un crypto-paradis. Mais Lisa n'avait entendu parler d'aucune intimidation et d'aucune visite de la Stasi. Est-ce que Viola leur en avait dit assez ? Est-ce que, vers la fin, la Sécurité d'État ne se préoccupait plus guère des livres ?

Parfois, le fait que j'écrivais sur Paulini me semblait être un secret de Polichinelle. Parfois au contraire, j'étais sûr que Lisa ne s'en doutait absolument pas. Parfois, je considérais mon manuscrit comme un atout dans ma manche, parfois, je redoutais qu'il fût un pétard mouillé.

J'étais de plus en plus souvent tenté de me confier à elle et même de réclamer quasiment sa collaboration. Pourquoi n'y aurait-il pas une relation de travail entre nous deux ? Un jour, elle verrait que je n'avais pas laissé ma jalousie détruire cette histoire. Ou bien même attendait-elle la nouvelle comme une preuve d'amour, dédiée à Lisa Samten ?

Comme je le faisais la plupart du temps quand j'étais à Dresde, j'ai rendu visite à mes parents dans la banlieue sud de la ville. Cette fois, j'ai dû descendre du tram à cause d'une manifestation de Pegida[1]. La foule était beaucoup moins nombreuse qu'au début du mouvement. De plus, il faisait jour, et chacun était reconnaissable. Les gens se saluaient cordialement, les porteurs de pancartes étaient applaudis. Les chœurs, en revanche, comme s'il n'y avait que des voix d'hommes, avaient quelque chose de brutal. Cela tenait-il à l'accent saxon pour prononcer le mot peuple ? Cela ne s'était-il pas passé ainsi à l'automne 1989 à

1. Les Européens patriotes contre l'islamisation de l'Occident, mouvement populiste de droite lancé en 2014 dans les Länder de l'Est.

Leipzig ? Il est vrai qu'à l'époque, je considérais les gens qui criaient comme des protecteurs, des manifestants qui défendaient ma cause. À présent, je me sentais menacé. Même si je n'ai rencontré aucun ancien camarade d'école ou voisin, je savais que certains d'entre eux y défilaient. Lorsque le soir, j'ai demandé à Lisa si elle pouvait imaginer Paulini en manifestant, elle a ri. Il serait parti dès le premier slogan scandé.

« Je n'approuve pas leurs agissements. Mais ce qu'il se passe ici jour après jour, ça n'est pas bien non plus. Et toujours ce consentement, votre consentement à l'état des choses ! » , s'écria-t-elle soudain. « Dernièrement, quelques néonazis de trop, ça fait peur, un peu plus de protection de l'environnement, mais au fond rien à redire. C'est quand même pervers ! » Elle n'y pouvait rien, tout ce qu'elle souhaitait en ce moment, c'était tenir le monde hors de ses quatre murs. Même la radio, elle ne la supportait plus.

« Alors viens avec moi », dis-je.

« Où ça ? » Lisa me fixa d'un air ahuri. Puis elle explosa : ne voyais-je donc pas tout ce qu'elle avait à faire à la maison ? D'ailleurs, il fallait qu'elle retourne au plus vite au travail. Et que diable ferait-elle à Berlin ?

« Tu as tout ! Pourquoi as-tu encore besoin de moi ? Tes enfants préfèrent être seules avec toi, et tes proches pensent que j'ai pêché un gros poisson et que je vais faire du shopping avec ta carte bancaire. Les Paulini, eux, ils n'ont personne ! Pour eux, c'est chaque fois Noël quand j'y suis ! »

Je lui ai demandé ce que venaient faire les Paulini là-dedans. Elle finit alors par dire que Paulini lui avait demandé de leur rendre visite pour l'anniversaire de Julian. « Et bien sûr, il faut que je prépare quelque chose, sinon il n'y aura rien », dit-elle sur un ton de reproche, comme si c'était ma faute. Par ailleurs, il lui avait demandé de l'accompagner à Plottendorf à l'enterrement d'une tante de son ex-femme, pour ne pas se retrouver tout seul face au clan familial de Viola.

« Et ta mère ? »

« Elle pourra bien se passer de moi pendant une nuit ! »

« Vous passez donc la nuit là-bas ? », demandai-je.

Lisa m'apprit plus tard que Julian, dont je ne pensais d'ailleurs guère de bien, pourrait risquer une peine de prison si des témoins maintenaient leur déposition.

J'ai dû poser la question à plusieurs reprises avant que Lisa finisse par lâcher le terme d'« actes de violence xénophobes », signifiant les guillemets avec ses doigts. Elle dit qu'il y avait toujours eu des bagarres entre Allemands et Tchèques dans cette Suisse saxonne. Cela n'était pas nouveau et n'avait rien à voir avec le racisme. Ils se comportaient comme certains supporters de foot.

« Tu lui prépares un gâteau pour le récompenser d'avoir tabassé quelqu'un ? »

Lisa eut une exclamation de mépris et se détourna. Pour la première fois, je me suis demandé si je ne devais pas repartir. Mais en fin de compte, ces histoires désagréables faisaient aussi partie de la nouvelle sur Paulini.

La force d'attraction que j'exerçais sur Lisa parut s'évanouir de semaine en semaine. Pour décrire notre relation, ce sont des comparaisons du domaine de la technique qui me venaient à l'esprit, comme si j'avais besoin d'une « batterie neuve » ou comme si nous avions besoin d'un « nouveau démarrage », d'une touche « reset ». Mais je pourrais dire aussi que Lisa me privait de l'empathie du narrateur. Elle faisait du personnage secondaire le protagoniste. C'est alors sa façon de voir à lui qui paraît soudain plausible, l'intérêt du lecteur se reporte sur lui tandis que le protagoniste initial nous devient étranger, son destin ne nous touche plus.

Lorsque j'ai demandé à Lisa au téléphone d'expliquer pourquoi elle ne s'était à nouveau pas manifestée depuis deux jours, alors qu'elle savait comme cela me paralysait, elle m'avoua sans détour être frustrée par moi, frustrée par mon mode de vie.

Elle refusait ce que j'étais fier de lui offrir, de rendre possible. Au lieu d'aller à des lectures, discussions et réceptions, elle voulait lire ou aller au théâtre. Faire des randonnées plutôt que rencontrer des écrivains et des artistes et être invitée à leurs soirées. Étais-je devenu pour elle un second Gräbendorf ? Pourquoi ne l'avais-je pas vraiment défendu devant elle ? Dans ses essais et ses fragments pour le théâtre, je trouvais pourtant toujours quelque chose qui me parlait et qui me faisait lui pardonner sa façon d'être et l'orgueil qui le rongeait, qui me forçait toujours à la comparaison, à la compétition. Une fois, je fus sur le point de m'adresser à lui. Mais je voulais savoir comment je pouvais retenir Lisa. Je ne voulais pas qu'on me conseille directement ou indirectement de me séparer d'elle.

Je préférais guetter mon téléphone et mon portable, m'enterrer dans le travail, je me lamentais de colère et de désir, parcourais la ville sans supporter d'être nulle part, revenais à la maison où ma main tremblait lorsque je saisissais le téléphone qui clignotait, signalant un message.

Je ne savais pas comment cela allait continuer. Cela changerait-il quelque chose si ses parents mouraient ? Était-ce cela que je devais espérer ? Et où Lisa irait-elle alors ?

Elle m'avait dit qu'elle avait besoin des montagnes, mais surtout de ce qu'on pouvait voir à partir de ses fenêtres. Cette vue faisait partie d'elle. Elle n'y renoncerait jamais de son plein gré. Et qu'arriverait-il si un jour ses parents ne pouvaient plus payer le loyer de la villa ? Ne serait-elle pas obligée de déménager elle aussi ?

Chaque fois que je me taillais les ongles, je me demandais ce qu'il en serait de nous deux la prochaine fois où je me les taillerais. Je dus m'avouer que c'était seulement pour la taille des ongles des pieds que j'avais eu recours auparavant à de telles périodisations. Ou avec le rendez-vous chez le coiffeur. Si ça n'allait pas bien entre nous, je savais que cela irait bientôt mieux, si ça allait bien, je savais que cela ne durerait pas longtemps.

Lorsque Lisa revint enfin à Berlin, elle déclencha une dispute. D'abord, elle me parut métamorphosée, elle était douce et tendre et me remercia pour l'appartement propre et rangé et pour lui avoir réservé un si bel accueil. J'ai dit que je transmettrais ses remerciements à Tatania et sus au moment même où je le disais quelle fatale erreur j'avais commise. Pendant toute la soirée, Lisa ne cessa de demander pourquoi un homme fort et en bonne santé comme moi engageait une femme de ménage. Je lui opposai que tout dépendait combien on paie et quel rapport on a, que c'était une forme de division du travail et que cela ne serait pas aider Tatiana si je ne la faisais plus venir…

« Tu entends ce que tu dis ? », s'écria Lisa. « Tu la fais venir ! Tu ne remarques pas la brutalité de ta conduite ? »

Et pour couronner le tout, elle mit sur mon compte et celui « des gens dans ton genre ! » la responsabilité de la colère et de la révolte qui ne faisaient que commencer. J'ai refusé de parler avec elle sur ce ton.

« C'est de ta faute, c'est de la faute de Gräbendorf, de toute cette *mischpoke*[1] littéraire… » Elle s'interrompit. « Je retire ce terme », dit-elle. « Je voulais dire cette racaille littéraire. »

Son postulat était que les véritables écrivains étaient seulement ceux qui ne voulaient pas l'être, comme Kafka ou Emily Dickinson. Celui qui écrit en songeant déjà à l'audience du public serait un roi Midas chez qui tout ce qu'il regarde et touche se figerait et dépérirait, même s'il amasse de l'argent avec. Celui qui n'est pas prêt à mener sa vie sans arrière-pensée et dans la vérité, mais qui commence à calculer, ne saurait passer pour un artiste et est ridicule. Elle répéta : « La condition préalable d'une œuvre d'art, c'est une vie dans la vérité. » Qui ne s'y soumet pas n'a pas besoin de prendre la plume.

« Non seulement tu répètes sagement les phrases de ton maître, mais tu les énonces déjà à sa manière », dis-je, et je dus me retenir de claquer la porte.

Elle m'a suivi sans interrompre son discours. L'un de nous s'était-il jamais vraiment exprimé quand quelque chose le heurtait profondément ?

« Quand quelque chose ne me convient pas, je le dis », répliquai-je, « et même en public, tu le sais ! »

« Mais il y a des tas de choses qui te conviennent ! Tu as assez d'argent, tu peux écrire n'importe où et dire ce que tu veux, parce qu'ils savent que tu sais jusqu'où tu peux aller. Ah, arrête, d'ailleurs qu'importe ce que tu dis, mais comment tu vis ! Le changement, c'est seulement ce que tu ressens ici même où tu te tiens. » Puis elle ajouta que d'après

1. Ce mot (désignant la famille, la société, en yiddish) a pris un sens péjoratif et une tonalité antisémite.

mes critères écologiques, c'est justement Paulini qui est le héros, car Paulini ne conduirait jamais une voiture toute sa vie durant, de même qu'il ne prendrait pas l'avion. Rien que pour ça, on devrait lui verser une mensualité. Je me suis bouché les oreilles. Vraiment, je ne pouvais plus l'entendre.

Pour finir, nous étions assis aux deux extrémités de mon large divan sans rien dire. Lisa s'endormit même et se réveilla un moment en sursaut. Elle demanda quelle heure il était. La nuit tombait. Lisa ôta son corsage et son pantalon, vint vers moi et voulut s'asseoir sur mes genoux.

« La paix », dit-elle.

« Maintenant, je ne peux pas », dis-je.

« Si », fit-elle.

Lorsque, quelques jours avant son anniversaire, elle tenta de m'expliquer au téléphone pourquoi il vaudrait mieux que je ne vienne pas à Dresde, j'ai raccroché. Je n'ai pas non plus décroché quand elle a rappelé pour m'enjoindre sur le répondeur de décrocher. « Je t'en prie, décroche ! Maintenant tu décroches le téléphone, s'il te plaît ! » Au quatrième ou cinquième appel, je l'entendis pleurer. Ce n'était pas des pleurs, mais un gémissement. L'enregistrement s'interrompit au bout de vingt-cinq minutes sur un sanglot.

Une sentence de la Bible dans l'église du Saint-Sauveur à Sacrow me vint à l'esprit, l'amour n'exige rien, l'amour croit tout, supporte tout, ne finit pas. Je n'eus pas la force de rappeler Lisa. J'ai mis le téléphone en sourdine et j'ai quitté la pièce.

Pour son anniversaire, je suis allé à Dresde. Je m'étais borné à un cadeau, une montre-bracelet Rolex en or pour homme, soixante ans d'âge. Autrefois elles avaient la même taille que les montres de femme et étaient très belles, en rien comparables aux affreux modèles actuels.

Ce cadeau était non seulement cher, il répondait aussi à ses exigences : il était réfléchi et bien choisi et lui allait comme un gant, le bracelet également. J'ai téléphoné à la librairie, mais c'était son jour de congé. Quand je suis arrivé au Weisser Hirsch, son père m'a ouvert au bout d'un long moment. Il s'excusa, lui non plus n'avait pas encore vu sa petite Lisa, mais à la fermeture des magasins, elle rentrerait vite à la maison, et là, il y aurait sûrement une fête d'anniversaire, il en avait toujours été ainsi. Et ce serait bien si je restais comme invité, il me proposa même d'attendre dans la maison. Il n'avait toujours pas de rides aux joues, et autour de son menton, la peau était bien lisse. Ses yeux s'étaient enfoncés. Ou bien était-ce son front qui se bombait ?

Il me parla de son jardin d'hiver, des figuiers, leur dessert qu'ils y cueillaient chaque dimanche.

Je lui ai demandé comment ils allaient, lui et sa femme, s'il avait surmonté les suites de sa chute.

« Oh, on arrive toujours à s'en tirer », répondit-il. Et si quelqu'un faisait les courses pour eux, ils pouvaient venir à bout des tâches quotidiennes. Il y trouvait même du plaisir, ce qu'il n'aurait jamais imaginé. Sinon il s'y serait déjà intéressé auparavant. Quand je lui ai demandé s'il faisait aussi la cuisine, il dit : « Notre petite Lisa va déjà avoir cinquante-six ans. » En disant cela, sa tête balança lentement jusqu'à s'immobiliser comme une branche d'où un oiseau vient de s'envoler. Il avoua souhaiter de tout son cœur que la petite Lisa trouve enfin quelqu'un avec qui elle pourrait être heureuse, car il serait quand même temps.

Même si je croyais savoir quelle importance je devais accorder à son bavardage, j'eus la gorge nouée.

« Et où habitez-vous ? », demanda-t-il.

« Berlin », parvins-je à lui dire, sur quoi il me jeta un regard perçant.

« Berlin », fit-il à voix basse. « Elisabeth veut changer. »

Je lui demandai ce qu'il entendait par là.

« Ma petite Lisa dit vouloir rester ici. Mais le vestibule est déjà rempli de cartons. »

Je les avais effectivement remarqués auparavant, mais sans plus y prêter d'attention. Je promis au père de Lisa de ne pas manquer la fête d'anniversaire et je pris congé. Deux cartons de déménagement étaient entreposés à côté de l'escalier. Le manche de la poêle orange dépassait de celui du dessus.

Je n'avais pas voulu le savoir, à présent je le savais. Dans le miroir au-dessus de la commode de l'entrée, la jalousie me fixa droit dans les yeux. C'était comme sept minutes avant la fin d'un film policier, quand soudain les commissaires comprennent qui est le coupable et foncent à toute vitesse à pied ou en voiture pour empêcher un autre meurtre au dernier moment. Je suis parti aussi en hâte mais j'avais oublié qu'il y avait à nouveau des travaux sur la route de Pillnitz et, à peine avais-je dépassé la place Körner, je me suis retrouvé dans un embouteillage. J'eus le sentiment qu'on me retenait intentionnellement, comme si je devais m'attarder ici un moment pour admirer le quartier huppé de Loschwitz. Bien sûr, je le connaissais d'autrefois et des promenades avec Lisa. Il me parut cette fois irréel, comme dans un rêve. Aucune maison qui ne fût rénovée, aucun jardin qui ne fût soigné, décor paradisiaque pour un film en costumes. Jamais je n'avais vu autant de gens travailler le long de la clôture de leur jardin. Ils sarclaient les mauvaises herbes ou coupaient les branches qui dépassaient. Tout ce qui dérangeait cet ordre idéal devait être ressenti comme gênant.

La dernière fois que j'avais fait seul ce trajet, n'existait encore que le prologue en forme de légende de ma nouvelle sur Paulini. Ne manquaient à présent que trois ou quatre chapitres au maximum.

Aussi irréprimable que le néon de mes nuits de veille quand Lisa disparaissait, était à présent allumé en moi un autre état de veille qui prédisait une fin, d'une façon ou d'une autre. Je m'imaginais comme un Indien partant à l'attaque sur son cheval, plaqué sur l'encolure. Ou au moins comme la cavalerie prussienne montant à l'assaut.

À la lumière du jour, la façade de la maison de Paulini avait un air miteux. Devant, une petite Opel blanche de la Solidarité populaire était garée. Est-ce qu'on apportait des repas à Paulini ?

Il est possible que j'abuse de l'adjectif « irréel ». Mais depuis que Lisa avait refusé que nous rendions visite ensemble à Paulini, le spectre d'une rencontre avec le seigneur des livres ne cessait de me hanter. De plus, je me retrouverais face au héros en chair et en os de mon récit.

Effectivement, c'était un peu comme dans un film policier. Même du dehors, on pouvait entendre deux hommes se disputer. Soudain la porte claqua en faisant sonner la cloche, et Juso Livniak apparut. D'un geste brusque, il ouvrit la portière de l'Opel et partit en direction de Sebnitz. La porte était entrouverte, j'ai frappé.

« C'est fermé ! » cria Paulini. J'ai sursauté quand la cloche a sonné à nouveau avant que je referme derrière moi. Paulini a dû dresser l'oreille un moment.

J'ai entendu le bruit d'une chaise puis des pas et j'ai dépassé la paroi du vestiaire. J'ai voulu dire quelque chose pour atténuer la surprise de mon arrivée mais je fus subjugué par la clarté de la pièce et le spectacle des livres. Il sera difficile de décrire fidèlement cela.

« Je ne viens pas au bon moment ? », demandai-je en parlant assez fort pour que, s'il y avait encore quelqu'un dans la pièce, il ou elle serait aussi obligé de m'entendre. Paulini fit volte-face.

« Tiens donc », dit-il en se dirigeant vers moi. « Vous avez enfin trouvé le chemin pour venir ici. »

Il descendit d'un bond de son estrade, je fus surpris par son agilité.

« Les anciens clients ont bien sûr le droit d'entrer sans s'être annoncés. Ou bien n'est-ce pas pour moi que vous venez ? Nous sommes seuls, c'est trop tard pour la fête. »

Il me tendit la main, je lui tendis la mienne.

« Lisa me parle toujours beaucoup de vous. Vous ne voulez pas vous asseoir ? En fait, nos conversations tournent souvent autour de vous. » Il montra le fauteuil en cuir où trônait autrefois Scheffel. « Mais on peut aussi aller chez moi, là vous pourrez fumer. Café ? – C'est pour Lisa ? », dit-il en désignant le petit paquet que je tenais dans la main.

« Elle n'est pas ici ? », demandai-je.

« Non, elle est allée chez ses parents. Pour son anniversaire, ils souhaitent faire une fête comme autrefois ».

« Mais elle était ici ? », demandai-je bêtement.

« Vous ne voulez pas savoir non plus combien de temps ? Depuis hier soir, si ça vous intéresse. Accordez-nous une petite demi-heure. Et goûtez au gâteau de Lisa. Faites-vous partie maintenant de ceux qui disent "délicieux" quand ils trouvent que quelque chose est bon ? »

Plutôt qu'avec moi, Lisa avait fêté son anniversaire avec Paulini et son commis. En fait, j'en savais assez. Ou bien me trouvez-vous mesquin ? J'aurais voulu hurler de rage. On avait dû se croiser sur la route, Lisa et moi. Mais cela changeait quoi ? J'aurais pu alors partir, soit pour arriver comme hôte non désiré chez Lisa et ses parents, soit pour retourner à Berlin, où d'ailleurs je ne trouverais pas de repos. La table sur l'estrade était mise pour trois personnes, au milieu trônait l'éternel kouglof de Lisa.

« Vous êtes malheureux », dit Paulini. Il débrancha une bouilloire électrique en verre à l'allure futuriste qui éclairait l'eau en bleu et rouge. « Personne ne le comprend mieux que moi », ajouta-t-il en poussant un soupir.

À l'exception d'une assiette, il débarrassa le service. Il déposa le tout dans un profond évier carré et tira tasses et cuillers d'une étagère qui s'étalait de l'autre côté de la paroi du vestiaire. Bien que ses cheveux fussent peignés de telle sorte qu'ils semblaient flotter vers l'arrière quand il marchait, on avait l'impression d'une tête réduite par rapport à ses larges épaules.

« Le chagrin vous a-t-il rendu muet ? N'attendez pas de ma part une mauvaise conscience. Ce n'est pas moi qui ai tenté d'arracher Lisa d'ici. »

Paulini ouvrit une boîte décorée de perroquets, souleva le couvercle et versa le café dans un grand récipient en verre. La courbe athlétique de sa blouse me sembla soudain familière.

« Vous faites combien de tractions à présent ? » Quelle question idiote. Je voulais juste dire quelque chose sans rapport avec moi.

« Soixante-dix le matin et soixante-dix à un moment dans l'après-midi, je bouge trop peu. » Contrairement à moi, il n'avait pas besoin de parler plus fort que d'habitude pour couvrir le bruit de la bouilloire.

« On peut bien se passer de musique », fit-il quand nous nous mîmes à table. Paulini rapprocha la cafetière.

« Savez-vous comment on appelle cet appareil si utile ? “French press”, comme s’il n’y avait plus de mot allemand. “Cafetière à piston” est quand même plus chouette. Mais il faut que ce soit en anglais. Et là, encore “french” ! Des deux mains posées l’une sur l’autre il commença à appuyer sur la boule de sa “french press”. Mais c’était à peine perceptible, si bien que j’ai cru d’abord qu’il demeurait dans cette pose.

« J’avais vraiment espéré que vous viendriez plus tôt. Honnêtement, je dois dire qu’aller vous voir à Berlin me semblait un peu ridicule. Mais vous, si j’ai bien compris ce que m’a dit Lisa, vous êtes constamment passé près de chez moi lors de vos promenades. »

« Nous croyions devoir vous ménager », dis-je en fixant comme lui la cafetière.

« Lisa pense toujours devoir ménager tout le monde. Vous aussi devriez être ménagé. Comme si la vérité était une déception. Une dé-ception, répéta-t-il avec une pause après la première syllabe. « Alors que les déceptions sont la seule chose qui éclaircisse le regard. Il sera peut-être un peu fort. » Paulini ôta ses mains du pommeau qui n’avait guère bougé.

« Vous m’avez profondément déçu, cher Schultze. Vous m’avez presque anéanti, autrefois, lorsque vous vous êtes éloigné et avez gaspillé votre énergie et votre talent pour cette feuille de chou. Tous sont partis. Vous n’étiez pas une exception. – Non, non, pas d’excuses, ce n’est pas ça que je veux dire. Aujourd’hui, je vous comprends. Je vous comprends peut-être mieux que vous-même. » Avec le pouce, il se massa la paume de sa main gauche.

« S’il n’y avait pas eu la librairie… » commençai-je. Il hocha la tête d’un air agacé.

« Ce n'est pas ça que je voulais dire. Je ne suis pas déprimé, encore moins cassé, comme Lisa le redoute toujours. S'il n'y avait pas eu Lisa, je ne vous aurais jamais pris en main, vous et ce pauvre Gräbendorf, une erreur, comme je peux vous l'assurer. Nous avons d'ailleurs un livre d'or, encore une invention de Lisa – bon, juste si vous avez envie. »

Avec un couteau de cuisine, il coupa une part de kouglof qu'il saisit entre la lame et le bout des doigts pour la déposer sur mon assiette.

« Je n'ai pas besoin de vous raconter ma vie. Mais vous ne devriez pas vous tourmenter inutilement. Moi et Lisa, c'est terminé, une fois pour toutes. Aujourd'hui, vos problèmes, c'est du passé. »

Il déposa une plus grosse part de gâteau sur son assiette, se frotta les mains et les reposa l'une sur l'autre sur le pommeau de la cafetière à piston.

Nous observâmes un moment de silence, puis je demandai si à son avis Lisa et lui formaient un couple, s'il l'avait ressenti ainsi.

« Ressenti ? C'était ainsi, non, plus-que-parfait, cela avait été ainsi. On devrait garder l'annonce des décisions pour les jours de fête. Aujourd'hui, j'ai conseillé à Lisa de partir à Berlin, donc de s'installer chez vous. »

Ses mains pressèrent soudain vers le bas, il y eut un gargouillis dans la cafetière, et du café jaillit du bec verseur.

« Zut ! », s'exclama Paulini en riant. Sans se soucier des éclaboussures sur la table, il souleva sa soucoupe, se versa une demi-tasse, puis me servit avant de finir de remplir sa tasse. Apparemment, il ne voulait pas que son invité ait du marc de café dans sa tasse.

« Si Lisa avait accepté ma demande en mariage, je veux dire autrefois, il y a plusieurs années », Paulini se passa la main sur son épaule droite, comme s'il se débarrassait de quelque chose, « si nous avions eu des enfants ensemble, ce serait différent. Mais elle était trop jeune et moi trop bête, je suis tombé sur la mauvaise femme. Je n'ai jamais eu beaucoup de chance, jusqu'à ce que je découvre les filles, mes putains. »

Je l'ai laissé parler. Tout m'était indifférent.

« Je préfère dire filles même si à présent on ne parle que des "girls". On n'a pas non plus le droit de parler de ça, mais la plupart, je les trouve intéressantes, je dois le dire. Les exceptions confirment la règle. Elles peuvent vous apprendre pas mal de choses. N'ayez crainte, je ne suis toujours allé que chez des Allemandes, il y avait certes de temps en temps une bouchée au chocolat, mais dans le fond toujours chez les Allemandes parce que je savais qu'elles font cela parce qu'elles n'ont pas envie de faire autre chose. Mes filles le savaient déjà à l'époque : pas de Canaques, pas de Noirs et en général attention aux étrangers, les étrangers au pis-aller. Les filles, elles savaient ça avant tous les autres. Pourquoi ne mangez-vous pas ? »

« La dernière fois, on se tutoyait, prince Vogelfrei », fis-je.

« Ah, un nostalgique ! Mais ce n'est pas comme ça que vous vous ferez bien voir. Le vous confère d'emblée un certain niveau à toute conversation, ne trouvez-vous pas ? »

Les coudes appuyés sur le bord de la table, il ouvrit grand la bouche et y fourra un gros morceau. Les fourchettes à dessert étaient celles de Lisa, tirées de la même boîte de douze et portant le même monogramme que les autres couverts. Lui avait-elle donné la moitié ? Ou seulement apportée pour l'anniversaire ?

« Je pensais », poursuivit-il tout en mâchant, « qu'avec Lisa tout trouverait enfin sa place. Elle m'a raconté à votre propos la même chose que vous avez sans doute entendue me concernant. Sauf que je n'ai jamais cru qu'entre vous deux », sa fourchette me désignait ainsi que la chaise vide, « cela se passerait de façon platonique, Lisa n'est pas faite pour ça. Vous n'êtes pas obligé de commenter ! Au fond, ce n'est pas grave. L'essentiel, c'est d'être concentré sur l'affaire. Sauf que penser à un autre en baisant, ce ne serait pas correct. Mais aucune n'est assez bête pour en parler en plus. Bon, ne faites pas comme si je vous avais coupé l'appétit. Entre Lisa et moi, c'est terminé. Tout ça, c'est du passé. Et j'ai tout lieu de supposer », poursuivit-il mais il se tut parce qu'il avait un trop gros morceau dans la bouche. À la place, il leva sa fourchette comme pour annoncer qu'il voulait continuer à parler. Il mastiqua, la tête inclinée tout en chipotant dans son assiette. Comment donc Lisa pouvait-elle le supporter pendant tout un repas, elle qui tenait la carte du menu comme une cantatrice d'oratorio sa partition ?

« C'est génial, le glaçage, quand il y a beaucoup de citron, pas vrai ? Quand il est aussi épais. La pâte n'a pas besoin d'être sucrée, mais le glaçage dessus… » Il partit d'un petit rire, comme s'il venait de penser à quelque chose de drôle. J'ai reculé ma chaise pour m'en aller. Ce n'était pas seulement Lisa. Mon récit aussi était pour ainsi dire fichu.

« Je vous en prie », dit Paulini, « ne soyez pas puéril. Quand parlerons-nous ensemble à nouveau ? Vous savez bien vous-même que cela n'est pas aussi douloureux que vous le pensez maintenant. C'est à autre chose que je songe. » Il repiqua dans son gâteau.

« Et à quoi ? », lui demandai-je.

« Lisa a fait quelques allusions. Vous écrivez sur moi ? Un pavé assez long, même ? »

« Lisa ? »

« Qui d'autre ? Vous avez dû cuisiner la pauvre Lisa selon toutes les règles de l'art. Pourquoi ne venez-vous pas me voir ? Vous êtes poltron ? »

Il me jeta un bref regard en esquissant un petit sourire en coin. Ravi de m'avoir pris de court.

« J'ai trouvé ça effronté », dit Paulini. « Oh, on devrait boire, avant que ça refroidisse. » Il versa du lait dans son café, saisit sa tasse sur les bords avec le pouce et l'index et la leva en ma direction. J'ai bu moi aussi.

« Mais qu'est-ce que vous imaginez ? Peut-on tomber plus bas que quelqu'un qui entreprend cela ? Pourriez-vous imaginer que moi, qui dois être la victime de vos manigances, prenne un couteau comme celui-ci pour vous l'enfoncer quelque part ? Et le mal que vous causez à Lisa avec ça ? »

« Vous croyez que j'écrirais du mal de vous ? »

« Il ne s'agit pas de ça. Mais que vous écriviez sur moi. Que vous vouliez me mettre quelque chose sur le dos... »

« Ce n'est pas ce que vous pensez. » Un instant, j'ai effectivement redouté qu'il commette une bêtise.

« Pas ce que je pense ? » Paulini éclata de rire. « C'est sûr et certain ce que je pense, vous n'y pouvez rien, mais vous ne pouvez rien faire non plus pour l'empêcher. Et je ne lirai certainement pas votre ouvrage. C'est bien cela que vous voulez, être lu. C'est exactement ce que nous disons toujours, cette prétention à nous imposer votre conversation, nous cerner avec votre jugement, nous enfermer dans une arène où nous devrions alors lutter. *Morituri te salutant !* Non, monsieur le grand écrivain, nous n'y participerons pas plus longtemps. »

Paulini se leva, saisit sa chaise par le dossier, la retourna et la passa entre ses jambes, le dossier devant lui. Cela semblait être un truc bien mis au point.

« Donc », dit-il en posant ses bras sur le dossier, « je passe sur la préhistoire, il y aurait trop de choses à vous balancer à la figure, pierre après pierre, la trahison de vos origines, de vos amis et de vos soutiens, de l'univers intellectuel, etc., etc., de tout ce qui compte à vos yeux, comme Lisa ne cesse de le souligner. J'ignore combien de choses vous voulez encore écrire ou avez déjà écrit à mon sujet, vous êtes travailleur et talentueux, je n'ai aucune intention de vous dénigrer. Mais où tout cela peut-il mener, ça reste un mystère pour moi. »

« C'est quelque chose impossible à savoir quand on commence. »

« Sage, très sage, le génie se fie au but que lui donne le texte, ou, comme notre ami Gräbendorf aime à le dire, c'est le texte qui le choisit, c'est le texte qui demande à être écrit. Cela fait pas mal d'élus… » Paulini s'esclaffa, un hennissement que je ne connaissais pas chez lui et qui laissa voir des trous derrière les canines supérieures. « Peut-être voulez-vous montrer le monstre qui est assis en face de vous ? Peut-être voulez-vous édifier un monument à celui dont vous êtes le disciple… »

« Vous me surestimez – et vous vous surestimez aussi », l'interrompis-je.

« C'est mon affaire. »

Il fit un mouvement, comme un cavalier se soulevant de sa selle, saisit sa tasse par-dessus le dossier et la vida. Puis il nous resservit.

« Je me demande si je dois vous le dire », reprit-il en arborant un sourire malicieux. « Si je vous mets en garde, vous en tirerez profit. Comme vous voulez me nuire, je serais malavisé de vous protéger des dommages, en quoi en fin de compte je me nuirais à moi-même, indirectement j'entends. »

« Pourquoi aurais-je l'intention de vous nuire ? », demandai-je.

« Parce que je suis dangereux, un monstre. »

« Contre qui êtes-vous en colère ? L'Ouest ? Dieu ? La gauche qui n'existe pas ? L'esprit universel ? » Je voulais riposter. Je ne voulais pas me laisser faire comme un écolier.

« Je suis en colère contre ceux qui s'érigent en Dieu, en l'esprit universel et leurs nombreux petits acolytes. Du reste, vous ne pouvez avoir Dieu sans le diable. Et tous deux ont des cohortes sous leurs ordres. En les lumineuses cohortes, ils croient, les malins, les éclairés, les pénétrés d'eux-mêmes, mais en les sombres cohortes, ils ne croient pas. Ils en nient l'existence, ces fous. »

Je ne fis aucun commentaire et me versai du lait.

« Il est tiède à présent », fit-il en reposant sa tasse. « En tant que mon élève, je voudrais attirer votre attention là-dessus, avant que vous ne fassiez vous-même cette cruelle expérience – , oh non, je suis certain que vous avez déjà été confronté à cette expérience, mais vous l'avez oubliée, elle vous a échappé… » Paulini sourit. Il semblait prendre plaisir à faire défiler ses pensées devant moi.

« Vous voulez me menacer ? », demandai-je, espérant qu'il le prendrait comme une remarque en passant.

« C'est vous qui menacez. Cessez d'inverser les rôles. Quand donc vous ai-je menacé ? Vous ne dites rien ? Vous voyez ! La première chose que vous avez apprise chez moi, c'est que la littérature n'aime pas les choses univoques. Nous parlons ici de littérature, pas de niaiseries, entendons-nous bien. Ou bien vous écrivez une niaiserie, parce que vous voulez montrer un monstre. Ou bien vous serez obligé de regarder de plus près ce qui me concerne. Si vous ne trouviez rien, vous devriez inventer quelque chose pour restituer toutes mes facettes... Et pour ce qui vous concerne, l'auteur et narrateur, peu importe si vous vous y faites intervenir ou si vous évitez de le faire, des doutes seraient bienvenus, des doutes profonds. Que vous le vouliez ou non, vous devez également vous remettre en question, comme vous l'avez formulé vous-même. Vous voyez ce que j'ai appris de vous... Non, contre vous ! », s'exclama-t-il avec un claquement de langue, « c'est comme ça que ça marche ! Mais si vous voulez faire quelque chose, vous ne pouvez pas vous remettre vous-même en question. Si vous voulez avoir du succès, vous devez être clair, vous devez savoir d'où vous venez, qui vous êtes et ce que vous voulez. Et surtout vous devez savoir qui sont vos ennemis. »

« C'est une vieille rengaine », répliquai-je. « Mais quelqu'un ne vient-il pas de me mettre en garde : l'univocité serait mortelle, littérairement mortelle ? »

« La littérature et la vie, ce n'est pas la même chose, pour le dire sans ambiguïté. »

« La littérature a besoin d'ambivalence, mais dans la vie elle n'est pas à sa place, c'est cela que vous voulez dire ? »

« *Sapere aude !* Vous commencez à faire fonctionner votre entendement. »

« Mais vous vivez pour la littérature, Prince Vogelfrei ! Le plus célèbre lecteur à la ronde ! »

« Vous pouvez l'avoir, votre lecteur, je vous l'offre », dit-il. « Servez-vous ! »

Je ne comprenais pas.

« Tout ce qui est ici ! Je vous l'offre ! Lisa n'en veut pas, et Julian ne peut pas, quant à Juso et sa *mischpoke* bosniaque, on leur dira bientôt de partir, ce que personnellement je regrette mais approuve fondamentalement. »

Il sourit, semblant se régaler de l'effet de ses paroles.

« On n'a jamais fini d'apprendre, pas vrai ? Lisez ! Lisez jusqu'à votre fin dernière ! Occupez vos gens avec des livres, tant qu'ils sont capables de lire. Allez ! Cela en fera moins pour nous barrer la route. Les chiens de chasse jouent encore dans la cour, mais le gibier ne leur échappera pas, qui parcourt déjà les forêts, hein, qui a dit cela ? »

« Vous voulez renoncer à votre librairie de livres anciens ? »

« Y renoncer, vous ne comprenez rien ! Comprendre les livres signifie dépasser les livres. »

« Que voulez-vous ? »

« Encore une question livresque. » Paulini hocha la tête. « Chaque réponse apportée est aussi bonne que l'autre. Vous avez le choix. Vous-même prétendez que je suis un hors-la-loi comme Vogelfrei. Si chacun a le droit de me chasser, alors je prends la liberté de chasser un peu, moi aussi. Pour la liberté, pour le bonheur des Allemands. Les uns veulent la révolution ou je ne sais quel espoir, que la vie revienne dans la baraque, ne pas rester traîner à la maison avec le même homme et la même femme. Les réponses sont dans la rue. Choisissez celle qui vous convient, mais allez-y, c'est l'acte qui est la réponse. »

« *Faust*, première partie, dans le cabinet d'étude », répondis-je.

« Je vous le dis, à vous de choisir ! »

« C'est au-dessous de votre niveau, Norbert Paulini », dis-je. J'ai dit cela parce que je n'avais rien su dire d'autre. Peut-être était-il au-dessus de mon niveau. Il souriait, penché sur son assiette, ramassant les grosses miettes en les écrasant avec sa fourchette. J'ignorais ce qui allait s'ensuivre. Être assis devant quelqu'un qui suit une autre logique, et même qui, selon moi, a renoncé à toute logique et vous présente cela comme le summum de la sagesse, comment réagir à ça ? Et Lisa grimpait dans le lit de ce type ?

« Regardez-moi », dit Paulini. « Je trouve qu'on devrait voir en quelle super forme je suis. N'est-ce pas ? Je pourrais donc vous répondre : ma vraie vie. C'est ce que je veux. Ce n'est que lorsqu'on est prêt à renoncer à tout qu'on accède à la liberté. »

Je n'ai pu m'empêcher de rire.

« Si ce n'est pas une sagesse livresque... »

« Ce qui compte, c'est l'action. Car c'est seulement maintenant que je suis un vrai Prince Vogelfrei, pas dans le monde des livres, pas dans la vie intellectuelle, je suis le véritable Prince Vogelfrei, celui qui peut faire ou non selon son bon plaisir. Tout à l'heure, je ne l'ai formulé que comme une demande. Maintenant, je dis les choses clairement : vous ne publiez rien sur moi. Point. Parce que je ne le veux pas. Point. Je dis aussi : si je ne le veux pas, vous ne publiez plus rien du tout, plus jamais. Mais vous n'avez pas une telle importance. Ne me regardez pas comme ça. Ce que peuvent les ayatollahs, nous le pouvons depuis longtemps. Sauf qu'on n'en fait pas tout un cinéma avant. Vous n'êtes pas obligé de le croire. Je ne suis pas aussi mesquin. Vous le sentiriez passer, juste brièvement, nous ne torturons personne. Mais je pense que vous devriez le savoir. »

Que me restait-il d'autre à faire qu'à me lever et partir ? C'est facile à dire. Cela demanda de l'énergie, réclama toute ma force pour me lever et pour descendre de cette estrade. Rien que de mettre un pied devant l'autre me fit du bien. Le double tintement de la cloche – et j'étais libre.

J'ai roulé, sans écouter la radio ou mettre un CD, je ne voulais rien dire, je ne voulais rien entendre, le silence. Dans ma tentative de comprendre Lisa et Paulini, je m'étais moi-même rapetissé, mortifié, pour me forcer à entrer dans cet univers intellectuel lilliputien, parce qu'ils voulaient vous faire croire qu'ils étaient les vrais géants !

J'avais voulu dresser un monument à cet habitant de Dresde, montrer aux gens de l'Ouest où vivait la vraie culture, et ennoblir en passant mon origine. À nous autres, gens de l'Est, j'avais voulu redonner conscience de notre propre histoire. Mais c'était méconnaître Paulini et méconnaître à quoi le prédestinait ce que nous admirions en lui : délire de domination, arrogance, regard d'en haut. J'avais raté un manuscrit par amour pour Lisa, dans l'espoir d'une continuité dans mon existence. Mais moi aussi, j'avais succombé à cet orgueil démesuré. Car quoi d'autre que surestimation de soi-même et prétention avait été cet espoir de pouvoir mettre en œuvre, utiliser mon écriture pour quelque chose, même si ce quelque chose était l'amour. Quelle erreur, quelle trahison ! Si j'étais croyant, je devrais remercier Dieu pour le châtiment, claquant des dents, le visage dans la poussière.

Vous devinerez ce qui se passait en moi. Je m'enfuyais dans un long tunnel silencieux. Fini ! – c'était ma seule pensée. Fini !

Lorsque je vis le panneau indiquant Berlin, ce fut comme si le toit de la voiture s'envolait et, malgré la pluie et les nuages, j'ai vu les étoiles. J'ai pensé à des tas de choses, à mon rendez-vous chez l'opticien, au cadeau d'anniversaire pour ma fille aînée et que demain, au retour des courses, je devais enfin passer chez le cordonnier pour récupérer mes souliers marron. Il était temps de commencer une nouvelle vie. Sans Elisabeth Samten. Sans récit sur Paulini. Quelle libération ! Quelle liberté !

Au bout de deux jours, tout était comme avant, sauf que c'était encore pire. Comme auparavant, je guettais mon téléphone et mon portable, résolu à refuser l'appel de Lisa. Comme auparavant, je tentais de me plonger dans le travail, mais sans savoir dans lequel. Comme auparavant, je pleurais de rage et de nostalgie. Comme auparavant, je parcourais la ville. Si je m'arrêtais quelque part, je perdais patience quand l'addition tardait à venir. Comme auparavant, je m'efforçais d'être impassible quand j'entrais chez moi, comme auparavant, ma main tremblait quand je saisissais le téléphone qui clignotait, signalant un message. Mais Lisa n'appelait pas. Elle ne voulait tout simplement pas appeler ! Même si personne ne lui avait parlé de ma visite, il aurait été temps qu'elle m'appelle. Et chaque heure où elle me refusait un appel était un triomphe de Paulini. Une victoire sur moi. Son rire sarcastique résonnait jour et nuit dans mes oreilles. Avait-il repoussé Lisa pour l'avoir maintenant complètement à lui ? J'étais intérieurement à bout, vous comprenez ? Comment vivre avec cet affront ? Et où investir mon amour ? Comment m'en débarrasser ?

Nouveau était seulement le courage que j'avais de laisser libre cours à mes souhaits. Je pourrais aussi vous dire que le temps et l'argent me devinrent indifférents. Vous ne me croirez pas, mais je suis parti en Suisse saxonne. Tout simplement parce que je le voulais. Lisa pouvait bien à tout moment se retrouver devant la porte de chez moi, je préférais être seul au milieu des rochers et j'allai en pèlerinage sur nos anciens chemins. Non, rien de contradictoire. Bien sûr, j'aurais pu aller ailleurs, dans les Monts des Géants, dans les Hautes Tatras, les Alpes, en Sicile ou à Majorque. Mais c'est dans la Suisse saxonne que je voulais aller ! Comment l'expliquer ? C'était ainsi. Qu'y a-t-il d'incroyable à ça ? Marcher, marcher vite, c'était ce qu'il y avait de plus beau. Cette fois, je n'espérais pas rencontrer qui que ce soit. Et je n'ai d'ailleurs rencontré personne. Cela avait pourtant quelque chose de fantomatique. Quand j'atteignais un point de vue, le monde avait tourné, sans m'emmener avec lui cependant. L'Elbe coulait toujours du mauvais côté, le Lilienstein avait roqué avec le Grand Winterberg, la forteresse de Königstein avait été rasée et avait disparu. Je consultais constamment la carte, demandais mon chemin chaque fois que je rencontrais quelqu'un, pour ne pas me perdre. Une seule fois, je m'autorisai à quitter la trace de Lisa. Était-ce à cause de l'épuisement, de la paresse, de la pluie ? Son chant de sirène m'avait-il attiré ? J'ai payé cinq euros et je suis monté dans le tram de la vallée de Kirnitzsch, je voulais revenir à Bad Schandau. Ils ressemblent toujours aux wagons de tram jaunes qui circulaient partout autrefois. Et tout est pareil aussi à l'intérieur. Il manque juste les banquettes vertes. Les nouvelles sont neuves et laides. Tout le reste est restauré et impeccable comme jamais auparavant. J'ai pris place dans le premier wagon, j'ai regardé dehors dans le sens de la marche, prenant plaisir aux virages où les roues se mettaient à grincer en chantonnant. Comme on peut s'y réhabituer vite, mais inimaginable qu'autrefois tout allait aussi lentement que ce tram. Quand on s'approchait du virage, je fermais les yeux. Ça brinquebalait et grinçait de façon assourdissante, mais déjà le chant du wagon suivant me parvenait plus atténué. Et aucune comparaison entre le deuxième et le troisième. Dont le chant venait déjà du lointain, le son formait un arc, le bruit jadis dominant de la ville auquel je ne prêtais guère attention pendant la journée mais qui, si je me réveillais seul et perdu dans l'obscurité, s'étirait de manière réconfortante dans le ciel nocturne. Contrairement au sifflet des locomotives, le hurlement des roues annonçait la proximité, l'existence d'autres humains, ne serait-ce que celle de la conductrice debout à sa place et, le regard dirigé droit devant elle, accomplissant son devoir, même si derrière elle, dans le wagon, des ivrognes braillaient ou des ouvriers en trois-huit se taisaient. Il me vint soudain à l'esprit qu'il me fallait absolument inclure cela dans la nouvelle – et je fus saisi d'effroi.

Troisième partie

J'ai appris tardivement la mort d'Elisabeth Samten et de Norbert Paulini. Étrange que personne ne me l'ait signalée. Alors que j'avais présenté son manuscrit chez l'éditeur. Jusqu'à présent, Schultze n'a pas modifié les vrais noms, sauf pour Lichtenhain, devenu Sonnenhain. Il me revient aujourd'hui qu'à moi il m'avait parlé de Sonnenhain. Au moins une personne chez l'éditeur aurait dû remarquer l'article nécrologique d'Ilia Gräbendorf paru dans les pages culture du journal *Die Welt*. D'habitude, rien ne leur échappe. Schultze pensait que j'étais au courant, jusqu'au moment où il m'a hurlé au téléphone : « Ils sont morts ! Tu ne le sais pas ? »

Je me suis excusée à plusieurs reprises. Lui aurais presque présenté mes condoléances. Les larmes sont toujours un argument.

Schultze et moi nous tutoyons. Après qu'il m'eut raconté son histoire avec Paulini, y compris l'amour de Lisa et tout ce qui s'ensuit, je lui ai proposé le tutoiement, ce qui, je crois, lui a fait plaisir.

Bien entendu, je ne lui ai pas demandé ce que signifiait la mort de ces deux personnes pour son manuscrit. Après sa dernière rencontre avec Paulini à l'anniversaire de Lisa, il avait des doutes sur son manuscrit. Il aurait rendu hommage à la mauvaise personne, vraiment la mauvaise personne. Ce ne fut pas facile d'inciter Schultze à poursuivre son travail. Mais j'ai pu finalement le convaincre en lui expliquant que tout ce qui, selon lui, parlait contre son texte, parlait justement, à mes yeux, en sa faveur. Précisément parce qu'il avait été persuadé de devoir ériger un monument à Paulini et n'avoir encore rien, ou disons presque rien soupçonné de sa trahison, ce qu'il avait écrit auparavant était parfaitement utilisable ! À présent, au lieu des trois ou quatre chapitres prévus, il n'avait qu'à écrire trois ou quatre autres chapitres dans lesquels il devrait insérer ce qu'il avait récemment vécu. C'est seulement ainsi que son récit deviendrait une nouvelle, une nouvelle de notre temps ! Pourquoi ne voulait-il pas saisir cette perche ? À présent, l'écriture conventionnelle (même si, pour un lecteur compétent, c'est avec ce même excès de conventionnel qu'elle prend ses distances avec elle-même) devient un piège pour le lecteur en adoration devant tout ce qui touche au livre ; effondré, il doit finalement reconnaître où l'a mené son parti pris esthétique coupé de tout contexte. Au fond, ai-je dit, il lui était impossible de faire mieux si l'on considère l'œuvre d'art comme unique critère, et non l'amertume de son existence avec laquelle il devait payer son chef-d'œuvre.

Bien entendu, je lui ai également demandé s'il avait peur, si la menace de Paulini l'impressionnait. Ce qui serait compréhensible. Schultze n'en voulait rien savoir. Je ne devais pas non plus en parler à notre éditeur ou à qui que ce soit, et d'ailleurs, il souhaitait que sa « confession », comme il disait, restât entre nous. Être la seule dans la confidence ne me réjouissait guère. Je lui ai conseillé de ne pas prendre à la légère la menace de Paulini et de demeurer sur ses gardes. C'est pourquoi la nouvelle de la mort de celui-ci fut d'abord pour moi un soulagement.

Ce n'est que sept jours plus tard que des alpinistes découvrirent Paulini et Lisa au pied du point de vue du Goldstein. Les deux corps montraient des blessures caractéristiques d'une chute d'une grande hauteur. La police conclut à un tragique accident, mais ne négligea aucune autre hypothèse, comme on put le lire dans les articles qui se référaient apparemment tous à la même conférence de presse. L'une des deux personnes se serait approchée trop près du précipice, et c'est en tentant de lui porter secours que la deuxième personne serait tombée. Les deux cadavres furent découverts à deux mètres et demi seulement l'un de l'autre et à peu près à la même distance du rocher. Selon la police, si l'on ne peut exclure un suicide collectif, c'est plutôt invraisemblable, d'après ce qu'on peut savoir. J'ignore qui ils ont interrogé. En tout cas pas Livniak, ce qui est incompréhensible. Et bien entendu, je me demande pourquoi au fond je me pose ces questions, si ceux qui sont payés pour ça ne le font pas. Schultze évoqua devant moi le point de vue du Goldstein mais également d'autres montagnes ou rochers, ce qui ne veut rien dire. Le magazine *Super-Illu* a retrouvé un couple d'un certain âge de Neukirch en Saxe qui était présent pendant le week-end en question au Goldstein et a accepté de se faire photographier à cet endroit. Ils ont dit vouloir soulager leur conscience. Car ce dimanche-là, sur le chemin de l'aller, ils avaient entendu des cris. Trois, quatre cris. Des cris d'effroi, d'une femme ou d'un homme, difficile à dire, mais pas des appels à l'aide, sinon ils se seraient précipités. Et aussitôt après, le silence. Peut-être des jeunes, ont-ils pensé, qui criaient sans raison, comme ça, excités.

Après être redescendus, ils auraient fait une pause à l'auberge Altes Zeughaus et seraient retournés ensuite chez eux. « Serait-ce répréhensible ? », aurait ajouté le mari.

Les médias locaux parlèrent d'un tragique accident. Peu après parurent des articles rendant hommage à Paulini, comme éminent libraire de livres rares et anciens qui, depuis 1977, avait relevé différents défis commerciaux et toujours combattu pour le droit de ses lectrices et de ses lecteurs de lire ce qu'ils voulaient. Le journal *Dresdner Neueste Nachrichten* avait demandé à différents compagnons de route des souvenirs personnels. Deux d'entre eux concluaient sur une note critique. L'un d'eux émanait de la libraire Marion Häfner (dans le texte de Schultze, c'est l'amie de Lisa, celle avec un éternel visage de fillette), qui parla non seulement de la résignation et des doutes sur lui-même qui avaient accompagné Paulini durant les dernières années, mais aussi, vers la fin, d'une « intransigeante dureté et intolérance ». Sans malheureusement fournir d'éléments concrets. L'autre texte émanait du Dr Peter Scheffel, qualifiant Paulini de « grand lecteur » dont il avait toujours fréquenté le saint lieu. Mais les propos que tenait Paulini auraient été de plus en plus indignes d'un homme cultivé, attaché sa vie durant aux Lumières, c'est pourquoi il avait dû rompre le contact avec Paulini quelques mois auparavant, s'efforçant toutefois, devant cette tragique mort accidentelle, de conserver un souvenir reconnaissant. Même si je n'avais pas mis en doute l'éclairage de Schultze, j'étais heureuse d'en trouver confirmation ici. Dans le *Börsenblatt* parut un bref hommage qui avançait de dix ans la date de naissance de Paulini et devait pour cette raison parler d'une enfance pendant la guerre et l'immédiate après-guerre. Et puis la « lettre d'adieu à mon lecteur », signée Gräbendorf.

Sans la description qu'avait faite Schultze du différend opposant auparavant Paulini et Gräbendorf, je n'aurais pas compris la citation de Calvino en tête de l'essai : « Je lis, donc ça écrit. » Gräbendorf n'avait vraisemblablement plus eu l'occasion de la mettre sous le nez du « pur lecteur » qu'était Paulini. La lettre fictive mettait en relation les étapes de son auteur avec celles de Paulini et conduisait à la conclusion que Gräbendorf et Paulini, même s'ils avaient constamment honoré des dieux littéraires différents, avaient toujours partagé deux convictions fondamentales, Paulini en tant que lecteur, Gräbendorf en tant qu'auteur dramatique et essayiste. D'une part Novalis : « La poésie est le réel absolu. Plus c'est poétique, plus c'est vrai. » Et d'autre part : « Rien n'est plus important que vivre en liberté ! », quoi qu'il veuille dire par là.

Pour Lisa parut un faire-part collectif de ses collègues dans le même numéro du *Sächsische Zeitung*, où figurait également le faire-part de la famille. Sous son nom et ses dates de naissance et de décès, on pouvait lire la phrase : « Lisa, tu nous manques », suivie des noms des personnes en deuil.

C'est à peu près ce que j'ai pu apprendre dans les jours qui suivirent le coup de téléphone.

J'avais informé le patron de la maison d'édition. Il m'encouragea à m'occuper de Schultze. Lorsque j'ai appelé Schultze une semaine plus tard, j'étais bien préparée.

J'avais également réfléchi sur la façon dont la mort de Paulini et celle d'Elisabeth Samten pouvaient être intégrées dans la nouvelle. Elle permettait de la conclure de deux façons. Mais c'était d'abord à lui d'en parler, pas à moi. De plus, la mort des deux diminuait considérablement le risque de plaintes.

Schultze fut content de m'entendre. Non seulement il le dit, mais cela s'entendait. Lui aussi avait été invité par les *Dresdner Neueste Nachrichten* à s'exprimer au sujet de Paulini, ce qu'il avait refusé, arguant qu'il n'était pas, pour le moment, en mesure de le faire. Même la mort de ces deux personnes ne lui avait pas procuré la libération espérée. Bien au contraire. Le sentiment de défaite, selon Schultze, était désormais irréversible. Il n'était allé ni à l'enterrement de Lisa ni à celui de Paulini.

« Et comment vas-tu ? », ai-je fini par lui demander, « peux-tu travailler ? »

Il dit ne pas avoir à se forcer au travail. Le travail était l'unique forme de concentration lui permettant de penser de façon autonome à Lisa et à Paulini. Lorsqu'il écrivait, c'étaient des personnages. Cela l'aidait beaucoup. Les contacts, aussi bien que la lecture ou la télé, n'étaient qu'une distraction qui ne convenait pas. Il n'avait guère envie de sortir de chez lui, c'était donc une atmosphère idéale pour travailler.

Quand je lui ai demandé si je devais maintenir son « Paulini » dans la liste des ouvrages à paraître, il me répondit ne pas savoir.

Ce qu'il s'est passé ensuite, je ne peux l'expliquer. Nous avions raccroché. Et c'est seulement là que j'ai cru l'entendre dire : « Même la mort des deux ne m'a pas procuré la libération espérée. »

Même la mort des deux ne m'a pas procuré la libération espérée. Mais l'a-t-il effectivement dit ?

Si j'ai acquis une certaine sensibilité, c'est pour les vibrations et les résonances qui accompagnent pareille phrase. Mais ne m'étais-je pas immédiatement étonnée à propos de ses randonnées qu'il avait encore entreprises après sa dernière rencontre avec Paulini ? Le récit qu'il en faisait, sa « confession », je l'avais même interrompu à cet endroit. Pourquoi s'était-il exposé à cette proximité ?

J'ai fixé mon téléphone comme s'il pouvait me fournir une explication. J'étais effectivement résolue à le rappeler. Mais que lui aurais-je demandé ?

Est-ce que je voyais ce que personne d'autre ne voyait ? Moi, qui viens de l'Ouest ? Ou bien étais-je la seule à savoir qu'il était passé par là ? Et pourquoi était-ce à moi qu'il le confiait ? Les éditeurs sont-ils tenus au secret professionnel ?

Et comment devais-je faire part de mon soupçon aux autres membres de la maison d'édition ? Comme un risque, peut-être ? Mais ne publiait-on pas même les Mémoires des assassins ? Et les circonstances extra littéraires ne sont-elles pas justement décisives pour le succès d'un livre ?

Le lundi suivant, le patron me fit savoir qu'il avait rencontré Schultze « pour le lunch » le vendredi à Berlin au restaurant Brot und Rosen, donc le jour suivant notre dernière conversation. Il aurait eu une attitude réservée, voire timide. Ce serait avec lui que Schultze serait retourné pour la première fois dans un restaurant.

« Et le manuscrit ? », ai-je demandé.

« Je lui ai conseillé de se laisser du temps, beaucoup de temps », dit-il.

Sa manière me tranquillisait. S'appuyer sur la hiérarchie peut parfois être utile. Je le pense vraiment. Je parvins en quelque sorte à voir Schultze et son Paulini avec les yeux de notre P.-D.G. Une tempête dans un verre d'eau. J'avais deux autres manuscrits sur le dos, l'un d'eux faisait plus de cinq cents pages.

Lors de notre conversation téléphonique suivante – je devais régler quelque chose avec lui concernant l'édition en poche –, on s'est mis à bavarder. Il a dit passer beaucoup de temps avec ses filles, avec elles, il avait moins de mal à sortir de la maison. Ils allaient visiter des musées en constatant chaque fois combien d'argent ils auraient économisé avec un abonnement annuel. Peu avant la fin de la saison, ils avaient encore saisi l'occasion de voir deux fois *Salomé* et une fois *Le Chevalier à la rose*. Jusqu'alors, il ne s'était guère intéressé à Richard Strauss, à tort, comme il le constatait à présent. Mais en général, son état s'améliorait, et surtout il pouvait pleurer, maintenant. Même un simple coup de téléphone à sa mutuelle de santé où, au bout de plusieurs réponses automatiques, une conseillère décrochait et lui demandait ce qu'elle pouvait faire pour lui, déclenchait ses larmes.

Et pourtant, il avait déjà pleuré pendant notre premier entretien téléphonique ! J'ai continué à l'écouter parler de la fête annuelle qu'il organisait chez lui, pour laquelle il avait préparé un bortsch. Il était agacé par les conseils répétés de ses parents et d'autres personnes lui suggérant d'aller voir un thérapeute.

« Il y a peut-être des situations où ce n'est pas une si mauvaise idée ; ne crois-tu pas ? », lui ai-je demandé.

« Dans ces profondeurs où naît un récit », me répliqua-t-il après un bref silence, « un thérapeute n'a rien à faire. »

Je retrouvais bien là le gars de l'Est, en tout cas cet aspect qui m'énerve. Nous nous sommes tus.

« Ce que je tiens à déclarer », l'entendis-je encore dire, « c'est qu'au week-end en question je n'étais pas en Suisse saxonne, ni les jours précédents, ni les jours qui suivirent.

Au cas où tu voudrais me poser la question. Je n'y étais pas quand cela est arrivé. »

« Pourquoi penses-tu que je voulais te poser la question ? », lui ai-je répondu. Schultze se ravisa aussitôt. Il ne devait pas y avoir de non-dits entre nous, si je n'avais pas eu l'intention de lui poser cette question, tant mieux, en espérant qu'alors cela ne lui porte pas préjudice.

« Et pourquoi cela devrait-il te porter préjudice ? » ai-je spontanément demandé.

Bizarrement, les pages Internet de Paulini n'avaient pas été modifiées. Aucune mention de sa mort, aucune indication d'un quelconque changement. Pour voir, j'avais commandé un livre de Gräbendorf, dédicacé et signé, mais on ne pouvait savoir à qui le livre était dédicacé. Gräbendorf n'avait-il pas racheté la totalité de ses livres ? Il fallait payer d'avance, le courriel était signé par J.P. Livniak. J'avoue que je n'avais pas songé à lui.

Le jeudi, je me suis mise en route pour assister le dimanche soir à la première de mon autrice C.C. au Berliner Ensemble – le week-end, les liaisons entre Munich et Berlin sont une catastrophe et, au fond, je peux travailler partout. Je suis descendue à Leipzig, ai rejoint Dresde où j'ai loué une voiture.

Je voulais voir le point de vue du Goldstein et, si possible, la librairie d'ancien. Tout s'est passé plus facilement que je l'avais pensé. À quatorze heures, j'étais déjà à Lichtenhain. À l'hôtel Berghof, il y avait même une chambre libre avec vue sur les rochers, mais elle n'était pas encore préparée.

C'est pourquoi j'ai aussitôt continué ma route. Le GPS m'a fait faire un grand détour par Sebnitz, redescendre dans la vallée de Kirnitzsch et à l'auberge du moulin de

Neumann où j'ai garé la voiture. Les touristes ne peuvent s'approcher plus près. J'ai pris un chemin assez large en direction de l'auberge Altes Zeughaus. J'ai rencontré un groupe que je n'ai d'abord pas distingué en détail, jusqu'à ce que je remarque les deux hommes en tenue de ville, l'un d'eux portait même un complet. À côté, un homme d'une quarantaine d'années parlait avec un autre, plus âgé et barbu, qui ne cessait de répéter très fort ne désirer rien d'autre que la pluie, la pluie ! Celui au complet ne me quittait pas des yeux et se glissa devant le dos de l'homme plus jeune. C'est seulement là que j'ai compris : c'était un des gardes du corps du ministre-président de la Saxe, qui se devait de passer ses vacances ici peu avant les élections au Landtag.

À l'auberge Altes Zeughaus, j'ai bu un verre avant d'entamer la pente raide de la montée. Les jeans ne sont pas des pantalons de randonnée idéals, mais pas un empêchement non plus. La description la plus exacte de la Suisse saxonne, on la trouve dans une lettre de Kleist, qui compare les rochers derrière le Königstein à une mer de terre, comme si les anges y avaient joué dans le sable. Chez un poète régional, j'ai trouvé la description d'une randonnée où il accepte sans réfléchir l'obscurité du chemin surplombé de ciel bleu avant d'être pris de frayeur en apercevant les rochers dissimulés derrière mousses, buissons, pins et épicéas. Comme s'ils l'observaient en silence. Je cite de mémoire. Je n'ai pas éprouvé la même chose. Plus je montais, plus les rochers étaient dénudés. Mais même ici, sur les plus petits promontoires, des arbres et des arbustes poussaient encore bien droit, comme des bougies décorant l'arbre de Noël. J'avais sous-estimé l'ascension. Une fois parvenu en haut, on quitte à gauche le chemin de randonnée et on aboutit assez vite à un sentier descendant en pente douce. Soudain s'ouvre un panorama qui s'élargit à chaque pas que l'on fait. C'est seulement là que j'ai compris. Ici, en haut, ils n'ont aucune balustrade ! On est là, à cette hauteur vertigineuse, sans aucune protection. Seul, poussant en biais au bord du précipice, semant ses aiguilles en partie sur le plateau et en partie dans la vallée, racines agrippées au rocher comme les veines sur la main d'un vieillard, un pin retient la vue, avant de plonger dans l'abîme. Sur le côté droit, un mûrier vivote. Tout le reste n'est que rocaille nue.

Les pentes raides du groupe de rochers en face se terminent en arcs réguliers, deux d'entre eux, voisins et d'une hauteur comparable, ressemblent aux représentations habituelles des Tables de la Loi de Moïse. On regarde en direction de l'est ou du sud-est. Cette description devrait suffire. Je suppose que Schultze fera du point de vue du Goldstein le théâtre des événements. Mais je lui déconseillerais de décrire exactement et donc d'affirmer ce qui a pu se produire ici. Mieux vaudrait recourir à des exemples littéraires, *La Roche maudite* de Fontane ou de Wellershoff, pourquoi pas, il y a aussi un film de Fellini avec l'actrice principale de *La Strada*, qui échappe de peu à la mort. Il faut que je recherche, il y a sans doute d'autres pistes.

J'ai avancé un peu plus et, par prudence, j'ai poussé du pied les aiguilles de pin. C'est ici qu'ils ont trébuché, furent précipités en bas. Autant que je pus voir, il n'y a en bas que des branches de pin, mortes et desséchées pour la plupart, on aperçoit des traits de différentes couleurs.

Qui arrive sur ce rebord n'a plus rien où pouvoir se raccrocher, même s'il y a encore une petite avancée, qui est elle-même en pente raide. Est-on conscient, pendant ces quelques secondes de chute libre ? Le film de la vie se déroule-t-il ? Ressent-on encore le choc dans le dos ? A-t-on encore le temps de se demander qui vous a poussé ? Pourrait-on encore crier son nom ? Cela vous vient-il trop tard ? Ou bien y a-t-il eu lutte ? Paulini était certainement un homme athlétique, pas quelqu'un que l'on pouvait vaincre en duel sans posséder une technique particulière. Sauf à le prendre par surprise. Bon, stop ! Je ne voulais pas imaginer ce qui était arrivé ici. Il ne m'appartenait pas de le faire.

Sur le point de vue au moins, on ne trouve ni fleurs ni couronnes, pas de morceaux de papier ou d'enveloppes maintenus par des pierres, rien ne renvoie à leur mort. J'étais là, comme si je devais à présent faire quelque chose. Mais pourquoi ? Je faisais une excursion, à titre privé, sans être mandatée professionnellement, avec dans mon sac un manuscrit de cinq cent soixante-dix pages. Je me suis assise à une certaine distance du précipice, visage tourné vers le soleil, les yeux fermés, mains posées sur le grès. J'ai effectivement pensé : « Le rocher me tient en sécurité. » Comment était-ce possible que deux personnes aient péri ici, et que rien, rien du tout ne l'indiquât, rien qui eût exclu une répétition ? Pareilles pensées me traversèrent l'esprit et m'angoissèrent. Puis je sursautai lorsque deux randonneurs surgirent entre les arbres. Des gens du coin, qui m'adressèrent un salut amical et contemplèrent le paysage.

« Toute seule ? » demanda l'un. D'un ton compatissant. Ils m'auraient vraisemblablement portée jusqu'à l'auberge si je le leur avais demandé. Mais lorsqu'ils furent au bord du point de vue, je m'éclipsai dans leur dos et repris rapidement le chemin de la descente. Je ne fis pas non plus de halte, j'aurais trouvé gênant de les croiser à nouveau. Je m'étais gâché moi-même mon humeur. Sur le chemin du retour, je me suis arrêtée à la librairie de livres anciens. Il faut connaître l'adresse, car ni à l'entrée de la localité ni sur la petite place avec la boîte aux lettres et le magasin, parmi les panneaux verts signalant restaurants, pensions, chemins de randonnée et l'église, on n'en trouve aucun indiquant la librairie. Quand on est devant, à cause du revêtement laiteux et du mortier qui se détache dans les angles, on pourrait la prendre pour une maison inhabitée ou bien, à cause des épais rideaux, pour le logis de très vieilles personnes. J'ai sonné à nouveau. Les bacs à fleurs vides devant les fenêtres étaient accrochés à cinquante centimètres à peine au-dessus de l'épais asphalte neuf qui s'arrêtait juste devant la maison. L'écriteau à côté de la porte d'entrée avait quelque chose d'officiel, en noir et blanc :

Librairie de livres rares et anciens Paulini
Père & fils
Propriétaire Juso Podžan Livniak
Livraison sur commande
Visites uniquement sur rendez-vous.

Livniak n'était pas là, ou en tout cas il n'a pas ouvert. Je suis arrivée au Berghof complètement abattue, je suis montée dans ma chambre et me suis affalée sur le lit où j'ai dormi brièvement. Je me suis ensuite fait porter le repas dans la chambre. Je n'aime pas manger toute seule en présence de familles et de couples. J'ai attaqué le manuscrit que j'avais apporté, il décrit dans la première partie les vacances d'une famille dans le sud de la France, suite à quoi la relation du couple se dégrade. Peu avant d'aller au lit, j'ai consulté les prévisions météorologiques pour le lendemain, on annonçait de la pluie le matin. Tout plaidait pour repartir dès le matin suivant et disposer déjà du vendredi à Berlin. Cette perspective me réjouissait.

Après un profond sommeil sans rêves, je me suis réveillée vers cinq heures et j'ai travaillé jusqu'à sept heures. Pour le petit déjeuner, j'étais la première et la seule et, sous un très beau soleil, j'ai entrepris une promenade pour soigner mes courbatures. Empruntant un chemin qui longeait un champ et un bois, j'ai abouti sur une petite route qui m'a menée à « la chute d'eau de Lichtenhain » – qui est également le terminus du tram de la vallée de Kirnitzsch que m'avait fait connaître Schultze. De la chute d'eau, je suis revenue par un autre chemin qui était à peine plus long mais me ferait passer près de la librairie. Il s'est mis à pleuvoir. Et tout de suite après est arrivé quelque chose que Schultze a lui aussi apparemment vécu, ou dont il a dû au moins entendre parler. C'est une allusion dans le provisoire dernier chapitre de la première version, avec la visite des commissaires. À peine étais-je remontée de la vallée à travers le bois, laissant derrière moi le chemin qui longeait le champ pour rejoindre l'étroite route goudronnée, qu'un vélomoteur fonça sur moi. Je me suis écartée à temps. Le gars, un jeune, regardait droit devant lui, comme si je n'existais pas. C'est seulement quand il fut à ma hauteur que je m'aperçus qu'au lieu d'un casque de moto il portait un casque de la Wehrmacht. Quand il eut fait demi-tour au bout de la rue et repassa à toute vitesse à côté de moi, j'ai reconnu la tête de mort sur le T-shirt. J'ai craint qu'il ne revînt, tout en sachant que c'est bien cela qui allait arriver. Quand il fonça à côté de moi pour la septième ou la huitième fois, j'aurais voulu crier de rage et de honte. Les pâturages et les enclos des chevaux m'empêchaient de passer à travers champs. Pourquoi donc étais-je venue ici, que venais-je chercher ? Ce messager sur sa monture m'enjoignait-il de faire enfin demi-tour ? J'ai sonné à la librairie, comme pour chercher refuge contre la pluie. Une petite Opel blanche de la Solidarité populaire était garée devant la porte, le rétroviseur gauche était rattaché par un ruban adhésif.

J'étais sur le point de sonner une deuxième fois lorsque s'ouvrit une petite lucarne installée dans la porte à hauteur de poitrine, que je n'avais tout d'abord pas remarquée. Je vis deux yeux apparaître. Ils m'observèrent un moment par en dessous. Je reculai un peu, me baissai légèrement et essuyai la pluie sur mon visage en souriant. Les yeux disparurent, la serrure claqua, puis le bruit d'un verrou – qui coinçait. Une voix de femme dit quelque chose, et peu après, je vis Juso Podžan Livniak dans l'ouverture de la porte. Il ressemble à peu près à ce que j'avais imaginé, c'est-à-dire tel que Schultze l'a décrit.

« Vous ne possédez pas de parapluie ? », demanda-t-il, jetant un coup d'œil à droite et à gauche, et il me fit entrer. Il régnait une odeur particulière, mais agréable, comme de cardamome et de linge fraîchement repassé.

Le contraste entre la façade et cette halle haute et claire était effectivement surprenant. J'ai aussitôt repéré le fameux fauteuil en cuir et en me retournant vers la femme – c'était sans doute elle qui m'avait observée à travers la lucarne – aussi la bouilloire en verre.

« Ma femme », dit Livniak. « Nous avions rendez-vous ? »

« Non », dis-je. La femme de Livniak a une solide poignée de main, elle est un peu plus grande que lui, et plus jeune aussi, peut-être le début de la cinquantaine. Je me suis présentée comme l'éditrice de Schultze et lui ai tendu ma carte de visite.

Elle poussa un petit cri, d'étonnement plutôt que de frayeur. Livniak haussa les sourcils, ce qui fit bouger ses lunettes posées sur son front.

« D'abord sécher vos cheveux », dit-elle, tirant une serviette gris foncé du tiroir à côté du lavabo et me la tendant.

Tandis que je me pliais à sa demande, les deux se consultèrent brièvement en bosniaque, me semble-t-il. Je me suis soigneusement essuyée pour leur laisser un peu de temps.

« Auriez-vous un peigne ? », demandai-je en lui tendant la serviette. Ses cheveux mi-longs étaient teints en châtain roux, ce qui mettait en valeur la couleur claire de sa peau. Sa tête semblait presque trop grande pour son corps frêle.

« Le temps est parfois meilleur ici », dit-elle en me serrant à nouveau la main. « Je m'appelle Fadila. »

« Theresa », dis-je. Je fis quelques pas, la suivant jusqu'au lavabo au-dessus duquel un miroir était accroché. Elle essuya le peigne avec de l'essuie-tout et me le tendit.

Comme Livniak n'avait pas encore dit un mot, je lui ai demandé si je pouvais visiter les lieux. Il esquissa un petit geste que je pris pour une autorisation.

Sur une longueur de quinze à seize mètres, j'ai longé les hauts rayonnages de livres jusqu'à la fenêtre en face. La vue ressemblait à celle de la fenêtre de mon hôtel, sauf qu'il y avait ici quelques grands bouleaux fouettés par le vent et la pluie. Les rochers avaient déjà disparu dans la brume. J'avais l'impression de me retrouver dans d'anciens décors de cinéma. Combien de fois Lisa s'était-elle retrouvée avec Paulini devant cette fenêtre ? C'est ici qu'elle avait chuchoté à l'oreille de Schultze tandis que Paulini mangeait son gâteau en devinant peut-être ce qui allait arriver.

« Vous n'avez pas fait le voyage pour admirer la vue qu'on a d'ici, mais pour parler ? » Livniak allongea la première syllabe du dernier mot en baissant la voix.

« J'imagine que vous n'avez pas que des amis, ici ? » ai-je demandé en jetant un regard vers la porte d'entrée.

Livniak sourit, Fadila regarda son mari.

« Nous avons eu une tentative d'effraction, tout le monde connaît ça par ici. » Fadila parlait presque sans accent. « Mais parfois, on nous cherche aussi des noises. »

« Des noises ? », demandai-je.

« Julian », dit-elle.

« Ah, Julian. » Livniak esquissa comme un geste d'apaisement.

« De temps en temps, Julian vient nous faire du chantage », me dit Fadila. « Mais Juso et moi avons là-dessus des points de vue différents. »

« Voyez-vous, sans Julian nous n'aurions pas tout ça, nos livres, un toit sur la tête, notre belle vue, qui est belle d'habitude. »

« Tout cela, nous le devons à M. Paulini », rectifia Fadila. « Julian n'a rien à voir avec ça. »

« Sauf que notre cher M. Paulini a oublié d'en informer un notaire ou de le mettre par écrit, c'est pourquoi Julian était l'héritier, et nous… »

« Personne ne voulait de ces livres », s'exclama-t-elle. « Que ferait Julian ici ? Vendre des livres ? Mais Juso – il lui donne ce qu'il réclame. »

« Puis-je te rappeler l'accord que j'ai passé avec lui ? Uniquement s'il a la bonté de s'annoncer, de venir à des heures raisonnables et de se comporter convenablement. » Livniak leva et abaissa trois fois son bras comme pour battre la mesure. « C'est seulement alors – il leva l'index – que nous lui donnons une part de ce dont nous pouvons nous passer. »

« Sinon il fait du grabuge », dit Fadila sans cesser de me regarder, tandis que Livniak était toujours tourné vers sa femme.

« Julian aurait pu vendre tout ça au plus offrant, tout liquider, tu le sais bien. »

« Il l'aurait fait s'il avait pu. Voulez-vous du thé ? Juso est le seul à boire du thé à Sarajevo. Je n'ai que la cafetière à piston pour vous proposer du café. Je dois bientôt partir. »

Nous retournâmes tous les trois dans le coin cuisine près de l'entrée. Après que j'eus souhaité avoir du thé vert, il y avait encore le choix entre quatre boîtes dans lesquelles Livniak m'a demandé de sentir. J'ai fini par désigner une sorte de thé qui, comme il me l'expliqua aussitôt, avait mûri à l'ombre pendant les dernières semaines avant la récolte, un thé japonais. Il a branché la bouilloire électrique éclairée qui, comme Schultze me l'avait déjà mentionné, avait quelque chose d'un corps étranger, ce qu'elle était effectivement.

Fadila, en me tendant une veste en tricot vert bouteille pendue au dossier de la chaise, me demanda ce qui m'avait conduite chez eux.

« Vous deux êtes peut-être les seuls à savoir ce que je veux savoir », m'entendis-je dire en enfilant la veste sur mon corsage mouillé.

« Et vous savez ce que vous voulez savoir ? » Livniak, lèvres fermées, s'était tourné à moitié vers moi en tirant un long thermomètre d'un étui en plastique.

« Ne vous laissez pas intimider par notre philosophe », fit Fadila en guise d'encouragement et me tendant sa main droite pour prendre congé.

« Vous ne voulez pas rester ? » lui demandai-je. En fait, c'est avec elle que je voulais parler. Mais il fallait qu'elle s'occupe de ses vieux, comme elle disait. Nous nous sommes serré la main pour la troisième fois. Au rythme de ses pas, son sac à bandoulière rebondissait sur sa hanche. Elle s'arrêta devant Livniak. Lui parla en bosniaque sans le regarder. Soudain Livniak saisit son visage entre ses deux mains, le tourna vers lui en se haussant et l'embrassa sur la bouche. Fadila partit alors sans se retourner, sans autre salut, sans accorder un regard au parapluie que Livniak s'était empressé de lui tendre.

« En fait, ce serait à moi de nourrir les vieux, Fadila est même docteur, docteur en sociologie. »

« Et pourquoi ne le faites-vous pas ? »

« Ils ne voulaient pas de moi. Qui peut avoir besoin d'un vieil homme ? » Il débrancha la bouilloire. Il effleura ses lunettes qui retombèrent de son front devant ses yeux. Il ouvrit le couvercle de la bouilloire, s'écarta pour éviter la vapeur, plongea le thermomètre dans l'eau et commença à remuer.

« Je me demande », dit-il, « quelles questions vous voulez me poser. C'est lui qui vous a envoyée ? »

« Je voulais faire votre connaissance. »

« Et c'est pour ça que vous faites un si long voyage ? » Il me jeta un regard moqueur.

« Je ne savais pas que vous continuiez à tenir la librairie. J'ai commandé un livre chez vous, dédicacé par Gräbendorf. »

« Je sais », dit Livniak en opinant du chef. « Le dernier exemplaire de Paulini. Il est parti hier. Le connaissiez-vous, et Elisa ? »

« Juste par les descriptions de Schultze. », dis-je.

« De son manuscrit ? »

« Oui, de son manuscrit. »

« Les écrivains ont le droit de mentir ! Ils ont le droit de le faire dans leurs livres. Qui se réclame d'Homère, de Dante et de Goethe… »

« C'est légèrement ambitieux, non ? Ou voulez-vous dire en général ? »

« Oh, ce ne sont pas mes paroles. Ce que je voulais dire, c'est qu'il a le droit d'inventer, il doit même inventer. Que vous importe ce que j'en pense ? » Livniak retira le thermomètre et contrôla la température. « Même si je vous disais tout ce que je sais, cela ne vous servirait à rien, quoi que vous vouliez savoir. »

J'ai répété que j'étais contente de pouvoir parler avec lui. Si c'était possible, j'aimerais que les livres de mes auteurs me donnent l'occasion d'apprendre quelque chose du monde. J'ai parlé de la comparaison avec Kleist pour la Suisse saxonne que Livniak pouvait citer correctement, et comme cela aurait changé l'image de cette région si Kleist s'était promené par ici. Que serait le Brandebourg sans Fontane ! C'était, il est vrai, une situation particulière, parce que Schultze avait utilisé les véritables noms, et puis à cause de la mort des protagonistes. Toute cette constellation, j'en conviens, avait aussi pour moi quelque chose d'inquiétant.

« Peut-être ne devrais-je pas m'étonner de toutes ces personnes qui veulent soudain parler avec moi », répondit Livniak.

Je lui demandai à qui il faisait allusion.

« Vous prétendez aussi n'en avoir rien su ? Mais vous pouvez l'imaginer. »

J'ai dit que non, ajoutant que je serais surprise s'il faisait allusion à Schultze.

« Vraiment ? » Livniak essuya le thermomètre sur sa manche et le remit dans son long étui. Lorsqu'il versa l'eau lentement et d'une grande hauteur dans la théière contenant le thé, il me jeta un bref coup d'œil comme pour vérifier que j'observais son savoir-faire. Il versa le reste dans une autre théière qu'il agita.

« Votre protégé a dit qu'il cherchait son cadeau, la montre, le cadeau d'anniversaire pour Elisa. Il l'aurait laissée ici. »

Livniak me fixa, comme attendant ma réaction.

« Je ne suis pas au courant de cette montre », dis-je.

Cela ne semblait pas être la réponse qu'il attendait. Mais il eut ensuite un hochement de tête et se concentra sur sa cérémonie du thé.

« Même si je considère en effet les auteurs comme mes protégés », dis-je, « je n'attends pas qu'ils me racontent tout. »

« Cela ne me regarde pas, mais la première fois qu'il est venu ici, à cette soirée du jubilé, il a foncé tout droit sur Elisa. » Livniak souligna cela d'un geste de la main. Il parla d'« adultère en public – Elisa était la femme de M. Paulini, même si les deux n'en faisaient pas état. »

« En êtes-vous sûr ? » demandai-je en élevant involontairement la voix.

Livniak opina à nouveau.

« J'étais là », dit-il, « comment ne le saurais-je pas. »

C'était clair. Mais Lisa aurait-elle mis en scène une farce des années durant ? Ou alors Schultze aurait-il vécu dans un monde rêvé ?

Livniak vida la théière.

« Votre protégé a voulu me faire croire que Paulini serait un assassin. Qu'il avait Lisa sur la conscience. »

« Et alors ? », demandai-je. « Ce serait une possibilité. »

« Vous avez vos expériences. J'ai les miennes. C'est comme ça chez les êtres humains. Ils ont toujours du mal à se comprendre. » Livniak remonta les lunettes sur son front.

« Mais Paulini, qu'était-il donc, sinon dangereux ? Fou ? »

« Pourquoi voulez-vous résumer un être en une phrase, en un, deux ou trois qualificatifs ? Si je vous demandais alors comment vous vous décrivez vous-même – trouveriez-vous cela bien ? M'y autoriseriez-vous ? »

« Vous n'avez pas lu ce qu'on a écrit après sa mort ? », demandai-je. « Vous l'avez noir sur blanc. Il a, quelles qu'en soit les raisons, fait preuve d'une attitude de mépris envers les autres. On peut également appeler ça l'extrême droite. Cela me semble une chose acquise. »

« Je suis venu deux fois en tant que client dans cette librairie d'ancien. Deux fois, en tout et pour tout ! » Livniak dresse son index et son majeur légèrement écartés. « La deuxième fois, il m'a demandé si je voulais entrer chez lui. Mais je suis déjà entré chez vous », ai-je répondu. Livniak plisse les yeux et rit en silence. « Il a fallu qu'il m'explique ce qu'il avait voulu dire par là. Comment aurais-je pu refuser ? Le chiffre deux a pour Fadila et moi une certaine signification… »

« Vous avez quand même dû remarquer qu'il changeait et qu'à un certain moment il avait une autre tête qu'avant. Vous n'étiez pas concerné ? Pourquoi est-ce justement vous qu'il engage ? Était-il encore modéré ? N'a-t-il pas tenté de vous chasser d'Allemagne ? »

« Buvez, on peut déjà le boire. »

Livniak avait servi le thé. Je le goûtai.

« Alors ? », demanda-t-il.

C'était étonnamment très bon.

« Si la police lui a déjà rendu visite, c'est qu'elle savait à quoi s'en tenir ! Quelqu'un comme Paulini, on ne doit pas le laisser sans surveillance. On ne vous a jamais interrogé sur lui ? » Je tenais à ce qu'on ne s'écarte pas du sujet.

« Mais il a fait l'objet d'une enquête ! » Livniak esquissa à nouveau un mouvement de la main comme s'il plantait une canne dans de la terre meuble. Ou comme un chef d'orchestre. « Personne en tout cas n'est venu me voir. »

« Parlons-nous de la même chose ? », demandai-je.

« C'est de la même chose que nous parlons », confirma Livniak.

« Pourquoi défendez-vous Paulini ? », demandai-je.

« Nous avons vu des assassins, nous avons vécu cela. Nous avons dû même vivre en compagnie d'assassins. Je n'aime pas entrer dans les détails. » Livniak se penche pour me resservir du thé.

« Vous voulez être reconnaissant envers Paulini, mais cela ne change rien à la chose. »

« M. Paulini n'était pas un mauvais homme. »

« C'est quoi, un mauvais homme ? », demandai-je.

« Pour parvenir à trouver ce qui est bien et ce qui est mal… Pour cela, il faut toute une vie. Mais est-ce qu'on parviendra à le trouver ? »

« Est-ce pour cela que vous voulez vous abstenir de porter des jugements ? Et quelle relation aviez-vous avec Lisa ? »

« Si jamais M. Paulini a réussi à aimer quelqu'un, c'est Elisa. » Livniak fit une pause. « Sauf que la question est : l'a-t-il su lui-même ? Se l'est-il avoué ? »

« Il n'aimait pas son fils ? »

« Il aurait tout fait pour Julian, mais s'il l'a aimé, je l'ignore. »

« Vous n'allez tout de même pas me dire que vous croyez à un tragique accident ? »

Livniak esquissa une moue.

« Qui peut le savoir ? Sauf quelqu'un qui était sur place. »

« Et alors ? » insistai-je.

« Selon moi, ce n'était vraisemblablement pas un accident. »

« Pourquoi pas Paulini ? Expliquez-moi ! L'amour n'est pas un empêchement ! »

« Vous voulez dire qu'entraîner quelqu'un dans la mort, ce serait de l'amour ? Non, c'est autre chose. »

« Lisa voulait peut-être se séparer de lui. Peut-être voulait-elle rejoindre le complice de l'adultère, comme vous dites. Objectivement, vu du dehors, tout parlerait pour ça. »

Livniak haussa les épaules.

« Lisa n'a pas abandonné M. Paulini. Elle n'a même pas déballé le paquet du cadeau. Et n'est pas non plus allée chez votre protégé, donc ? »

« Paulini a peut-être dissimulé le cadeau. Sinon, ce serait quoi ? Un suicide ? Un suicide collectif ? »

« Voyez-vous, je connais M. Paulini et Elisa depuis que nous sommes ici... Je les ai connus, moi. »

« C'est pourquoi je vous pose la question ! C'est cela le plus grave. Vous croyez connaître quelqu'un, vous lui faites totalement confiance, et il s'avère que c'est une image trompeuse. Et pareil pour Paulini. »

« Nous nous sommes beaucoup disputés. Et parfois, il a fait des plaisanteries stupides, vraiment stupides. Mais chaque fois M. Paulini revenait vers moi et voulait que je reste. Il fallait bien que quelqu'un fasse le travail. »

« Vous sous-estimez Paulini. C'est dangereux. Et croyez-moi, personne ne m'a envoyée. Et sûrement pas Schultze. »

« Qu'est-ce que vous voulez ? Je ne peux pas résoudre votre énigme. J'ai travaillé ici, pour presque rien. Ce n'est pas M. Paulini qui a inventé le travail, comme on dit. Peut-être était-il différent autrefois. En tout cas pas depuis que j'ai travaillé ici. Il était devant son ordinateur quand j'arrivais le matin et il y était encore quand je repartais le soir. Et pas pour des livres ou les affaires. J'ai apporté l'ordinateur de Fadila afin de pouvoir traiter les commandes. Bien sûr, il se faisait mousser. Celui qui ne fait rien est obligé de jouer la comédie. »

Je dis que ne pas reconnaître que Paulini a été un vrai lecteur, un connaisseur, quelqu'un qui voua son existence à la littérature serait injuste, mais ce serait en même temps minimiser le mauvais tournant qu'il a pris.

« Il y avait là une hauteur de chute, ai-je dit. Et c'est cette hauteur de chute qui me fait peur. »

« Vous m'avez interrogé, et je vous réponds. Dans le coin, on est tributaire les uns des autres. J'ai souvent tenté de parler de livres avec lui… »

« Et alors ? »

« Parfois, il m'a demandé si je connaissais ceci ou cela. Cela lui rappelait… ce qu'il détestait ou ce qu'il aimait, je ne le sais même pas. Est-ce que vous le savez ? »

« Des auteurs allemands, sans doute. Moi-même, je pourrais vous en citer quelques-uns. Mais ce que je sais surtout, c'est que Paulini s'est radicalisé, qu'il a… »

« Je vous en prie ! N'employez pas ce terme », lança Livniak. « Vous êtes une éditrice professionnelle, tout de même ! »

« Vous avez lu les articles nécrologiques parus sur lui après sa mort ! Même ses plus proches amis ne voulaient plus rien avoir à faire avec lui ! Que vous lui soyez reconnaissant, certes. Mais les agissements de quelqu'un comme Paulini pouvaient aussi vous viser, vous et votre femme ! Pourquoi refusez-vous de le voir ? »

Nous tournions en rond.

« À moi, M. Paulini a dit : Juso, si je venais à mourir, tu reprendras la librairie. M. Paulini, ai-je dit, n'oubliez pas que j'ai deux ans de plus que vous. Il fallait toujours que je lui rappelle que j'étais plus âgé que lui. »

« Et alors ? »

« J'ai répondu que ma tâche consistait à protéger les livres. Je n'y étais pas parvenu à Sarajevo, et chez moi, à Livno, non plus. Ailleurs, on ne voulait pas de moi et de Fadila non plus. Maintenant, ma bibliothèque, elle est ici. »

« Autant que je sache, votre M. Paulini a liquidé le magasin, il ne représentait plus rien pour lui, ce qu'il voulait, c'était l'acte, l'action ! »

« Personne ne veut les livres – et les dettes. Il y avait chaque année toujours plus de dettes. »

« Vous remboursez ses dettes ? »

« Je ne serais pas ici, sinon. Nous vivons de l'argent de Fadila. Le thé, ce sont des amis de Hambourg qui nous l'envoient. »

« Et que voulait dire Paulini quand il parlait d'acte et d'action ? »

« M. Paulini parlait beaucoup. Il parlait beaucoup et toujours fort, comme vous le savez peut-être. A-t-il projeté ou fait quelque chose avec Julian et ceux qui traînaient parfois ici ? C'est possible. Les livres de valeur, il les a vendus trop vite, c'est-à-dire trop bon marché. Cela peut vouloir dire quelque chose, mais pas obligatoirement. »

« Iriez-vous jusqu'à affirmer », demandai-je, « que c'est Lisa qui l'a tué ? A-t-elle poussé le monstre dans le vide, et lui l'a entraînée dans sa chute ? Elle s'est sacrifiée pour délivrer le monde de sa présence. C'est la seule explication qui reste si ce n'était pas un accident et si ce n'était pas Paulini. »

Livniak fit non de la tête. Il sourit.

« Elle a combattu pour lui. »

« Comment dois-je le comprendre ? »

« Elle a tenté de réconcilier les deux, M. Paulini et votre protégé, son univers avec celui-ci. Elle les a travaillés au corps, sans arrêt. »

« Dites-moi donc simplement, cher monsieur Livniak, que s'est-il passé là-haut, d'après vous ? Et je vous répète que personne ne m'a envoyée ! »

Il est possible que Livniak ait perçu la crainte, l'attente désespérée qui sous-tendait ma question.

« Parfois les différences peuvent être décrites tout simplement », répliqua-t-il. « Vous ne savez pas ce que vous voulez savoir. Ou alors vous me le cachez, ce qui revient malheureusement au même. Moi, en revanche, je sais ce que je ne veux pas savoir. »

« Et vous savez… ? »

« Ce que vous aussi devriez savoir. Qu'il existe encore d'autres solutions que celles sur lesquelles vous m'interrogez. »

Livniak tendit son bras vers son bol et but, fermant un instant les yeux.

« Votre thé va être froid », dit-il.

« Vous voulez dire Julian ? Par jalousie ? Un de ses camarades d'extrême droite ? »

« Là, je ne peux pas vous aider, et d'ailleurs comment le pourrais-je », fit Livniak.

« Serait-ce que vous soupçonnez des innocents pour protéger cette racaille ? », lui lançai-je.

« Vous êtes mon invitée, ou bien voudriez-vous me dire que ce serait moi l'invité, comme votre protégé en a eu soudain l'idée ? »

J'eus l'impression que nous nous regardions pour la première fois dans les yeux.

« Fadila m'a mis en garde », poursuivit-il. « Elle m'a dit de la fermer si l'on abordait le sujet. De la fermer dans tous les cas. Pas de suspicions. Mais parfois justement des choses arrivent, ce qui ne les rend ni meilleures ni pires, comme si nous connaissions le motif. Je n'ai jamais compris pour quel motif on nous a bombardés à coups de canon, des tireurs d'élite nous ont descendus ou rendus invalides. Cela devient difficile, en ce monde, de trouver l'origine d'une action. Votre protégé, il a sûrement un alibi. Ce n'est pas un imbécile. Quelqu'un de brave et honnête, connu comme intègre, dispose toujours d'un alibi. Ces jours-là, votre protégé faisait sûrement une randonnée ailleurs, c'est grand, la Suisse saxonne. Mais peut-être qu'il était là par hasard. »

Il se fit un silence, comme si la pièce avait avalé la dernière phrase. Même du dehors ne parvenait aucun bruit.

« D'après votre protégé, difficile d'imaginer combien de gens d'ici sont friands d'un certain soupçon. Votre protégé m'a dit que si je le soupçonnais, ce serait alors lui, votre protégé, qui me soupçonnerait. Vous comprendrez que cela ne m'a pas fait plaisir d'entendre ça. C'est surtout à cause de Fadila que cela me ferait de la peine. Notre intention est de rester ici. C'est ce que nous voulons, en fait. Est-ce encore un monde humain s'il n'y a plus de place pour tous les malvoyants et les timides qui préfèrent méditer sur le monde plutôt que le conquérir ? Où des gens comme nous peuvent-ils se réfugier ? »

« Je ne peux le croire », dis-je. J'aurais tout autant pu dire : je n'ai pas le droit de le croire.

« Il suffirait d'un très léger soupçon, pensait votre protégé », Livniak fit comme s'il saupoudrait du sel du bout des doigts, « juste une prise, je devais bien savoir ce que c'est qu'une prise, une prise de soupçon pimente fortement l'ambiance, disait votre protégé. »

J'ai simplement hoché la tête. Maintenant qu'il disait enfin ce que je voulais savoir, je ne le supportais pas.

« Tant que M. Paulini vivait, nous étions protégés. Depuis sa mort, tout est remis en question, aucun testament, rien. Nous en avons déjà parlé. Je voudrais que vous le sachiez, vous aussi. Ce que prétend votre protégé, ce sont des vues de l'esprit, c'est ce que je lui ai d'ailleurs dit, à quoi votre protégé a répliqué en me demandant si je préférerais qu'il pense avec le ventre. Et que je ne voulais certainement pas savoir… etc., etc. »

J'étais glacée. Livniak me tourmentait plus que le type casqué sur son vélomoteur.

« Comme toujours et comme partout », entendis-je dire Livniak, « rien que de braves et honnêtes gens. Rien que de braves et honnêtes gens », répéta-t-il en se levant. « Il ne pleut plus. Vous ne serez plus mouillée. »

Les bouleaux avaient une lueur vert clair, comme sur une scène dont l'arrière-plan demeurait dans un gris bleuté. C'est seulement lorsque je saisis le bol pour finir mon thé que je remarquai le tremblement de mes mains.

« Votre protégé m'a menacé. Et moi, Juso Podžan Livniak de Livno, il m'a fallu l'écouter me dire : "N'oublie jamais qui décide quelle vérité on trouvera dans mon livre." C'est ainsi que votre protégé m'a parlé. »

Comme j'aurais voulu que tout cela ne fût qu'un rêve dans un accès de fièvre ! Sous le regard de Livniak, je tirai jusqu'au menton la fermeture Éclair de la veste en tricot de Fadila.

« Je vous dis cela également », ajouta soudain Livniak, « afin que vous sachiez à qui vous avez affaire, au cas où vous devriez affronter votre protégé. »

Comme je devais partir, je voulais prendre congé de lui avec une phrase bien sentie. J'ai dit quelque chose, mais j'ignore si Livniak l'a bien compris. J'ai dit que lui, Juso Podžan Livniak de Livno, n'était pas seul. J'ai pensé avoir été assez claire.

« Inch Allah », répondit-il. « Ou bien, comme on dit par ici : si Dieu le veut. » Sur un ton amer, presque sarcastique. Et en levant légèrement les mains. Tandis que la main gauche s'abaissait peu à peu, sa main droite m'indiqua la direction de la porte.

Remerciements

Je remercie Thomas Fritz pour ses idées et son aide désintéressée.

Et je remercie Dževad Karahasan pour son roman *La Consolation du ciel nocturne*, d'où vient Juso Podžan Livniak.

I.S.

Cet ouvrage a été imprimé en France par
CPI Bussière
Z.I. rue Pelletier Doisy
18200 Saint-Amand-Montrond (France)

pour le compte des Éditions Fayard
13 rue du Montparnasse, 75006 Paris
en juillet 2023

Photocomposition Belle Page

PAPIER CERTIFIÉ

Dépôt légal : août 2023
N° d'édition : 59-2728-3 - N° d'impression : 2072837